프리즘

이상우 소설

프리즘

문학동네

차 례

중추완월中秋玩月 _007

비치 _027

객잔 _061

888 _095

추리 추리 하지 마 걸 _127

나방, 평행 _189

벨보이의 햄버거에 손대지 마라 _211

프리즘 _247

해설 정지돈(소설가)

우리가 미래다 We are the future _269

—금정연과 이상우의 소설에 대해 이야기하다

중추완월
中秋玩月

위, 오늘 안으로 부탁해.

홍이 트렁크 문을 열었다. 포드사 마크 밑에 나체 상태의 여자 시신이 놓여 있었다. 시신의 무너져내린 뒤통수 골격으로 청자기 조각이 머리카락과 엉키어 있어, 손끝을 세워 시신의 척추를 훑어보니 둔부가 체내 가스로 인해 팽팽했다. 늦어도 한 시간 안에 관내분만으로 시신의 자궁에서 영아가 빠져나올 것이다. 한 달쯤 생활비. 시신을 뒤집으려 하자, 홍이 태우던 담배를 내던지곤 얼굴은 보지 말라며 막아섰다.

그냥 평소처럼 압축기로 뭉개버리지.

자정께부터 추적거리던 안개비 때문에 폐차장 안의 기름 찌꺼기들이 발밑으로 모여들었다. 피는 빼낼수록 좋습니다. 식칼로 시신의 손목을 반쯤 베어내자, 홍이 혀를 차며 빨간 재킷 주머니에서 다시 담배를 꺼내어 물었다. 처음에는 검붉었던 피가 새빨갛게 기름통에 차올랐다. 반 통만 채우고, 냉각기를 이용해 손목을 얼린 뒤, 스패너로 내려쳐 시신에서 떼어냈다. 곧 중추절인데 재수없게 비가 오고 지랄이야. 홍이 다리를 떨며 말했다. 욕마저 둥그런 광둥어의 어감. 지게차로 시신을 실어 사륜구동 자동차 뒷좌석에 집어넣고 압축기의 전원을 켰다. 홍이 담배연기를 내뱉으며 자동차가 사백 톤의 압력에 종이처럼 구겨지는 것을 바라보았다. 밥은 먹었냐. 이 일 끝내고 먹으러 가야죠. 그러든지. 오랜만이네요. 그래. 푸시 바가 사람의 이빨처럼 열렸다 닫힐 때마다, 기름통에 채워진 핏물이 압축기 진동에 의해 쿨렁거렸다. 이번 일은 내가 따로 보수를 챙겨줄 테니까 청구서 보내지 마. 홍이 자기 차로 돌아가며 말했다. 그의 목에 새겨진 호랑이 문신이 빗방울에 젖어들었다. 내가 압축기 안에 불소와 붕산을 뿌리며 뒤늦게 혼자 고개를 끄덕이는 사이 홍의 차가 폐차장 밖으로 빠져나가는 소리가 들려왔다. 나는 빼놓았던 시신의 왼손을 드라이아이스가 담긴 케이크 상자에 챙겨넣었다. 압축기가 소음을 멈추었다. 네모나게 찌그러진 고철이 열기를 뱉고, 시신의 네번째 손가락에 끼워진 다이아몬드 반지가 홀로 빛을 냈다. 중추절이 가깝다는 홍의 말이 생각나 하늘을 보았지만 눈 안으로 빗물만 떨어졌다.

龍. 네온사인의 몇 획이 껌뻑였다. 타샤르 씨는 용이 빛을 모두 잃게 되면 장사를 접겠다고 말했다. 그에게 어떤 장사를 접을 것인지에 대해서는 묻지 않았다.

가게 안이 염소를 굽는 연기로 가득했다. 코트 깃을 내리니 목 언저리로 길 건너 항구에서부터 날아온 물바람이 하수도로 내다버린 핏물처럼 끈적였다.

가게 미닫이문을 열자 주방 쪽에서 타샤르 씨의 목소리가 들려왔다. 구석자리로 걸어가다. 입구 쪽 테이블에 앉은 사람의 어깨와 부딪쳤다. 연기가 흩어지고 그의 목에 그려진 뱀 문신이 나타났다. 그는 뒤돌아보지 않고 자기 손에 쥐어진 부적만을 노려보고 있었다. 멀리서 마카오행 페리의 선착신호가 빗소리를 찢으며 기적을 울려왔다. 자리에 앉으니 정면으로 가발을 쓴 타샤르 씨가 보였다. 오늘은 무엇을 담아오셨나. 반지입니다. 타샤르 씨가 내 앞에 염소구이 한 접시를 내려놓았다. 일을 해야지. 타샤르 씨가 행주로 식칼에 묻은 염소 피를 닦아냈다. 코는 여전한가. 예. 고기 한 점을 집어 씹어무니 잇새로 육즙이 새어나왔다. 기억도 여전하시겠군. 나는 입술을 손등으로 문지르며 타샤르 씨가 주방에 매달린 염소를 식칼로 베어내는 것을 지켜보았다. 가게 안에 연기가 차오르고 금색 가발이 흐려졌다. 그가 다음에는 어떤 가발을 쓸지 생각해보았다. 고기의 살점들이 도마 위에 쌓여가고 가게 가득 연기가 차오르자 매달린 염소 부근에서 사람의 신음이 배어나왔다. 우드블라인드를 내려주며 그가 너무 많은 가발을 갖고 있다고 생각했다. 타샤르 씨가 다시 행주로 식칼을 닦아냈다. 나도 다시 염소고기를 먹기 시작했다.

전자레인지 안에 물방울이 맺혔다. 손이 올려진 접시를 꺼내 탁자 위에 올려놓고 헤어드라이어를 가져왔다. 네번째 손가락만을 집중적으로 녹이니 일 분이 채 안 되어 반지가 빠져나왔다. 다이아 일 캐럿. 진짜라면 영아 시신의 두 배까지도 값을 받을 수 있는 물건이었다. 어금니로 다이아를 깨물자 혀에 가루가 묻어났다. 재떨이에 침을 뱉고 반지를 소파에 던져두었다. 창문에 나뭇가지 부딪히는 소리가 들려왔다. 비 젖은 나뭇잎 하나가 유리창에 흔적을 묻혀냈다. 토막내어버리기 위해 손을 도마 위로 옮겨놓자, 반지가 끼워져 있던 자리에 흰 고리 모양의 선명한 자국이 남아 있는 것이 보였다. 나는 그 고리 자국을 짚어보았다.

소파 앞에 서서 드라이어의 전원을 다시 켰다. 얼었던 손가락이 녹으면서 도마가 홍건해졌다. 살갗이 붉어지기 전에, 수납장에서 수건을 꺼내 손의 물기를 닦아주었다. 나는 오른손을 내밀어 그 손을 맞잡았다. 한동안 그렇게 있었다. 분명 전에도 느껴보았을 것이라 생각되어지는 촉감과 체온이었지만 불 꺼진 박물관에 버려진 것처럼 정확한 기억을 떠올리지 못했다.

휴대폰 진동음 때문에 잠에서 깨어났다. 창문엔 낙엽의 얼룩이 지워지고 빗방울들만 달라붙어 있었다. 전화를 받자마자 홍이 지껄였다. 내가 폐차장에 들른 것은 비밀로 해줘. 누가 물어봐도 난 그 시간 그곳에 없었던 거야. 알아듣지. 전화가 끊어졌다. 커튼을 치려는데 오른손이 움직이지 않았다. 손이 저려와 내려다보니 오른손에 아직 시신의 손이 쥐어져 있었다. 새벽 사이에 혈관들이 불어나 푸른색을 띠고 있는 손. 나는 전자레인지에 냉동피자를 돌려두고, 손을 다시 드라이아이스에 감싸 냉동실에 넣어두었다. 냉동피자의 조리가 끝날 때쯤 오른손의 감각이 돌아오기 시작했다. 입안에서 치즈가 늘어졌다. 나는 오른손을 쥐었다 펴보았다.

골목 담장으로 빗물이 고양이 오줌처럼 떨어졌다. 차임 소리. 골목에 발을 들이려는 내 앞으로 자전거 한 대가 지나갔다. 미안합니다. 군청색 우의를 입은 남자가 목례를 하고 사라졌다. 골목 벽면에 불꽃놀이 사진이 프린팅된 벽보들이 가득 붙어 있었다. 벽보의 수를 세어보며 골목 안으로 걸어들어갔다. 예순번째쯤의 불꽃에 담배를 비벼 끄고, 뒤를 돌아보니 골목의 입구가 보이지 않았다. 나는 코트를 벗어 CCTV 위에 걸어두었다.

이제 중추절인데 어디 놀러 안 가시나봐요.

반대편에서 번이 포마드로 말아올린 노란색 앞머리를 매만지며 걸어왔다. 그가 태평양을 빠져나가는 컨테이너박스 안에서, 굶어 죽은 노인의 성기를 빨다 기절했던 모습이 생각났다. 목에 호랑이 문신이 그려진 자들이 기절한 번을 구석에다 내던졌고, 다음 차례인 나는 잇새로 토사물을 씹어 다시 삼켜가며 십 분가량 빨아냈다. 번을 치워놓고 나를 지켜보던 그들은 서로 마주보며 고개를 끄덕이곤 끝머리에 독초를 묻힌 침을 내 콧속 깊숙이 찔러박았다. 그날 밤, 번이 내 옆에 누워 말했다. 당신은 폐차장으로 가겠군요. 돈벌이는 되겠지만 난 그곳만큼은 싫어요. 나는 그의 동그랗게 모였다 떨어지는 입술을 보며, 굵은 가지 같던 노인의 성기를 떠올렸지만 아무런 냄새도 기억해낼 수 없었다.

최근에 여자 시체를 처리한 적이 있나요.

번이 스카잔의 지퍼를 끝까지 채워올리며 물었다. 양 가슴팍에 자수된 호랑이의 얼굴이 서로 더 가까워졌다. 고개를 저으며 번의 목덜미를 보았다. 아직 눈, 코, 입이 없는 호랑이 윤곽만 그려져 있었다. 왼손으로 담뱃갑을 열어 한 개비를 입에 물고, 나머지 하나를 그에게 권했다.

위, 첸 회장의 딸이 사라졌어요.

번이 내 입에 물린 담배에 불을 붙여주었다.

뱀의 새끼가 사라졌으니 전쟁이 일어날지도 모릅니다.

담배연기가 벽보에 닿아 부서졌다. 나는 번이 물고 있는 담배에 불을 붙여주었다. 혹시 배를 타기 전의 일이 기억날 때가 있나, 물어보려다 다시 담배연기 한 모금을 내뱉었다. 연기가 벽보에 닿기도 전에 날아가버렸다.

이 일에 홍이 관련되어 있다는 소문도 돌고 있습니다. 당신이야 시체가 많아지면 좋겠지만 조심하세요.

트랙탑 주머니 속에 오른손을 집어넣고 쥐었다 펴보았다. 지난밤의 감촉이 남아 있다. 몇 번 더 손을 쥐었다 폈다. 우리는 담배 한 대씩을 더 피우고 서로 다른 방향으로 골목을 빠져나갔다. 차임 소리. 조금 전에 보았던 자전거가 건어물 도매상가 거리 속으로 사라져가는 것이 보인다.

좁은 계단에 래커로 휘갈겨진 낙서들이 가득했다. 사층까지 걸어 올라가는 길에 몇 번이고 신발 밑창이 바닥에 달라붙었다. 바람에 흔들리는 천장 조명을 붙잡고 바닥을 비춰보니 콘돔과 명함들이 즐비했다. 버려진 명함 위에 그려진 도시가 황량했다. 몸을 숙여 몇 개의 선으로 그려진 건물을 문질러보니 종이의 까칠한 감촉이 묻어났다. 냉동실 안에 누워 있을 손이 떠올랐다.

아라비아의 로렌스.

삭발한 한 여성이 DVD를 찾으러 갔다. 걸음을 따라 그녀의 후두부가 흔들렸다. 의사들이 절개하기 편할 두상이었다. 메스질 한 번이면 반듯하게 양쪽으로 열릴. 경매를 부치면 얼마쯤 받을 수 있을까 생각하는데 그녀가 껌을 씹으며 카운터로 돌아왔다. 압축기가 폐차를 뭉개듯 그녀의 이빨이 규칙적으로 껌을 씹어냈다. 한 번, 두 번, 세 번. 껌에 핏자국이 배어나왔다. 자세히 보니 립스틱 자국이었나. 그녀의 손톱에도 같은 색의 매니큐어가 발라져 있었다. 반짝이 헤나 문신이 가득한 작은 손을 보는 순간, 그녀의 손을 난도질하고 싶어졌다. 손에 생겨날 수많은 혈흔들. 분쇄기로 갈아내지 않고 무수히 칼로 내리찍는. 현기증이 일어 카운터에 양손을 짚고 몸을 기대자 가게 안 분홍색 벽지들이 불타듯 일렁거렸다.

그녀가 껌을 뱉는 소리가 들렸다. 나는 땅바닥에 달라붙은 껌을 보았고, 그녀는 내 손을 잡아끌어 DVD를 들려주었다. 내 손등에 그녀의 손금이 겹쳐지자 이미지는 증발했다.

룸은 파란 벽지로 둘러싸여 있었다. DVD플레이어의 전원을 켜고 침대형 소파에 앉았다. 영화는 고요하여 옆방의 신음소리가 고스란히 전해져왔다. 나는 바지 주머니에서 반지를 꺼냈다. 가짜 다이아몬드가 박혀 있던 자리 안쪽에 글씨가 새겨져 있었다. 紅. 소파 쿠션 밑에 반지를 넣어두었다. 한 시간쯤 지나 스크린이 사막으로 가득차자 눈이 감겨오기 시작했다. 매번 그래왔듯이 소파 등받이 쪽으로 몸을 웅크렸다. 눈을 감자 사막의 소리가 귓전을 메웠다. 모래알이 바람을 삼키는 소리. 등을 더 둥글게 말고 다리를 끌어안으니 공간감이 사라졌다. 고개를 숙여 가슴팍 쪽으로 파묻고 양손을 깍지 끼었지만 나는 내

자궁의 주인이 누구인지 기억할 수 없었다.

욕조 안에 향수 세 통을 부었다. 내가 먼저 들어가고, 손이 담겨 있는 아이스팩을 들여놓았다. 팩의 지퍼를 열자 작은 비명처럼 얼음이 갈라지는 소리가 났다. 얼어붙은 손을 꺼내 손가락 하나씩을 천천히 펼쳐내어 향수에 적신 타월로 닦아내었다. 얇은 뼈의 긴 마디를 움켜쥘 때마다 그 간격만큼 숨을 몰아쉬었다. 모두 닦아낸 후, 내 얼굴 위에 손바닥을 얹어놓았다. 나는 얼굴로 손가락의 형체를 읽어나가며 사막을 떠올렸다. 단 하나의 발자국도 없는 사막. 바람을 기다렸지만 기억들이 모래알처럼 건조했다. 이번에는 반대로 손을 움직여 내 얼굴의 윤곽을 더듬었다. 손이 눈을 누르고 광대뼈를 훑고 입술에 닿았을 때, 나는 두번째 손가락을 입속에 집어넣었다. 내 온몸이 시려왔지만 손은 아무 소감도 이야기하지 않았다. 욕조의 물이 차갑게 식어갔다. 손등에 입을 맞추자 입술이 차갑게 질려버렸다. 고개를 숙여 손으로 머리를 쓰다듬던 중에 초인종 소리가 들려왔다.
집 앞에 마트용 카트가 세워져 있었다. 타샤르 씨는 카트에 한 팔을 기댄 채 서한집을 읽고 있었다. 집 앞의 가로등이 불빛을 떨어뜨리는 지점에서 그의 맨머리가 윤기를 내었다. 내가 차에 시동을 걸자 타샤르 씨는 카트에 실려 있던 검은 봉지를 뒷좌석으로 옮겼다. 룸미러로 뒷좌석 비닐봉투에 붙어 있는 '肉'자 스티커가 보였다.
위, 중추절에 달이나 구경하러 나가지.
좋습니다.
폐차장으로 가는 길목에서 검문이 있었다. 정체된 도로의 침묵을 틈타, 타샤르 씨가 어느 시에 대해서 이야기했다. 명절을 맞아 두 나그네가 같이 달을 그리워하는 시를 읊었다는 이야기였다. 나는 눈으로 여경의 발밑에 굴러다니는 낙엽을 좇다가 음주단속기에 숨을 불어넣었다. 여경의 손을 감싸고 있는 하얀색 면장갑을 벗겨보고 싶었다. 나그네와 달. 조용히 읊조려보자, 어둠 속에서 여경의 하얀 손이 레인코트에 달라붙은 낙엽 부스러기를 쳐내며 뒤차 쪽으로 멀어진다.

폐차장. 불빛들이 빗줄기를 뚫고 새어나오고 있었다. 헤드라이트 여섯 줄. 내가 외곽으로 돌아 주차하자, 타샤르 씨는 서한집을 펼쳤다. 초승달 모양의 카람빗이 페이지 사이에 끼어 있었다. 사람들의 웅성거리는 소리가 가까워지자 타샤르 씨가 카람빗 손잡이 구멍에 검지를 끼워넣었다. 찾을 수 없습니다. 나는 시트 밑으로 손을 넣어 총을 쥐었다. 여긴 아닌가봅니다. 폐건물 벽면에 사람들의 그림자가 커져가고 발소리가 멀어져갔다. 나는 시트 밑에 넣었던 손을 뺐다. 어느새 시트 안이 젖어들어 있었다. 손끝에서 땀이 떨어져내린다. 그림자가 완전히 사라지자 타샤르 씨는 서한집을 덮었다. 타이어들이 지면을 끌고 밀려나가는 소리가 들려왔다. 나는 젖은 담배를 물고 라이터를 켰다. 라이터 불빛이 어둔 차 안으로 물감처럼 번져가자 창밖에서 누군가 우리를 쳐다보고 있는 것이 보였다.

여기 있다.

타샤르 씨는 문을 걷어차, 열린 문 아래틈으로 카람빗을 휘둘러 사내의 왼발 아킬레스건을 끊었다. 상대는 앞으로 고꾸라지며 소리를 지르려 했으나 입을 벌릴 때마다 오열같이 굵은 핏물이 쏟아져나왔다. 카람빗은 이미 사내의 식도에서부터 배꼽까지를 찢어가르고 있었고 나는 차에서 내려 담요로 사내의 몸을 말아 그를 차 뒷좌석 시트 아래쪽으로 구겨넣었다. 반쯤 운전석으로 넘어온 그의 머리통에 뱀 문신이 보였다. 양말이 축축했다.

모르겠어. 내 오줌일지도.

내가 액셀을 밟지 못하자 타샤르 씨가 대신 운전대를 잡았던 것이 떠올랐다. 나는 이유 없는 고아처럼 조수석으로 떠밀려졌다. 그후에 무슨 일이 있었는지는 기억나지 않았다. 전혀. 완탕면을 섞었다. 손은 말이 없었다. 그래도 식탁은 평소보다 좁았다. 나는 맞은편에 있는 손에 젓가락을 쥐어주었다. 네가 누구라도 상관없어. 집밖에서 차들의 경적 소리가 끊이지 않았다. 내일부터 연휴가 시작되었다. 손 위에 내 오른손을 포갰다. 어차피 우리는 갈 곳이 없잖아. 손등에 내 지문 자국이 남겨졌다가 이내 사라졌다.

사층까지 올라가는 계단은 여전했다. 계단을 오를 때마다 천장의 전구를 바로잡아주었다. 삼층에 도착하니 작업복을 입은 인부 네 명이 전구 회로를 뜯어고치고 있었다.

아라비아의 로렌스.

삭발 머리 여자의 립스틱이 보라색으로 바뀌어 있었다. 그녀가 나에게 일본어로 무언가 물었다. 알아듣지 못했다. 한국인입니까? 나는 DVD를 받았다. 오늘 불꽃놀이 행사가 있는데 같이 가실래요? 호텔비만 지불해주시면 돼요. 그녀의 손을 보았다. 보라색 매니큐어. 나는 룸으로 들어갔다.

18

헤드라이트 여섯 줄. 나와 타샤르 씨는 폐차장 밖의 차 안에 나란히 앉아 있었다. 건물 벽면의 그림자가 점점 커지는 와중에 뒷좌석의 검은 비닐봉지가 중얼거렸다. 살고 싶다. 살고 싶다. 그림자가 사라졌다. 나는 담배를 물었다. 폐차장 안의 차들이 밖으로 빠져나가는 소리가 들려왔다. 라이터를 켜자 룸미러로 뒷좌석에 타샤르 씨가 앉아 있는 것이 보였다. 내가 조수석으로 고개를 돌리는 순간, 옆에 앉아 있던 누군가의 단검이 내 목을 그었다.

차가워 눈을 떴다. 목이 아니라 미간에 권총의 총구가 닿아 있었다. 작업복을 입은 남자 넷. 뒤의 스크린에선 끝이 보이지 않는 사막이 펼쳐졌다.

당신은 왜 사막을 좋아하지요.

한 명은 내 손을 묶고, 한 명은 내 입을 벌려 당구공을 집어넣은 뒤, 입에서부터 뒤통수까지 전선으로 돌려 감아 고정시켰다.

다음 대사를 듣지 못했다. 그들이 작업복 위에 군청색 우의를 입고 있는 것을 막 알아보았을 때, 맨 뒤에 서 있던 가장 덩치 큰 사내가 달려와 야구배트로 내 머리를 휘갈겼다. 땅에 머리를 처박고 누워 있으니 사막이 거멓게 잠겨갔다. 광대뼈에 또 한번 야구배트가 달려들었다.

붉은 사막의 끝자락에 금색 나비가 보였다. 나비가 제자리에서 펄럭거렸다. 누군가 물을 끼얹었다. 입안에서 비린 맛이 느껴졌다. 관자놀이에서부터 비릿한 액체가 계속 입으로 흘러들어왔다. 누군가 내 입을 조였던 전깃줄을 풀자, 당구공이 내 이빨 두 개와 함께 떨어져 굴러갔다. 바닥에 고인 물 표면에 천장에 매달린 사원 등이 비쳤다.

홍이 너를 찾아왔었나.

나비가 날았던 곳 근처에 사람이 앉아 있었다. 그가 등지고 있는 신선상의 부채가 이따금씩 금색으로 빛을 냈다.

그는 자주 찾아옵니다.

말을 하려 입을 벌릴 때마다 입술의 상처가 길게 찢어졌다. 나에게 물을 끼얹은 자가 자기 손에 전깃줄을 감기 시작했다. 야구배트로 내 머리를 갈긴 그자였다. 작업복 상의를 벗고 있으니 목에 뱀의 윤곽이 그려진 문신이 보였다.

이봐, 청소부.

앉아 있던 자가 주머니에서 손을 빼며 말했다. 손등에 뱀 꼬리가 그려져 있었다. 꼬리를 따라 올라가니 목에 뱀의 얼굴이 있었다. 세 마리.

요새 기억력이 안 좋아졌습니다.

그가 자리에서 일어나며 한숨을 쉬었다. 총성보다 깊었다.

몸에 많은 무늬들이 새겨졌다. 이런 몸은 가짜 반지보다도 적은 값을 받는다. 담배보다 비싸고 염소구이보다 적은 값. 담배를 빨아들일 때마다 필터가 붉어진다. 욕실 창문 밖에서 폭죽 소리가 들려왔다. 거울 앞을 벗어나 창문을 보니 빅토리아 항구 쪽에서 불꽃놀이가 시작되고 있었다. 나는 욕조에 담가놓았던 손을 빼내 창유리에 갖다대었다. 손보다 조그맣게, 빛들이 터지고 그 앞으로 관람차가 천천히 돌아가고 있었다. 우리와 불꽃 사이에는 밤이 너무 넓다. 손을 들고 욕실 밖으로 나가려는 중에 다리에 힘이 풀려 자빠졌다. 타일 표면에 내 몸에 새겨진 무늬와 똑같이 검은 핏자국들이 묻어났다. 손은 수챗구멍

앞에 뒤집혀졌다. 손끝의 향수가 타일 사이로 떨어져 나아갔다. 굴러간 손을 줍기 위해 일어나려 했지만, 다리 밖으로 빠져나간 힘은 돌아오지 않았다. 나는 턱으로 바닥을 짚고 그 힘으로 몸을 끌어냈다. 물방울들이 나의 무늬 속으로 종이 날처럼 스며들어갔다. 고통은 의지보다 선명했다.

그들은 우리의 이력서를 하나하나 읽어나갔다. 곧 과거에 관한 문장들을 잊어내는 작업이 시작되었다. 그들이 거짓말탐지기라 주장하는 반쯤 녹슨 기계가 설치되고, 그들의 질문과 함께 돌멩이가 담겨진 보자기가 쉴새없이 휘둘러졌다. 그들의 호랑이 문신이 붉게 물들어갔다. 이력이 긴 사람일수록 많은 돌멩이가 필요했다. 나는 세번째 보자기가 터졌을 때, 내 출생월까지 잊을 수 있었다. 가장 먼저 잠자리에 누워 눈을 감자, 컨테이너박스 안에 사람들의 신음소리가 울려퍼졌다. 국적은 다르지만 신음의 언어는 모두 같았다. 그날 나는 멍청할 만큼 빨리 잠이 들었다.

손에 다가갔다. 손바닥 안에 물방울들이 맺혀 있었다. 코를 처박자 콧등으로 말랑한 촉감이 일었다. 코로 숨을 크게 들이켰다. 아무 냄새도 맡을 수 없었다. 기억해낼 수 있는 향도 없었다. 이마를 바닥에 박자 피가 눈썹을 지나 콧등으로 흘러내렸다. 여전히 아무 기억도 맡을 수 없다.

번이 서 있다. 그는 스카잔 대신 셔츠 깃을 코트 밖으로 빼내어 정장을 입고 있었다. 손에서 몇 번씩이나 담배를 떨어뜨리며 컨테이너박스에서 기절했을 때처럼 그의 몸이 떨리고 있었다. 나는 헤드라이트를 끄고 폐차장 주위를 한 바퀴 돌았다. 침이 말라붙어 목이 따가웠다. 얼마 되지 않는 거리를 운전하면서 몇 번 시동을 꺼버릴 뻔했다. 아무도 보이지 않았지만 시트 밑에서 총을 꺼내 허리춤에 꽂아두었다. 내가 헤드라이트를 다시 켜고 폐차장 안으로 들어서자 그는 또다시 손에서 담배를 놓치곤 급히 꽁초를 발로 짓이겼다. 그의 바짓단이 펄럭였다.

오셨군요. 그의 목소리가 갈라졌다. 그는 기침으로 목을 긁어내곤 자기가 몰고 온 차의 트렁크를 열어 보였다. 고개를 돌린 그의 아래 구멍난 얼굴의 시신이 놓여 있었다. 나는 번의 목을 바라보았다. 윤곽만 있었던 호랑이 얼굴이 모든 형태를 갖춘 뱀으로 바뀌어 있었다.

이 정도면 어디 갖다팔지도 못하겠네요. 죄송해요.

시신의 몸을 덮은 이불을 걷자, 빨간 재킷 안으로도 세 개의 구멍이 나 있었다. 손이 가려워왔다.

위, 하나만 묻고 싶은 것이 있어요.

대답하지 않고 트렁크에서 홍의 시신을 꺼내 지게차에 실었다. 뒤통수에서 조각난 뇌가 삐져나왔지만 다행히 등 쪽의 구멍은 피가 굳어 있어 아무것도 흘러나오지 않았다.

왜 홍 같은 놈을 위해 의리를 지키신 거죠.

번의 입술 아래로 침이 흘러내렸다. 자신의 바짓단을 꾹 쥐고 있는 그의 양 손등 위로 투명한 액체들이 방울져 떨어져내렸다.

타샤르 씨에게 잡히지 마라. 나는 번을 차에 태우고 어깨를 두드려줬다. 손이 떨렸다. 내 손이 떠는 것인지 번이 떨고 있는 것인지 확신할 수 없었다. 내가 손을 떼고 차문을 닫자 번은 운전석에 앉아 핸들에 머리를 처박았다. 와이퍼가 움직였다. 빗방울이 요란스럽게 달라붙어 지워지지 않았다. 위, 호랑이보다 뱀이 더 빠르다구요.

번이 떠난 뒤, 압축기의 전원을 켰다. 기계가 기지개를 켜듯 지면으로 진동을 흘려보냈다. 창고에서 해머를 가져왔다. 홍의 머리를 내려치자 그의 호랑이 문신이 피로 뒤덮였다. 아무 냄새도 나지 않았다. 망치질을 할 때마다 손이 저려왔다. 저려오는 만큼 해머를 더 높이 쳐들어 내리찍었다. 규칙적인 기계음에 맞추어 손을 쥐었다 펴며. 해머가 땅으로 떨어지고, 나는 무릎을 꿇은 채 바닥으로 고개를 떨어뜨렸다. 입이 벌어지며 뱃속 깊은 곳에서부터 토사물이 쏟아져나오기 시작했다. 바닥을 짚은 손에 찌꺼기들이 달라붙었다. 비는 아무것도 흘려보내지 못했다. 현기증이 몰려와 이를 악물었지만 구멍난 이빨 사이가 시려와 다시 입을 열어야 했다. 노란색 위액이 토사물 위에 떠 있었다. 압축기가 거대한 입을 오물거리면서 홍의 시신을 고철 사이로 잠식시켜갔다.

Leung Yu
梁雨

여권에 적힌 내 이름을 소리내어 읽어보았다. 선박 당일, 오줌을 받던 양동이에서 제비를 뽑았다. 내가 뽑은 쪽지에는 단 한 글자가 적혀 있었다. 그때부터 사람들은 나를 위라고 불렀다. 위 이전의 이력은 기억나지 않는다. 각자 자신의 이름이 적힌 쪽지를 손에 쥐고 컨테이너 박스 밖으로 나갔을 때, 대부분 첫걸음을 떼자마자 자빠졌다. 모두 바닥에 엎드려 토사물을 쏟아내었다. 후각을 잃어 멍하니 땅바닥을 유영하던 나는 가장 먼저 차에 옮겨져 폐차장으로 실려갔다. 여권을 덮었다. 번의 위조 솜씨는 확인해볼 필요가 없다. 내가 시체들을 처리할 동안 그는 시민권이 없는 시체들을 살려주었다. 하지만 그는 이제 위조여권을 만들지 않을 것이다. 홍을 처리함으로써 곧 또다른 번이라는 이름의 부하를 갖게 될 테니까.

냉동실에서 손을 꺼냈다. 아직도 네번째 손가락에 반지 자국이 남아 있었다. 탁자 위에 손을 올려놓고 소파에 앉았다. 손과 나 사이로 담배연기가 지나갔다. 담배 한 대가 다 타들어갈 때까지 손에서 눈을 떼지 않았다. 우리는 누가 더 혼자일 수 있는지 시합하고 있었다. 손을 자르는 상상을 했다. 손을 핥는 상상을 했다. 손을 찢는 상상을 했다. 손으로 자위하는 상상을 했다. 손을 믹서로 가는 상상을 했다. 탁자를 발로 걷어찼다. 탁자가 넘어가자, 내장처럼 쏟아져나온 수납장 안의 옷가지 위로 손은 뒹굴었다. 얼었던 손 표면이 녹아내려 속옷에 물기가 묻어났다. 손을 껴안고 바닥에 누웠다. 몸을 웅크려 손을 내 양손으로 감싸안았다. 집안에 빗소리가 울려퍼졌다. 이번주에는 비가 너무 많이 와. 말을 끝내자마자 코끝으로 비린내가 풍겨져왔다. 잡아서 질감을 느낄 수 있지 않을까 싶을 정도로 두꺼운 향. 나는 손을 놓치고 바닥에 또다시 위액을 쏟아냈다. 뒤집힌 손이 흔들렸다.

요르단.

여행사 직원이 내 얼굴을 쳐다보았다. 토하고 나니 다시 아무 냄새도 맡을 수 없다. 중추절에 요르단이라니 특이하시네요. 여행사를 나오며 사막을 떠올렸다. 낙타가 발을 내디딜 때마다 발자국을 세어볼 생각이었다. 돌아본 길이 발자국으로 가득차 있을 때면 수통의 물이 다 떨어져 있을 것이다.

龍의 모든 획이 암전되었다. 중추완월. 셔터 가운데에 쓰인 글귀를 만져보니 손에 잉크가 묻어났다. 그는 가발을 쓰고 나갔을까. 그에게 한 번도 그의 가발에 대해서 이야기한 적이 없었다. 떠나기 전에 말을 해줘야 할 텐데. 나는 가게 앞에 새 가발이 들어 있는 선물상자를 내려놓았다.

비 그친 시가지의 밤이 밝다. 거리를 메운 네온사인 불빛들이 바닥에 고인 빗물에 반사되었다. 비행기 이륙시간까지는 세 시간이 남아 있었다. 노천 음식점들에서 올라오는 김이 유령처럼 사람들의 발목을 붙잡았다. 나는 가방이 사람들에게 치이지 않게 품에 안고 걸어나갔다. 모두 고향이 없나봐. 가방은 대답하지 않았다. 사람이 적은 곳으로 다니다보니 골목 입구로 들어와 있었다. 벽면 가운데에서 CCTV가 어느 먼 곳을 응시하고 있었다. 골목 안으로는 바람 한 점 들어오지 않았다. 골목 끝에서 몇 사람의 그림자가 뱀처럼 늘어졌다. 무늬처럼 남은 몸의 상처들이 시려왔다. 가방을 숨기고 자세히 보니 반쯤 뜯겨진 벽보들의 그림자였다. 나는 벽보 한 장을 뜯어 CCTV 위에 덮어두고 다시 번화가로 나왔다.

발 디딜 틈이 더 줄어들어 있었다. 저멀리서 상가 두 채 크기의 용 모양 등불이 행진하는 것이 보였다. 아파트에 남아 있던 사람들은 베란다로 나와 폭죽을 터뜨렸다. 축제라 공중에서 불꽃이 쏟아져내려도 거리의 사람들은 웃으며 환호했다. 나는 계속 걸어나갔다. 사자 탈춤이 벌어지는 곳까지로 걸어갔을 때, 누군가 내 옆에서 나란히 걷고 있는 것이 느껴졌다. 사자가 앞발을 높이 들고 요동쳤다. 우리는 보폭을 맞추어 걸었다. 걸음마다 옆 사람의 긴 검은색 머리카락이 휘날렸다. 용 모양 등불이 가까워지고 있었다. 외곽, 우리는 나란히 코너를 돌았다. 둘이 같은 발을 떼고 같은 속도로 몸의 축을 이동하며 우리로부터 끝없이 길게 늘어나는 순간 속에서 웃음이 났다. 영원히 코너를 돌고 싶을 만큼. 들었던 발을 다시 내디디며 고개를 돌리자, 나란히 걷던 타샤르 씨의 손이 재킷 안주머니에서 빠져나오는 것이 보였다. 목이 따뜻해져왔다. 가방이 먼저 떨어지며 유리병이 깨지고, 가방 밖으로 갈아놓아 액체가 된 손이 흘러나왔다. 곧 내가 앞으로 엎어졌다. 코뼈가 나가는 소리와 함께 아스팔트 위로 손의 피와 내 피가 섞여갔다. 나는 손이 시려 양손으로 내 목을 감쌌다. 핏물 위로 용 모양 등불이 비쳤다. 그리고 용머리 앞엔 달이 떠 있었다. 사막 같은.

비치

커튼을 젖히자 해변이 보였다. 사람이 없으니 파도는 의미 없어 보였다. 나는 유리창에 비친 벌거벗은 내 모습을 바라봤다. 목 주위에 벌건 자국이 있어 살펴보려 고개를 돌릴 때마다 몸에서 술냄새와 토냄새가 올라왔다.

—어제 너무 많이 마셨나봐.

여자가 이불 밖으로 고개를 내밀었다. 올리브톤의 피부와 초록색 눈동자. 그리고 자연스러운 금발머리.

—누구세요?

팬티를 입으며 물었다.

—근사해. 아주 신사다워.

여자가 침대에서 일어나 욕실로 걸어갔다. 나는 화장대 위의 성냥갑에서 성냥 한 개비를 빼내 담배에 불을 붙였다. 입속에 유황향이 퍼지자 허기가 졌다. 호텔 이파네마. 담뱃불로 성냥갑에 그려진 조빔의

얼굴을 태우고 있을 때, 여자가 수건 한 장만을 두르고 욕실에서 걸어
나왔다. 그녀는 화장대 앞 의자에 앉아 나를 바라봤고, 나는 바지를
입다 만 채로 걸어가 헤어드라이어로 그녀의 머리를 말려줬다. 아주
오래전부터 그래왔던 것처럼. 방안에 헤어드라이어의 바람 소리가 맴
돌았다.

　─이모 시신을 확인하러 가야지.

　여자가 말했다. 그녀의 머리카락을 들춰봤지만 내가 어제 이 여자
를 어디서 만났는지, 여자에게 어디까지 이야기했는지 기억나지 않
았다.

　─같이 가자. 재밌을 거야.

　뒤돌아 마저 바지를 입으려는데 배에서 곯는 소리가 났다. 네가 좋
아할 만한 식당을 알아. 여자가 수건을 벗고 내게 팔짱 끼며 말했다.

　─예, 알겠습니다.

　전화를 끊자, 가게 주인이 음식을 내왔다. 페이조아다. 오래된 전통
요리라 했는데 돼지 배를 칼로 찢어서 쏟아져나오는 걸 그대로 그릇
에 담아놓은 것 같았다.

　─뭐래?

　─경찰 쪽에서 먼저 부검중이라는데. 밤에나 오라는군.

　여자가 음식을 먹는 동안 나는 거리를 둘러봤다. 낙서들이 흩어져
있는 길바닥, 원색에 가까운 색채의 집채들, 건물 사이를 잇고 있는
빨랫줄에서 가끔씩 다 마른 수건이나 속옷들이 떨어졌고, 반바지만
입은 인부들은 골목 벽면을 새파랗게 페인트칠을 하고 있었다.

―이모 사진 줘봐.

여자가 냅킨으로 입가를 닦아내며 말했다. 나는 바지 주머니에서 이모의 사진들을 꺼내 테이블 위에 펼쳐놓았다. 내가 음식에 손을 대지 않아서인지, 턱수염을 기른 가게 주인이 아까부터 팔짱을 낀 채 나를 지켜보고 있었다.

―저 새끼는 자기가 프로이트라도 되는 줄 아나본데.

―그게 누구야? 내가 볼 땐 조지 클린턴 같은데.

내가 가게 주인에게 과라나 잔을 들어 보이며 웃어주니 그는 그제야 다시 자기 할 일을 하기 시작했다.

―이모랑 친했어?

―아니. 마지막으로 본 게 언제인지도 기억 안 나.

―그런데 왜 네가 온 거야?

―가족 중에 마일리지로 비행기를 탈 수 있는 사람이 나밖에 없거든.

나는 잔에서 얼음을 꺼내 내 와이셔츠 속에다 집어넣었다. 파라솔은 충분히 넓었지만 햇빛이 너무 진해 땀이 났다.

―여기 음식 말이야.

―응, 맛있지? 마음에 들어할 줄 알았어.

여자가 내 눈을 마주했다. 그녀의 눈동자는 물기 없이 건조했는데 깊은 쌍꺼풀 때문에 꼭 금방이라도 울 것같이 보이기도 했다.

―차라리 고양이를 믹서에 갈아 마시는 게 낫겠어.

여자가 얼굴을 찌푸리며 재떨이에 침을 뱉었다.

―방금 네 이모가 어떻게 돌아가셨는지 상상하고 있었단 말이야.

—그건 나도 몰라. 아무도 나에게 그런 이야기는 해주지 않았으니까.

　나는 잔에 남은 얼음을 모조리 와이셔츠 안에 집어넣었다. 금세 얼음이 녹아 팬티 속으로 더운물만 들어왔다. 대부분의 가정집들이 창문을 열어놓고 있어 거리에는 선풍기 소리가 끊임없이 맴돌았다.

　—다음은 여기네.

　여자가 손가락으로 해변에 앉아 있는 이모의 사진을 짚었다.

　—다음이라니.

　—밤까지 할 것도 없잖아. 사진들이나 쫓아다녀보자고.

　길목에 하나둘 사람들이 늘어났고, 그들은 각자 그림자를 개처럼 끌며 걸어다녔다.

　—너는 직장도 없나보지?

　—하루쯤은 괜찮아.

　우리는 남은 음식 위에 냅킨을 펼쳐 덮어놓고서 자리에서 일어났다. 주인은 내게 고개 숙여 인사했고, 그림자가 길어지니, 그림자가 사람들을 개처럼 끌고 다니는 것 같아 보였다. 나는 내 그림자를 바라보다 침을 뱉고 차에 시동을 걸었다.

　럼 두 잔을 주문했다. 햇빛은 싸구려 캐시미어 코트같이 나를 옭았다.

　—이걸 챙기는 게 좋을 거야.

　여자가 튜브를 건네줬다. 스쿠터 한 대가 해변의 만을 따라 달렸다. 쪽빛 바닷물이 스쿠터 바퀴 위에 엎어지자 뒷좌석의 서프보드가 떨

32

어질 듯 말 듯 흔들렸다. 운전자는 여전히 속도를 줄이지 않고 백사장 위에 팸플릿을 뿌렸다.

—바다 근처에 사는 건 어떤 기분이지?

—넌 상상도 못해.

나는 튜브를 끌고 걸어갔다. 아무 무늬 없는, 이모가 사진 속에서 깔고 앉아 있는 튜브와 똑같은 종류였다. 사진 속 이모는 살집 때문에 수영복이 금방이라도 터질 것같이 보였다. 한때. 이모도 저기 럼 두 잔을 들고 달려오는 그녀만큼 좋은 몸매를 가졌던 적이 있었을 것이다. 누구나 평생 뚱뚱한 법은 없으니까. 그때는 매일 밤마다 음악을 고르듯 남자를 골라 잤겠지. 기쁜 날에는 똑똑한 남자를, 슬픈 날에는 잘생긴 남자를. 아무 기분도 아닌 날에는 캐딜락 엘도라도를 모는 남자와 잤을 것이다. 한때. 그건 해변에 버려진 콜라캔만큼이나 쓸모없는 것이었다. 아침부터 계속 전화를 걸어대는 소속사 대표처럼.

—배우님. 국제전화로 걸리던데 지금 어디세요.

대표는 항상 내가 어디에 있는지 궁금해했다. 그래서 대답해주면 한 번도 나를 찾아온 적이 없었다.

—잠시 일이 있어서요.

여자가 내 얼굴에 술잔을 갖다대는 바람에 휴대폰을 떨어뜨렸다.

—『GQ』인터뷰 말이에요. 완전히 망치셨더군요. 요즘 세상에 공개적으로 우익을 지지하는 멍청이가 어디 있어요. 당장 돌아와서 노동부에 기부라도 하셔야겠어요.

—당장은 곤란합니다.

내가 휴대폰을 주워들고 말했다.

―저는 지금 이모의 시신을 수습하러 왔거든요.

대표는 잠시 말이 없었다. 나는 다시 이모의 사진을 바라봤다. 이모는 선글라스를 끼고 웃고 있었다.

―시체가 CF를 물어와준답니까?

―뭐요?

전화가 끊겼다. 나는 술 한 모금을 마시고 해먹 위에 누웠다. 하늘 한가운데 태양이 떠 있었다. 태양은 단 하루도 쉬지 않고 자그마치 오십억 년 동안이나 육신을 태웠지만 아직도 죽지 못했다.

―아까 전화할 때 네가 쓴 말 말이야. 어느 나라 말이야? 멋지던데.

여자가 내 옆구리를 쓰다듬으며 말했다. 나는 지갑에서 지폐 두 장을 꺼냈다.

―됐어. 가서 술이나 더 사와. 가장 독한 걸로.

여자는 자기 팬티에 지폐를 꽂아넣고, 내 옆에 서서 내 몸 위에 모래를 쌓아올렸다.

―너도 저거 할 줄 알아?

내가 물가에서 카포에이라를 하고 있는 흑인들을 가리키며 묻자 여자는 고개를 저었다. 흑인들이 리듬에 맞춰 공중제비를 돌 때마다 새하얀 모래알들이 튀어올랐다. 햇빛이 무지갯빛으로 부서지고 그들은 계속 움직이는데 더워 보이지는 않았다.

―그러지 말고 바다에 들어가자.

여자는 내 앞에서 카포에이라 동작들을 흉내냈다.

―너 정말 못한다.

그래도 여자는 계속 리듬을 타며 어설픈 발차기를 보여줬다. 그녀는 뇌에서 박자감각이 제거된 사람처럼 보였지만 혼자 바닥에 구르고 물구나무서는 모습은 귀여운 면이 있었다.

—물위에 누워 있으면 진짜 끝내줄 거야. 날 믿어봐.

—난 별로 끝내주고 싶지 않은데.

—아니. 넌 꼭 파도를 타봐야 해.

내가 해먹에서 내려와 와이셔츠 단추를 풀자 여자가 웃으며 튜브를 챙겼다. 나는 여자에게 먼저 들어가라 신호하고선 신발을 벗었다. 바다에 윤슬이 일고 여자가 튜브를 들고 바다를 향해 뛰어갔다. 모래사장에 그녀의 발자국들이 남겨졌다. 작고, 예쁜. 더이상 그녀의 발자국을 볼 수 없게 됐을 때에 나는 다시 와이셔츠 단추를 잠그고 차로 돌아갔다.

시트가 뜨거웠다. 차를 야자수 그늘에 옮겨두고 밖으로 나와 휴대폰을 확인했다. 메일함은 언제 확인해봐도 항상 비어 있었다. 도로에서 꼬마애들이 팸플릿을 뿌리며 뛰어다녔다. 거리 위에 축제 문구가 흩날렸다. 아무도 줍지 않았고 아이들도 누군가에게 전달할 생각은 없어 보였다. 동네 어딘가에서 악기 조율 소리가 들려왔다. 트롬본, 퍼커션, 반도네온, 호른. 다시 차 안으로 들어가 시동을 걸고 출발하려는데 이모의 사진이 생각났다. 도어트렁크를 뒤져보니 사진 한 장도 남아 있지 않았다. 나는 시트를 뒤로 젖히고 눈을 감았다. 여자를 기다려야 했다. 사진 없이 이모의 얼굴을 알아볼 자신이 없었다.

가랑비. 차창으로 빗방울이 달라붙었다. 노천카페에서는 장화를 신은 사람들이 우산도 쓰지 않고 커피를 마시고 있었다. 사실 한 번쯤은

이 동네에 와보고 싶었다. 쇼로의 고향. 벨로주의 음악을 들을 때면 가장 먼저 생각나는 것이 해변이었다. 맑고 따뜻하며 영혼의 길잡이가 되어줄 부표가 떠 있는 해변.

내 고향에도 쇼로를 들을 수 있는 곳이 있었다. 라멘투라는 이름의 바였는데, 오후 네시면 사람들이 패잔병처럼 고개를 처박고 모이는 장소였다. 도쿄에 지진이 나도, 상하이에서 연쇄살인 사건이 일어나도 라멘투의 음악은 멈추지 않았다. 사람들은 하루종일 음악을 틀어놓고선 말도 없이 눈을 감고 슬픈 상상을 했다. 지구 건너편에서 녹음된 기타 리프를 이해하기 위해. 하지만 그들은 아무것도 이해하지 못했다. 이해할 수 없는 날들의 연속이 라멘투의 쇼로였다. 다시 앞을 바라보니 맞은편에서 클랙슨 소리와 함께 핫도그 트럭이 나를 향해 달려오고 있었다.

—괜찮아. 누구나 죽어. 이제 신이 얼마나 공평한지 알겠지?

옆 좌석의 누군가 말했다. 고개를 돌려 보니, 얼굴에 커다란 구멍이 난 이모였다. 수영복 차림의 이모는 자기 얼굴에 난 구멍 속으로 튜브를 집어넣고 있었다.

—커티스, 커티스.

눈을 뜨자 여자가 몸에 커다란 타월을 걸친 채 차창을 두드리고 있었다. 커티스, 커티스. 나는 그녀의 조그마한 두 손을 바라봤다.

—메이.

차문을 여니 메이가 나를 안아줬다. 그녀의 몸에서 바다 냄새가 났다. 나는 그녀를 밀어내는 대신 축축한 그녀의 머리카락을 만지작거렸다. 매끄럽고 부드러운 머리카락.

—말없이 가지 마.

내가 시트를 바로 세우자 메이가 차 옆으로 돌아왔다.

—커티스 메이필드. 왜 하필 커티스 메이필드지.

—그 이야기는 어제도 했잖아.

메이가 조수석에 앉아 타월로 머리를 털어냈다. 내 얼굴 위로 물방울들이 달라붙었다.

—어제 뭐라고 했지?

—내가 5월의 들판은 끝내주는 이름이라고 하니까 네가 나보고 창녀치곤 감성적이라고 했어.

나는 메이에게 너 창녀야? 라고 물어보려다 창문을 열고 액셀을 밟았다.

—여기야.

메이가 사진을 보여주며 말했다. 파란색 보도블록, 몇몇 큰 나무들, 빈 벤치. 사진 속 황량함과 다르게 거리에는 사람이 많았다. 길 곳곳에 가판대가 들어섰고 사람들이 목에 구슬목걸이를 차고 다녔다.

—위험한데.

—밤이 되면 사람이 더 많아질 거야.

메이가 차에서 내렸다. 나는 주머니에 약을 챙겨넣고 그녀를 따라갔다. 거리 중앙에서 악단이 행진하고 있었다. 퍼레이드 마차의 여장 남자들이 우리에게 키스를 보내줄 때마다 나는 손가락을 권총 모양으로 만들어 내 입속에 집어넣고 방아쇠를 당겨줬다.

—게이들을 보고 있으면 오제이가 생각나.

메이가 말했다.

—오제이? 첫사랑이라도 되나보지?

—아니. 옛날에 기르던 강아지야. 매일 저렇게 혀를 내밀고 다녔어.

우리는 행진의 반대방향으로 길을 걸었다. 농구코트가 있는 롤러
블레이드장 쪽으로. 인부들이 건물 옥상에 조명판을 설치하고 있었고
거리의 사람들은 그늘진 바닥에 앉아 술을 마셨다. 내가 쉬기 위해 그
늘 쪽으로 걸어가면 메이는 다시 나를 햇빛이 드는 쪽으로 끌고 왔다.

—그냥 차에 돌아가서 칵테일이나 마시는 게 어때.

—그건 아무 의미 없잖아.

—의미 따위가 무슨 소용이야.

메이가 코너의 가게 안으로 들어가버렸다. 입구부터 안의 벽면들까
지 온통 가면들이 걸려 있는 가게였다. 가면은 눈빛이 없었음에도 그
가운데에 서 있으니 현기증이 일었다. 탁자에 몸을 기대어 서 있는데
카운터 밑에서 휴 그랜트 가면을 쓴 사람이 천천히 일어났다. 메이가
휴에게 이모의 사진을 보여주자 휴가 막대기를 이용해 벽에 걸린 가
면 하나를 내려줬다. 프레디 머큐리. 사진 속 이모가 쓰고 있는 가면
이었다.

—이거 사줘.

메이가 가면을 받아들고선 내게 말했다.

—오, 메이. 정말 훌륭한 의미인걸.

—비꼬는 남자는 멋이 없어, 커티스.

—기억도 안 나는 친척을 위해 열일곱 시간이나 비행기를 타고 온
남자도 멋이 없지. 안 그래?

내가 사진을 가져가며 말했다. 가게 지붕 사이로 햇빛이 들어오자, 휴가 먼지떨이로 벽의 가면들을 털어냈다. 툭, 툭. 햇빛 속에 먼지들이 떠다녔다. 먼지는 천천히 움직였다. 아주 천천히. 메이가 프레디 머큐리 가면을 쓰고 소리를 질렀다. 휴도 그녀를 보곤 소리를 따라 질렀다. 둘은 마주보고서 교성을 내기 시작했다. 나는 지갑에서 돈을 꺼냈다. 그게 이 멍청한 상황에서 벗어날 수 있는 유일한 방법이었다.

─너도 써봐.

메이가 벽에 걸린 루이 암스트롱 가면을 꺼내 내 얼굴에 덮어씌웠다.

─알았으니까 제발 그만해.

우리는 가면을 쓴 채로 가게를 나섰다. 거스름돈이 조금 많다 싶어 돌아보니 얼굴에 검버섯이 핀 할머니가 휴 가면을 들고 카운터에 앉아 있었다. 계속 지켜보니 그 검버섯 핀 얼굴도 수많은 가면들 중 하나처럼 느껴졌다.

와이셔츠가 축축해져 젖꼭지가 따가웠다. 가만히 앉아만 있어도 땀이 흘렀는데 그래도 가면을 벗지 않았다. 이 동네 사람들의 몸매는 감상해볼 만한 가치가 있었다. 여자들은 비키니만 입은 채로 훌륭한 가슴을 출렁이며 롤러블레이드를 탔다.

─나 어제 꽤 오래하지 않았어?

내가 물었다.

─무슨 소리야. 가슴만 만지다가 잠든 주제에.

메이가 대답했다.

—거짓말이겠지.

—넌 키스도 안 해줬어.

나는 메이의 몸을 바라봤다. 길쭉한 다리와 적당한 크기의 가슴. 아름다운 허리까지. 어젯밤에 아이스크림을 먹은 기억이 났다. 둘 다 발가벗은 채로 하얀 시트가 깔린 침대 위에서 먹었는데 어디서 누가 사왔는지는 생각나지 않았다.

—네 몸이 지루했나보네.

—방금 그 말은 최악이었어. 커티스.

메이가 바닥에 떨어진 야자수 잎을 집어 나에게 던졌다.

—혹시 내가 잠꼬대는 하지 않았어?

—자꾸 무섭다면서 침대 밑으로 들어가려는 걸 말리느라 힘들었어.

롤러장 구석에 딸린 코트에서 농구를 하던 아이들이 우리를 향해 달려왔다. 아이들은 굳이 나에게만 노래를 불러달라 졸랐다. 나는 귀머거리처럼 딴 곳을 쳐다보고 가만히 있었다.

—가족들은 장례식을 준비하고 있겠네.

아이들이 다시 바닥에 농구공을 튕기며 돌아가자 메이가 말했다.

—우리나라는 장례식을 삼 일 동안이나 해.

나는 아이들이 완전히 멀어진 것을 확인하고서 대답했다.

—어쩌면 그게 옳을지도 몰라. 뒤늦게 슬퍼지는 사람들도 있을 테니까.

롤러장의 가로등이 몇, 성급하게 켜지고 있었다. 하늘에 붉은빛이 돌았다. 나는 아이들이 언제쯤 농구공을 발로 찰지 지켜봤지만 그들은 끝까지 두 손을 이용해 농구를 했다.

―장례식이 시작되면 넌 무슨 일을 하는데?

메이가 물었다.

―간단해. 자리를 지키는 거지.

―너 혼자 삼 일 동안 계속?

대답을 하려는데, 메이가 손가락으로 내 와이셔츠 주머니를 가리켰다. 휴대폰이 진동하고 있었다.

―좋은 소식과 나쁜 소식이 있어요.

인디영화 잡지의 평론가였다.

―좋은 소식부터 듣지요.

내가 대답했다.

―당신을 위해 기자들과 영화평론가들이 한자리에 모여줬어요.

―나쁜 소식은 들을 필요도 없겠네요.

―모두 당신이 구제불능 인간쓰레기라는 데 동의했어요. 헤드라인은 퇴물배우의 사망확인서로 하려는데 괜찮겠죠?

통화 종료버튼을 눌렀다. 끼익. 롤러장에 꼬맹이들의 신발 마찰음과 여자들의 웃음소리가 섞여 퍼졌다. 가면을 벗으니 얼굴 위로 바람이 지나갔다. 석양이 지고 있었다. 하늘은 태양이 토해놓은 주홍빛으로 물들었다.

―무슨 전화야?

―채식주의 단체야. 자기들이 드디어 녹색 똥을 쌌으니 와서 구경해달래.

내가 대답했다. 멀리서 삼바 연주와 함께 사람들의 환호성이 들렸다. 농구하던 꼬맹이들과 롤러를 타던 여자들의 시선이 철망 밖으로 향했다.

—그래서 삼 일 동안 뭘 하는 거야?

메이가 물었다.

—슬픈 표정을 짓고 손님들 절을 받아주면 돼. 〈세서미 스트리트〉의 저능아들처럼 말이야.

내가 말했다.

—그건 이모보다 너에게 위로가 될 거야.

메이는 가면을 벗고선 자리에서 일어났다. 여자들은 롤러장 밖으로 나갔고 꼬마애들은 여전히 농구를 하고 있었다. 음악소리와 사람들의 환성이 점점 더 커지는데 그건 여기서 무척 먼 곳에서 일어나는 일처럼 느껴졌다.

—비가 올 것 같지?

하늘에는 구름 한 점 보이지 않았다.

—다시 생각해보지그래.

내가 말했다.

—생각하면 늦어.

메이가 자리에서 나를 일으켰다. 나는 철망에 등을 기대어 섰다. 앞으로는 해변, 뒤로는 쇼로를 틀어놓는 버스가 돌아다니는 도시였다. 불현듯, 갱이 나타나 주방용 칼로 내 목을 잘라가는 상상을 했다. 상상 속에서 칼날은 뜨겁지도 차갑지도 않았다.

—장례식장에 아이스크림을 준비해둬봐. 슬퍼하는 사람들에겐 초코퍼지 아이스크림이 필요하거든.

메이가 내 어깨에 손을 얹으며 말했다.

―지금 나에겐 마리화나가 필요한 것 같은데.

나는 내 어깨에서 그녀의 손을 내렸다.

―그건 아무 도움이 안 돼.

메이는 고개를 저었고 우리는 롤러장을 나왔다.

―뭐가 그렇게 즐거운 기지?

사람들이 소리를 지르는 바람에 메이가 뭐라 대답했는지 알아듣지 못했다. 거리는 물론이고 건물 테라스, 옥상에까지 사람들이 꽉 들어차 움직일 수도 없었다. 그들은 저마다 술잔을 든 채로 춤추고, 노래를 불렀다. 나는 주머니에 손을 넣어 약을 확인했다. 주치의는 그걸 만지고 있는 것만으로도 위로가 될 거라 했지만 그 작은 플라스틱통은 내가 지금 또 얼마만큼 병신같이 굴고 있는지 확인시켜줄 뿐이었다.

―어때, 마리화나보다 괜찮지?

메이가 소리쳐 물었다.

―포르노 버전 〈혹성탈출〉을 감상하는 기분이야.

나는 메이 손에 끌려 사람들 틈으로 들어갔다. 그녀의 말랑거리는 손을 잡으니 현기증이 일지 않았다. 많은 사람들이 우리를 포옹해줬고 메이는 그들에게 일일이 키스해줬다.

―저 원시인들은 뭐야?

내가 원주민 복장을 한 채로 둥그렇게 모여 있는 사람들을 가리키며 물었다.

―마쿰바 신자들이야. 저 사람들은 죽은 사람도 살릴 수 있대.

―그래? 그럼 저기 가운데 앉아 있는 사람의 이름은 해리 포터겠

네?

나는 옆에 있던 백인 남자와 하이파이브를 했다. 신자들이 부적을 들고선 다 같이 뭐라 옹알거리자, 주위의 사람들도 맥주를 마시다 말고 눈을 감은 채 같이 기도했다.

—저 사람들은 진지해. 너도 진심으로 대해봐.

—사실이라면 당장 마이클 잭슨부터 살려야지.

—이런, 훨씬 중요한 사람이 있잖아.

—존 레논? 난 히피를 싫어해. 한번은 차를 타고 가다가 길가에서 기타를 치고 있는 놈 얼굴을 향해 먹던 햄버거를 집어던진 적도 있었지.

메이가 고개를 저었다.

—유명한 사람들을 이야기하는 게 아니야.

—생각해보니 지금 죽으면, 그들의 협주를 들을 수 있겠어.

메이는 한숨을 쉬었다.

—됐어. 술이나 좀 가져올게.

폭죽이 쏟아지자 테라스의 여자들이 윗옷을 까 가슴을 내보였다. 남자들은 그녀들에게 휘파람을 불어줬고 환호와 박수에 힘입어 더 많은 여자들이 옷을 벗었다. 그녀들은 쇼걸이 아니라 그저 주민들처럼 보였는데 그런 행동이 이상하리만큼 자연스러웠다. 나는 또 한번 폭죽이 터지길 기다렸지만 대신 머리 위로 브래지어들이 떨어졌다. 내가 다시 테라스를 쳐다보니 여자들이 나를 위해 젖을 흔들어줬다. 웃음소리에 맞춰 흔들리는 젖들.

—너도 벗어보지그래.

메이는 없었다. 내 옆에는 머리 위에 브래지어를 얹고서 기도하는 마쿰바 신자만 서 있었다. 나는 하늘 속으로 들어와 있는 몇몇 별들을 쳐다보다, 길을 걷다 모퉁이를 도는 메이의 모습을 상상했다. 가로등 밑에서 멋진 몸매가 약간 기울어지고 신발이 미끄러지며 허리의 방향이 바뀌는 모습. 그리고 메이가 그렇게 나를 떠났다는 사실을 깨달았다. 이전에 나를 떠나간 다른 사람들처럼.

차로 돌아가기 위해 거리의 반대편으로 몸을 돌렸다. 사람들의 키가 조금씩 커진 것 같았다. 다섯 걸음쯤 발을 옮기자 더이상 움직일 수가 없었다. 길가의 사람들이 너무 커 보였다. 내가 꼭 그들에게 밟혀 죽기 위해 태어난 벌레가 된 기분이 들었다. 하늘의 커다란 젖들은 날 뭉개버리려 했고 거리의 사람들은 맥주잔으로 내 몸을 박살내려 했다. 조금만 잘못 움직이면 그들에게 들킬 것 같아서 주머니 속의 약도 꺼낼 수 없었다. 몸에 땀이 흘렀다. 나는 점점 더 작아져서 이대로 있다간 내 땀 속에 빠져 질식할지도 모른다는 생각을 했다. 팔십일, 칠십이, 육십삼, 오십사, 사십오, 삼십육, 이십칠, 십팔, 그러니까 생각마저도 이미 나보다 커져서 구구단을 거꾸로 외워보니 머리통이 폭죽마냥 터져버릴 것 같았다.

—왜 그래.

눈을 뜨니 어떤 여자가 내 얼굴에 술잔을 갖다대고선 나를 바라보고 있었다. 기다란 눈썹, 얇은 코, 작은 입술.

—메이.

나는 그녀의 가슴 위에 토사물을 쏟아냈다.

—씨발, 커티스. 더럽게 무슨 짓이야.

메이는 내 와이셔츠를 입고 세탁소 안을 거닐었다. 세탁기 위에 올려진 바구니들을 구경하다가 남자 속옷을 발견하면 꺼내어 속옷 주인의 성기 사이즈에 대해 이야기했다. 나는 바지만 입고 간이의자에 앉아 그녀를 지켜봤다. 덜컹덜컹. 신경이 세탁기의 둔탁한 소음에 쏠리자 공간 자체가 덜컹덜컹 흔들리는 기분이 들었다. 세탁기 소음 간격에 맞춰, 명전되는 극장. 관객들의 박수 소리. 쉬지 않고 터지는 카메라 플래시. 그리고 그런 것들을 오랫동안 바라보았던 내가 떠올랐다.

—자, 아까 욕해서 미안해.

메이가 웃으며 짧은 궐련을 건네줬다.

—마리화나야?

—좀더 강한 거야.

세탁기 소리가 멎어갔다.

—어떻게 하는 거지?

—한 번도 안 해봤단 말이야?

메이가 내 옆에 와 앉았다. 우리는 나란했다.

—담배랑 똑같아.

내가 입에 물고만 있자 메이가 불을 붙여줬다. 별 느낌이 안 들어 몇 번 더 들이켰다.

—천천히 해.

메이는 몸을 길게 쭉 뻗고선 천천히 연기를 내뱉었다. 그러고선 자리에서 일어나더니 세탁소 안의 세탁기들 문을 열기 시작했다. 세탁소 가득 빨래 냄새가 풍겼다.

—음악이 빠질 수 없지.

나는 자리에서 일어나 구석에 놓인 주크박스에 동전을 넣었다.

―〈아베 마리아〉라니. 세탁소 주인도 약을 빠나본데.

음질은 후졌지만 멜로디는 성스러운, 카치니풍의 〈아베 마리아〉가 흘러나왔다.

―춤을 춰야지.

메이가 내 손을 잡고 세탁소의 가운데로 끌고 갔다.

―춤추기엔 너무 느린 음악이야.

―고등학생 때 남자친구는 이런 느린 음악에도 춤을 춰줬어.

―너 고등학교도 나왔단 말이야?

―정말 경찰에 신고라도 하고 싶다. 커티스.

우리는 손을 잡고 춤을 췄다. 팔로 메이의 허리를 휘감는데 이상한 전율이 왔다. 매일 함께 이 짓을 해왔다는 듯이 자연스레 우리의 발이 함께 움직였다.

―고등학생 때 남자친구랑은 왜 헤어졌는지 이야기해봐.

―갑자기 비가 오길래 헤어졌어.

―이유가 좀 엉성한데.

―정말 너무 많이 내렸다고.

스텝을 밟을수록 바닥이 푹신푹신해졌다.

―비라.

―우린 약혼까지 했었어.

마치 솜사탕으로 만들어진 결혼식장에 와 있는 기분이었다. 도돌이표 모양의 머리를 하고 있는 쿠션 천사들이 우리 곁에서 함께 춤췄고, 세탁기들은 우리를 보며 아주 행복한 웃음을 지어줬다. 그들은 너무 행복해서 그들의 동그란 입을 다물지도 못했다.

―전화나 받아.

메이가 내 바지 주머니에서 휴대폰을 꺼내 내 귀에 붙여줬다.

―자네 지금 당장 옥상에서 뛰어내리면 안 되나? 그렇게라도 해야 영화가 팔릴 것 같은데.

―사랑하는 감독님.

―뛰어내릴 때는 베이렌동크 슈트를 차려입으라고. 그래야 젊은 새끼들이라도 네 유작을 봐줄 테니까.

―제가 지금 천국에서 춤추고 있거든요. 이제 곧 예수가 태어날 텐데 감독님도 어서 오세요. 누벨바그마냥 젠체하는 영화는 어차피 아무도 안 봐요. 다 때려치우고, 밤마다 당신 몰래 바이브레이터를 들고 우리집에 찾아오는 아내분과 함께 이리로 오세요. 감독님. 아기 예수를 보셔야죠.

나는 전화를 끊고 메이와 마저 춤을 췄다.

―네 전 남자친구 이야기나 계속해봐.

―글쎄. 그애는 말끝마다 항상 조지 클루니를 욕하는 버릇이 있었어. 씨발 조지 클루니, 좆같은 조지 클루니, 역겨운 조지 클루니, 죽어버려 조지 클루니. 등등.

―조지 클루니가 시 낭독회라도 열었었나?

―아니. 그애는 그냥 여러 가지로 불행했어. 그래서 조지 클루니를 욕했던 거야. 그래야만 세상의 균형이 맞아진다고 생각했던 거지.

그녀가 나를 간이의자 쪽으로 리드했다. 그러고는 아까 사놓은 술잔을 집어 내 손에 건네줬다. 내 어깨 위에서 그녀의 얇은 손목이 움직이는 것이 세세하게 느껴졌다. 돌아가는 각도, 턴을 돌 때 살짝 뜨는 감촉들. 나는 고개를 숙여 그녀와 이마를 맞댔다. 음악이 점점 작아졌다. 메이가 내 주머니 속에 손을 넣더니 다시 휴대폰을 뺐다.

─감독님, 출발하셨어요?

─출발은 당신이 하셔야지.

처음 듣는 목소리였다.

─누구야. 혹시 예수님이세요?

─어디 홍해에서 딸딸이라도 치고 계시나? 시신을 확인하셔야지.

나는 주크박스를 껐다. 음악이 멈추니 벽에 매달린 오래된 선풍기가 달달달거리는 소리와 가게 밖 자동차들이 과속방지턱을 지나는 소리들이 스쳐갔다. 나는 전화를 끊자마자 세탁소 밖으로 달려나갔다. 메이의 말이 맞았다. 문을 나서니 비가 내리고 있었다.

─너 뭐해?

메이가 나를 내려다보며 물었다.

─이모 시신을 확인하러 가야 해.

나는 조금 추워져서 몸을 웅크리고 대답했다.

─근데 왜 세탁기 안에 들어가 있는 거야.

메이가 말했다. 머리 위로 세제와 세탁물이 떨어지고 드럼통이 앞뒤로 흔들렸다. 나는 무릎을 안고 잠시 그 안에 머물렀다.

─닐 암스트롱이 된 기분이야.

내가 조수석에 누워 말했다. 차창 안으로 바람이 들었다. 차 지붕을 열어버리자 와이셔츠가 펄럭였다. 음악도 틀지 않고 도로를 달렸다.

교외의 가로등은 키가 높아 빛이 넓었고 해변은 길어 끊임없이 파도가 엎어지는 소리가 들렸다. 그래도 차가 떠 있는 느낌을 지울 수 없었다. 차는 날아가고 있었다. 달의 입구를 향해.

—이모를 보기 전엔 약에서 깨야 할 텐데.

메이가 핸들을 돌리며 말했다.

—이대로라면 이모의 얼굴에 오줌을 갈길지도 몰라.

내가 대답했다.

—뭔가 이야기해봐. 그게 도움이 될 거야.

—별로 하고 싶은 이야기가 없는데.

나는 담배 두 대에 불을 붙여 하나를 메이에게 건네줬다. 도로 끝에 달이 커다랗게 떠 있는데 조금도 가까워질 기미가 안 보였다.

—이모에 대해서라도 이야기해봐.

메이가 말했다.

—전쟁 후에 할아버지와 할머니가 떠쳐서 태어났고. 결국 이 축제에 미친 도시에서 죽었지. 내가 아는 건 이게 전부야.

—그래도 그녀는 네 가족이야.

—그래, 나와 피도 조금 섞였겠지. 피자를 시키면 딸려오는 그 작은 피클용기만큼.

나는 내 머리 뒤로 담배꽁초를 던졌다. 그건 꽤 근사해서 웃음이 났다.

—네 이모는 외로웠을지도 몰라.

메이가 산 위에 서 있는 거대한 예수상을 쳐다보며 말했다. 혼자 찍었는지 사진 속 이모 뒤에는 예수상의 다리만 찍혀 있었다.

─누구나 외로워. 그러니까 교회나 성당이 안 망하는 거지.

예수는 해변을 향해 팔을 벌리고 서 있었는데 안아주려는 것인지 막아서고 있는 것인지 알 수 없었다.

─성모 마리아는 괜찮은 분이셔.

─그 여자를 믿느니 차라리 레이디 가가를 믿겠어. 그럼 언젠가 그녀랑 떡이라도 칠 수 있을지 모르잖아.

메이는 고개를 저었다. 차는 계속 앞으로 나아갔다. 약이 좀 깼는지 자동차 바퀴가 가끔씩 바닥을 긁는 것이 느껴졌다.

─이제 네가 떠들 차례야.

내가 말했다.

─사실 난 면허가 없어.

메이가 대답했다.

─이런, 젠장.

둘러보니 우리는 차선 반대방향으로 질주하고 있었다. 다행히 도로에는 차들이 없었다.

─가끔 아침에 관한 꿈을 꿔. 구겨진 이불 속에서 눈을 뜨면 내 옆에 누군가 자고 있고, 일어난 뒤에는 각자 한 치수 큰 파자마를 입고선, 눈곱이 낀 채로 베란다의 커튼을 함께 여는 꿈이야.

─디즈니 영화만큼 시시한데.

─너는 무슨 꿈을 꾸는데?

나는 해변에서 꿨던 꿈을 생각했다. 영화 몇 편을 실패한 뒤 내가 꾸는 꿈은 대부분 그런 내용이었다. 나에게 뭔가 다가오고, 나는 그것을 피할 수 없는 꿈.

—몰라. 꿈은 그냥 밤에 켜진 텔레비전 같은 거지. 우연히 보게 되는 싸구려 영화들을 일일이 기억할 필요는 없잖아.

우리는 잠시 말이 없었다. 나는 메이의 아침에 대해서 생각해봤다. 꿈이 아니라 꿈이 깨고 난 뒤의 아침. 그러자 어제 있었던 몇 가지 일들이 기억났다. 나는 메이에게 맥주를 건네줬다.

—친절하네. 커티스.

—커티스.

메이와 맥주를 돌려 마셨다. 미지근했지만 칼칼하니 정신이 좀 돌아왔다.

—어렸을 때야. 몇 살이었는지도 기억 안 나고 내가 왜 거기 있었는지도 모르겠어. 아마 부모님이 하루쯤은 나 없이 데이트를 하고 싶어서 나를 이모에게 맡겼겠지. 아무튼 나는 이모와 함께 이모가 일하는 동네의 작은 꽃집에 앉아 있었어. 크기는 작았지만 꽃들은 무척 많은 곳이었지. 물론 이모는 내게 꽃가루 알레르기가 있었는지 몰랐을 거야. 그건 나도 그날 처음 알았고 우리 부모님은 아직도 모르고 있을 테니까. 아무튼 가만히 앉아서 코를 훌쩍이고 있는데 꽃집 안으로 한 남자가 들어왔어. 당시 인기 있던 야구팀의 모자를 쓰고 있는 남자였는데, 그 둘은 처음에는 포옹을 하더니 서로에게서 떨어지자마자 싸우기 시작했지. 결국 이모가 남자의 귀싸대기를 날리고 남자가 이모에게 꽃병을 집어던지고 나서야 싸움이 끝났어. 나는 그 둘이 싸울 때에도, 싸움이 끝났을 때도 그 상황에 놓여 있는 나 자신을 견딜 수 없었지. 날 맡기고 간 부모님을 원망하고 야구모자의 남자를 원망하고 내가 있는 곳에서 싸운 이모를 원망하며 한 시간 내내 입으로 흘러내

리는 콧물을 받아 마셔야 했거든. 그래. 내가 코를 훌쩍이면 그 소리가 이 모든 상황을 더 악화시킬지도 모른다고 생각했기 때문이야.

─계속 이야기해줘.

메이가 핸들에서 한쪽 손을 떼 내 손을 잡았다.

─계속? 이게 전부야. 나는 그날 이모가 내게 어떤 이야기를 해줬는지, 이모가 무슨 옷을 입고 있었는지 어떤 헤어스타일을 하고 있었는지 아무것도 기억하지 못해. 그 장면이 이모에 대한 단 하나의 기억인데 기억의 모든 초점은 콧물이나 삼키는 내 모습에만 집중되어 있지.

─괜찮아. 커티스. 그건 네 잘못이 아니야.

나는 내 왼 손등 위로 포개진 메이의 손을 밀어냈다.

─위로가 필요한 게 아니야. 어제부터 네가 괜한 짓을 하고 있다는 이야기를 하려는 것뿐이지.

차가 멈췄다.

─다 왔어.

도로 건너편에 낡은 건물이 서 있었다. 아주 멀리서 간간이 헤드라이트 불빛들이 움직이는 것을 빼고는 도로 위에 우리 둘만 있었다.

─그래서 어제 뭐가 보였어?

메이가 물었다. 그녀는 시동을 끄고선 시트를 젖혀 몸을 뉘었다. 우리의 눈이 같은 높이에서 마주했다.

─보이다니 뭐가.

─술집 화장실에서 구두끈으로 목을 매달았을 때 말이야.

나는 화장실 천장의 곰팡이와 거미, 변기 안으로 빨려들어가는 물결들을 떠올렸다.

—그건 무척 순식간에 일어나지만, 반드시 무엇인가 마중나오게 되어 있잖아. 커튼 밑으로 새어나오는 빛처럼 아주 부드럽고 자연스럽게 말이야.

메이가 말했다. 도로 맞은편에서 앰뷸런스가 달려오고 있었다.

—그러니까 네가 기억도 못하고 있던 무엇인가가, 이를테면 어릴 적에 길렀던 강아지 같은 것들이 찾아와서는 반갑게 만들잖아. 그것과 포옹할 수밖에 없게끔.

건물 앞에 앰뷸런스가 멈추고 사람들이 트렁크에서 이동침대를 끌어내렸다. 이동침대 위에는 시체같이 보이는 부대자루가 실려 있었다.

—혹시.

나는 메이의 눈을 보며 물었다.

—내가 이미 죽었다는 거야?

메이는 말없이 내 눈을 마주보며 손가락으로 내 머리카락을 돌돌 말았다. 앰뷸런스가 떠나는 소리가 들리고, 나는 메이의 눈을 계속 바라봤다. 메이의 손이 내 머리카락에서 광대뼈를 스쳐 목으로 내려가더니 그녀는 갑자기 웃기 시작했다.

—커티스. 방금 넌 정말 연기하다 죽은 또라이 같았어.

메이는 계속 웃었다. 나는 내 와이셔츠 깃을 잡고 있는 메이의 손을 뿌리치고선 차에서 내렸다. 길 위에 서자 약기운이 달아났다. 메이는 나를 따라 차에서 내리다가 자빠졌다. 그녀는 바닥에 넘어진 상태로도 계속 웃었다.

—웃어서 미안해. 그런데 정말 네 표정이 너무. 거의 브루스 윌리스 같았어. 당장이라도 네 얼굴 위로 엔딩 크레디트가 올라가야 할 것 같았다고.

자동차 보닛 위로 내 얼굴이 비쳤다. 머리는 헝클어졌고 눈은 반쯤 풀려 있는 얼굴. 어제 화장실 거울 속에서 본 그 얼굴이었다. 그는 구두끈을 풀기 위해 손을 아둥거렸고 내가 그와 포옹하기 직전에 메이가 나를 향해 달려왔다.

—사과할게. 커티스.

메이가 내 옆에 와 섰다. 메이는 웃음을 참으려 윗니로 아랫입술을 물고 있었다. 나는 차에서 휴지를 꺼내 메이의 오른 무릎에 흐르는 피를 닦아줬다.

—됐어. 이제 저 안으로 들어가면 다 끝나는 거야.

내가 건물 입구를 가리키며 말했다. 세피아톤의 조명이 새어나오는 투명문은 안치소라기보다 차라리 변두리 레스토랑 같아 보였다.

—꽃집을 하셨다니 꽃이라도 한 송이 들고 가면 좋을 텐데.

—시신을 확인하러 가는 거지, 추수감사절을 맞아 인사하러 가는 게 아니니까.

—이모 꽃집에 또 간 적은 없어?

메이가 자기의 주머니를 뒤지며 물었다.

—거기에 하루만 더 갔어도 난 지금쯤 인권운동가가 되어 있었을걸.

—안 가서 다행이네.

—다행이지.

나는 도어트렁크에서 이모 사진을 챙겨 주머니 속에 넣었다. 그러고선 바로 건물 안으로 들어가지 않고, 차 옆에 잠시 서 있었다. 도로 너머 바다가 밤의 주름처럼 일그러졌다.

—예의를 차려야 해.

메이가 주머니에서 검은색 넥타이를 꺼내 보였다.

—어디서 난 거야?

—아까 세탁소에서 훔쳐왔어.

내가 고개를 저었지만 메이는 내 와이셔츠 위에 넥타이를 둘렀다. 기다란 하나의 끈이 둘이 되고 둘이 엇갈리며 서로를 스쳐갔다.

—오늘 재밌었어.

메이의 작은 손이 움직이자, 끈은 복잡한 모양으로, 하지만 사실은 단순하게 서로를 엮으며 점차 하나의 모양새로 변해갔다.

—기다릴래? 오늘밤에는 아까 네가 웃었던 것만큼 침대 위에서 소리지르게 해줄게.

—넌 너무 멍청해.

—알잖아. 난 커티스가 아니야.

내가 우리나라 말로 대답했다. 어느새 내 목에는 검은색의 잘 묶인 넥타이 하나가 걸려 있었다. 나는 건물을 향해 걸어갔다. 약기운이 달아나니 풍경이 선명했다. 금이 가 있는 건물의 모서리라든가 아스팔트 사이에서 자라난 풀, 반쯤 무너진 자판기 따위들. 입구에 도착해 뒤를 돌아보고 싶었지만 그러지 않았다. 바람에 가끔씩 넥타이가 흔들렸다.

대기표를 받았다. 열댓 명 정도 되는 사람들이 대기표를 들고 대기실에 앉아 있었다. 표정도, 눈빛도 없는 사람들. 그들은 근근이 자그맣게 숨소리를 내뱉고 있었다. 구석의 소파에 앉아 넥타이를 만지작거리고 있는데 안치실의 문이 열렸다. 부부처럼 보이는 젊은 남자와 여자는 문밖으로 발을 내딛자마자 바닥에 주저앉아 토하기 시작했다. 그러자 대기표를 나눠주던 안내원이 밀대걸레를 가지고 나와 토사물을 치웠다. 그후로 그런 상황들이 계속 반복됐다. 전광판의 숫자가 바뀌고, 문이 열리고, 사람이 바닥에 토하고, 피자를 씹고 있는 안내원이 걸레질을 하는 상황. 나는 이모의 시신에 대해서 생각했다. 마약중독자에게 총을 맞아 머리에 구멍이 난 모습, 길을 건너다 핫도그 트럭에 치여 내장이 짓뭉개진 모습, 산행길에 만난 퓨마에게 물어뜯겨 한쪽 젖이 없어진 모습. 그러다 결국 침대에서 메이의 옷을 벗기는 상상을 할 때, 내 앞 순서의 사람이 문밖에 나와 토했고 나는 복도로 걸어 들어갔다.

—마지막 손님이시군요.

안치실 가운데에 회색 유니폼을 입은 검시관이 서 있었다. 안치실은 생각보다 밝았고 스테인리스 재질의 수납장과 스툴 두 개가 놓여 있었다.

—근래 본 시신 중에 가장 단정해요.

—그래요?

검시관이 시체 수납장을 열자 곰팡이 냄새와 레몬향 방향제 냄새가 함께 풍겼다.

—홍수에 휩쓸려간 시신들이 계속 발견되고 있거든요. 물속에서 불어난 시체들은 복원사들도 포기하죠.

—홍수가 이 동네에서 났습니까?

—뉴스를 안 보시나보네. 비가 많은 것을 데려갔죠.

검시관이 수납장 안에 손을 넣어 당기니 수납장 밖으로 하얀 천이 덮인 시신 한 구가 미끄러져나왔다.

—사람들은 옷을 벗고 춤을 추던데요.

—어쩔 수 없는 거죠. 뭐, 다들 어쩔 수 없는 거예요.

나는 셔츠에 손을 닦고 천을 거둬보았다. 벌거벗은 여자가 누워 있었다. 직원 말대로 아무 상흔 없이 단정하게. 사진을 확인하지 않고서도 이모라는 것을 알 수 있었다.

—사인은요?

—심장마비. 경찰이 아무것도 발견하지 못했으니, 자연사겠죠.

이모의 얼굴을 바라봤다. 외로움이나 슬픔 따위의 감정이 벗겨져나가 있는 표정. 그녀는 단지 조금 추운 곳에서 잠든 사람처럼 보였다.

—키스해주셔도 돼요. 병균이 옮거나 하지는 않으니까.

—아니. 그럴 필요까진 없을 것 같네요.

나는 이모에게서 한 걸음 물러났다. 그러자 이모가 지금 내 앞이 아닌 다른 곳에서 잠들어 있다는 것을 알 수 있었다.

—저는 이제 뭘 하면 되죠?

—이 종이들 끝에다 사인해주시면 됩니다.

검시관이 서류파일을 건네줬다. 파일 안의 서류는 모두 세 장이었다. 사고경위서, 사망확인서, 방부처리 확인서. 나는 서류 끝에 커터

스라 적다가 지우고선 내 이름을 서명한 뒤 그에게 넘겨줬다.

—이분은 이제 다시 비행기를 타고 고향으로 돌아가시겠군요.

검시관이 서류를 확인하며 말했다. 그의 목소리가 익숙해 자세히 들어보니 아까 나에게 전화를 걸었던 남자였다.

—이제 또 뭘 하면 되죠?

내가 물었다.

—끝이에요.

이모의 얼굴 위로 하얀 천이 덮이고, 이모는 수납장에서 나왔던 방식 그대로 수납장 안으로 다시 미끄러져들어갔다. 작은 걸림도 없이 한 번에.

—혹시 야구 좋아하십니까.

내가 수납장을 바라보며 가만히 서 있자 검시관은 나에게 자신이 좋아하는 투수와 어젯밤에 있었던 야구경기에 대해, 더 나아가 홍수가 났지만 매일 안치실에 나와 시신들을 받아들여야 하는 자신의 직업에 대해 이야기했다. 그는 이 이야기들을 들려주기 위해서 오늘 하루종일 나를 기다린 사람처럼 굴었고, 나는 듣고 싶지 않아 전화를 받는 척 휴대폰을 꺼냈다. 나가기 위해 등을 돌리는데 문득 나에게서 무엇인가 새어나가는 느낌이 들었다. 차 키, 지갑, 여권, 사진, 약상자. 주머니 속을 뒤져보니 모든 것들이 온전했다. 나는 손을 들어 천천히 얼굴 위를 더듬었다. 턱끝부터 시작해 입술, 코, 눈두덩이, 귓불까지. 손끝으로 얼굴의 선들을 모두 따라 그어봤다.

—제 이야기 듣고 계시죠?

바짓단 밑으로 모래알들이 흘러내렸다. 검시관은 이제 가족사진까지 꺼내 보이며 지난 크리스마스날 덴마크로 떠났던 가족여행에 대해, 태어나서 처음으로 눈을 밟아보고 신기해하던 자신의 두 딸의 이름과 그 이름의 뜻, 그리고 그 아이들이 미래에 갖게 될 멋진 남자친구들에 대해서 이야기했다. 검시관의 이야기는 멈출 줄 몰랐고, 메이가 장난쳐놓은 내 주머니 속에서는 모래알들이 계속 바짓단 밑으로 새어나갔다. 아주 희미하고 낯선 감촉과 함께. 나는 검시관을 의자에 앉힌 뒤, 나도 그 앞 의자에 앉았다. 그는 말없이 자신의 손에 들린 가족사진을 바라봤고, 나는 바닥을 굴러가는 모래알들을 지켜봤다. 파도에 실린 바닷물이 모래사장 위로 쌓였다가 다시 흘러나가고, 그것들이 또다시 쌓여가는 소리가 들려왔다.

  ─달이 가까워지나보네요.

  내가 그에게 이모의 사진들을 건네주자, 그는 주머니에서 가족사진들을 더 꺼내, 내게 보여줬다. 이미 다 젖어, 불어터졌거나 찢겨나간 사진들. 우리는 서로의 사진들을 돌려봤고, 나는 그의 이야기를 들어주며 가끔은 웃고, 가끔은 작게 한숨을 내어쉬기도 하다가, 때로는 우리 둘 다 손에 턱을 괸 채, 잠시 입을 다물고는 안치실 창 안으로 밀려오는 해변의 소리를 들었다.

객잔

객잔은 흑백이었다. 호롱의 불이 꺼지면 대나무 숲에서 휘파람 소리가 들려왔다. 침상에 누워 눈을 감아도 잠에 들 수 없었고, 자연히 꿈도 꾸지 못했다. 아주 멀다가도, 너무 가깝게도 휘파람은 내 근처에 머물렀다. 근처. 보이지 않으니 가끔 울었다. 울다가도 이해할 수 없으니 결국 웃었다. 그러다보면 아침이 밝아왔다.

마당을 쓸었다. 바람이 불자 꽃잎이 축축한 소리를 냈다. 첫날에 본 시인도 이처럼 비질을 하고 있었다. 안개를 지나 객잔에 도착하니, 옆구리에 호리병을 낀 사내가 말했다. 선택을 해야 할 거요. 고려 억양의 말투로, 남자는 자신을 규보라 소개했다. 안개에서 벗어나자 풍경이 색을 잃었다. 온통 흑백이었다. 나는 마당 구석에 꽃잎을 모아두고, 천을 냇가에 담가 적셨다. 규보가 떠난 뒤, 얼마나 지났는지 알 수 없었다. 흙은 먼지를 내지 않았으며 꽃잎은 항상 꼭 같은 양만큼만 쌓였으니, 날수는 처음부터 의미가 없었다. 대나무들이 산하를 향해 몸을 기울였다. 나는 노천의 탁자를 닦았다. 손님을 맞아야 했다.

진시辰時. 마당에 사람의 그림자가 누웠다. 반쪽은 멀쩡한데, 나머지 반쪽이 나부꼈다. 팔을 잃은 지 얼마 안 된 듯, 몸의 균형이 아스라했지만 다가오는 발걸음의 간격을 보니 검객인 듯싶었다.

—여기가 어디요.

안개에게 색을 빼앗긴 남자가 물었다.

—선택을 해야 할 거요.

나는 차를 내놨다. 남자는 찻잔을 들어 자신의 빈 왼팔에 들이부었다. 팔은 자라나지 않았다.

—꿈은 아니오.

—그래. 흑백이라. 들어본 적 있소.

—여기가 그 객잔이오.

남자는 대나무 숲을 바라봤다. 그다음에는 객잔. 마지막으로 자신이 올라왔던 길을 돌아봤다. 안개가 이미 길을 지우고 있었다.

—용이가 이곳에 다녀갔소?

나는 고개를 저었다. 숲은 흰나비떼를 보내왔다. 나비들이 남자의 도포 자락에 달라붙었다.

—들어가 잠을 자보면 알게 될 거요.

남자가 객잔 안으로 들어가자, 바닥에 나비가 떨어졌다. 나는 비를 가져와 나비를 쓸었다. 꽃잎과 나비가 섞였다.

낮잠이 내 취향이지. 규보도 오랫동안 떠나지 않았다. 그는 꿈을 꾸고 시로 옮겼다. 그럼 나는 그 글을 몰래 읽었다. 괜찮은 시구가 나온 날이면 어김없이 주방에서 울음소리가 들렸다. 가져갈 수 없으니, 그로서는 차라리 꿈을 꾸지 않는 게 나을 법했다. 하지만 규보는 우는 자신의 모습을 좋아하는 짓을 멈출 수 없었다.

나는 남자의 옆방에 들어가 벽에 귀를 붙였다. 벽 너머의 소리를 들으며 만화경을 들여다봤다.

골목. 들어가면 창기娼妓를 만날 수 있었다. 창기들은 붉은색 부채로 얼굴을 가렸다. 홍등 아래 서 있으면 그녀들이 다가왔고 돈을 쥐여주고 나서는 그녀들이 앞장섰다. 인근의 객잔에 방을 잡아, 창기의 허리에 둘린 끈을 풀어 불을 붙인 뒤, 재만 남을 때까지 살을 섞었다. 그리고 다시 골목. 서로의 이름을 묻지 않았다. 나는 가끔 돈을 내는 대신 그녀들의 몸에 그림을 그려줬다. 삽입의 황홀함은 짧았으나 문신의 지속됨은 길었다.

남자의 웃음소리가 들렸다. 첫번째 꿈은 대부분 그랬다.

단 한 번, 창기의 이름을 물어본 적이 있었다. 골목을 찾아가니, 바다 건너에서 온 창기들과 남창들이 가랑이를 벌리고 앉아 있었다. 그들은 각자 다른 언어로 떠들었는데, 그들의 입구멍에서 쏟아지는 동류의 정액 비린내가 골목을 메웠다. 나는 가장 말수 적은 아이를 골라 돈을 쥐여줬다. 宮瀬라 쓰고 미야세라 부르는 아이였다.

벽이 조용했다. 나는 밖으로 나와 호롱에 불을 붙였다. 나비는 객잔 뒤를, 안개는 앞을 어슬렁거렸다. 객잔 한 바퀴를 돌며 호롱들에 불을 놓아주고선 냇가로 갔다. 물은 내 얼굴을 비추지 않았고, 돌 밑에 깔아 숨겨놨던 규보의 시들은 다 사라져버리고 없었다. 내 얼굴과 시가 있어야 할 위치에 둥그런 달이 비쳤다.

양과라 하오. 남자가 내 이름을 물었으나, 나는 그저 형이라 부르라 했다.

—형. 좋은 꿈을 꿨소.

—아직 밤이 더 남았지.

—까짓것. 아, 멋진 꿈이었어.

노천 탁자에 앉아, 과는 첫번째 꿈에 대해 이야기했다. 용이라는 여자와 처음 만난 일. 그리고 그녀와 함께 생활했던, 초록 이끼가 빛을 내, 밤낮의 구분이 없던 동굴에 대해서. 손을 잡거나, 입술을 포개거나, 서로의 살갗이 비껴들 때, 둘은 그때가 어느 때인지 몰랐다 했다. 초록빛이 그들을 유배했는지, 그 둘의 정사가 다른 것들을 따돌렸는지는 그도 알지 못했다.

—팔은.

—네 개였지.

우리는 술을 마셨다. 취하지 못했으나 흉내라도 내야 했다. 술잔을 채울 때마다 호롱의 불이 우리의 그림자를 비틀었다. 이 또한 흉내였고, 불과 그림자가 이곳을 견디는 방식이었다.

골목을 자주 찾았다. 미야세는 말이 없었다. 가끔 자기 나라 말을 읊조리긴 했지만 들으라 하는 말이 아니니 신경쓰지 않았다. 나는 그 말씨가 섬라의 것인 줄 알았으나, 규보가 알려주길 그 나라의 사람들은 모두 거멓다고 했다. 미야세는 붉었다. 그 하얀 얼굴로 붓질하는 나를 핥았다. 젖지 못하는 아이. 핥는 것만 할 줄 아는 아이였고, 그러니 잘 핥았다. 그게 내게 필요한 전부였다.

— 형은 어쩌다 왔소.
— 듣는 게 내 취향이지.
내가 대답했다.
— 나는 절벽에 몸을 던졌소.
— 진부하군.
— 되도록이면 더욱 진부해졌으면 좋겠소.
과가 대답했다.
— 평균 말이오.

창기들은 유행가를 불렀다. 노래는 잦게 바뀌어서 가사가 질리지 않았다. 여음을 듣고 골목에 찾아온 손님들은 알아서 날마다 창기를 바꿔 품었다. 혹여 같은 창기의 손을 잡아도 창기는 어제의 손님을 알아보지 않았다. 창기들의 허리끈은 자주 풀렸고, 그녀들에게는 아주 많은 허리끈이 있었다. 단풍들이 쌓이지 않고 굴러다녔다.

—다음 꿈이 기대되오.

과가 웃으며 방으로 돌아갔다. 나는 술병을 치웠다. 안개와 나비떼
가 객잔에 가까워졌다. 사실 객잔에는 규칙이 없었다. 과는 첫번째 꿈
만 꾸고서도 안개 밑으로 내려갈 수 있었다. 하지만 그러지 않았다.
누구나 두번째 꿈을 꿔보고 싶어했다. 상을 치우며, 용이를 이야기하
는 과의 눈빛을 떠올렸다. 그 아득함이 절벽보다 가팔랐다. 나비들이
이층으로 날아올랐다. 두번째 꿈. 나는 내 방으로 뛰어올라가 벽에 귀
를 붙였다.

바닥에 핏물이 흐르자 골목이 더 붉어졌다. 창기들이 벽에 기대 주
저앉아 밑으로 아기들을 쏟아냈다. 미야세는 구석에서 다른 창기들을
따라 혼자 숨이나 내뱉고 있었다. 입술에서 혀 대신 허연 김이 새어
나왔다. 아래로는 핏덩이 대신 오줌을 지렸다. 골목의 붉은 등이 종종
흔들렸다.

과는 울었다. 소리가 커 벽을 울렸다. 댓잎들이 몸을 부비며 얇고
비열한 소리를 냈다.

미야세의 몸에 커다란 잉어를 그려줬다. 온몸에 비늘을 그려줬다.
비늘 곁에 물을 그리지는 않았다. 미야세가 내게 그래줬듯이, 나는 혀
로 잉어를 적셨다. 미야세가 곧 잉어였으며 우리의 아이였다. 비와 함
께 붉은 단풍이 쏟아지던 날, 관병들이 창을 들었고, 골목이 비었다.

호롱의 불이 꺼지자, 벽이 조용해졌다. 몸이라도 겸손해야지. 규보가 바닥에 맨살을 대고 누워 말했었다. 나도 옷을 벗고 맨바닥에 누웠다. 몸을 엎드려 쇄골과 무릎, 발목 등의 뼈들이 땅에 닿게 했다. 그래도 휘파람 소리가 들려왔다. 꿈을 꾸기 전에는 갈 수 없는 곳에서부터였다. 그렇게 뼈가 벌려놓은 살과 땅 사이로 달빛이 지나갔다.

—형. 무서운 꿈을 꿨소.
과가 내 방으로 뛰어들어왔다.
—꿈에서 난 모든 것을 잃었소. 신조는 늙어 죽고, 의붓아버지는 맞아 죽고, 곽정 부부는 교살당하고, 용이는 폐병에 걸려 죽고, 꿈의 마지막에는 나 홀로 빙하 밑으로 떨어지고 있었소.
—우아한데.
—그래도 미리 내다보았으니, 내려가면 피할 수도 있지 않겠소?
과가 내 옷깃을 붙잡고 물었다.
—내려가기 위해선 안개를 지나가야 하지.
창밖의 안개가 색을 지우고 있었다. 과는 고개를 숙였다. 절벽보다 깊었다.

골목에 등 대신 포주의 머리통이 매달리자, 아무도 노래하지 않았다. 골목 안에는 창기들이 버리고 간 갓난아기들과 술 취한 검객들이 토사물 곁에 듬성듬성 놓여 있었다.

—미야세라 하는데.

―다섯 명쯤 베었지.

―宮瀨라 쓰는 아이인데.

―벌을 받을 걸 알아. 그런데 도대체 벌은 언제 나를 찾아오는 거지?

술 취한 검객들이 중얼거렸다.

비는 눈이 됐다. 진부했다. 골목에 눈이 쌓이고 그 위에 새벽공기가 앉았다. 골목이 모두 파랬다. 바람은 모여 소리를 만들었다. 여전히 보이지는 않았다. 다만 질감이 두터워졌으며 허리가 날카로워졌다. 검객의 검은 칼집에서 뽑히지 않았고, 비린내 풍기던 아기들은 얼어 죽었다.

―형. 미래라는 말을 아시오?

―들어본 적 있지.

과가 내 방 의자에 앉아 만화경을 들여다봤다. 만화경을 돌리며 말을 이었다.

―어릴 적, 동쪽의 복숭아나무 밑에서 황약사에게 배운 말이오. 처음 들었을 때는 설렜소. 하나 황약사가 그 단어를 매일매일 읊조리니, 그가 이 세상에 없는 걸 끌어오려는 것 같아 무서웠다오.

―지금은 어떤가.

과는 탁자 위에 만화경을 내려놓고 숲을 바라봤다. 나비떼가 과에게 다가와 날갯짓했다.

―꿈이 아직 남았을지도 모르니.

나는 만화경을 거둬들이고서 과의 빈 잔에 차를 채워줬다. 탁자가 흔들려 잔 위로 차가 넘쳤다. 우리 둘 다 다리를 떨고 있었다.

이틀을 읽으니, 아무것도 아닌 게 되더군. 규보는 미래가 서양에서 건너온 말이라 했다. 단어 안에 신기가 담겨 있으니, 사람을 홀리는 언어라 덧붙였다. 그럼 객잔에서의 두번째 꿈이 미래인가 물어보자, 규보는 고개를 *끄덕*였다. *끄덕*이다 머리를 좌우로 흔들며 또 울었다.

과는 자신의 방으로 돌아갔다. 나는 과의 뒤를 쫓아 걸었다. 과가 나선형 계단을 올랐다. 과의 몸이 왼쪽으로 기울었다. 나도 몸을 왼쪽으로 기울였다.

소속 없는 검객들이 지나갔다. 그들에게 이름표를 쥐여주면 그들은 지나가던 길에 사람을 찾아와 골목으로 돌아왔다. 대부분, 사람과 함께 돌아온 경우는 없었다. 돈을 받고, 파란 눈 속에 피 묻은 검을 숨겨두는 것이 전부였다. 나는 종이 위에 宮瀨를 적어 검객의 손에 쥐여 줬다.

방은 소리내지 않았다. 나는 벽에서 귀를 떼지 않았다. 계속 그러고 있자, 과의 숨소리와 도포 자락이 나무 바닥에 끌리는 소리가 났다. 과는 방안을 서성이고 있었다. 나는 소리로 과의 동선을 좇았다.

첫번째 검객은 골목에 돌아와 돈을 받지 않았다.

과는 대나무 숲을 바라봤다. 그 방에서 창밖으로 보이는 것은 숲뿐이었다. 대나무들은 몸을 기울여 과를 내려다봤고, 과는 다시 걸었다. 대통의 찻잔을 몇 번 들어올려 의미 없이 무게 따위를 짐작해보다가 세 걸음을 움직인 후, 손을 들어 자신의 얼굴을 쓰다듬었다. 손이 하나 남았으니, 얼굴로 손을 더듬는 걸지도 몰랐다.

두번째 검객은 골목에 돌아와 돈을 받았지만 혼자였다. 검도 숨겨두지 않았다.

방에서 더이상 할 수 있는 것이 없었다. 과가 침상에 몸을 뉘는 소리가 들렸다. 처음에는 한숨. 이어 숨소리가 얕아지고 간격이 생겼다. 숨이 허공을 밀어낸 자리로 꿈이 들어설 터였다.

세번째 검객은 골목으로 돌아와 돈도 받고, 눈 속에 검도 숨겼지만, 말이 없었다. 고개를 젓진 않았다. 다만 말없이 나를 바라봤다. 퍼런 눈 속에서 동물의 비린내가 났다.

과는 울지도, 웃지도 않았다. 나는 벽에 귀를 붙이고 내 호흡과 과의 호흡을 맞췄다. 그래도 과가 어떤 꿈을 꾸고 있는지 가늠되지 않았다. 숲과 안개가 객잔 저만치에서 머물렀다. 둘 모두 소리내지 않고 각자의 자리를 지켰다. 쓸모없는 밤이 찾아오고 있었다. 나는 벽에 귀를 붙인 채로 호리병 입구에 코를 붙여 향을 훑었다. 규보가 두고 간 호리병이었다. 귀한 것이 담겨 있다 했으나 무엇인지 알려주지 않았고, 그 역시 마개를 열지 않았다. 안에 담긴 것이 사라져버리지는 않았을까 하는 불안함 때문이었다. 코를 대보았지만 여전히 아무 냄새도 나지 않았다. 나는 안에 담겨 있는 것이 무엇인지 알게 될까봐 병을 열어볼 수 없었다.

—형.

나는 자리에서 일어났다. 벽 너머에서 과의 말이 이어졌다.

—형은 내 꿈을 엿보려는 거요?

말소리가 명료해서 벽이 말하는 것 같았다.

—네 꿈을 엿보려는 게 아니야.

내가 벽을 마주하고 대답했다. 벽이 더 크고 가깝게 느껴졌다.

—상관없소. 이제 아무것도 보이지 않으니.

나비와 안개가 창밖에서 머물렀다. 소리내지 않으며 과의 선택을 기다렸다.

—숲으로 가면 쉴 수 있다더군.

내가 벽에 입술을 붙이고 말했다.

—황약사는 매일 밤마다 비파를 꺼내 연주했소.

과가 말했다.

—그런데 그 노인은 어느 날부터인가 오로지 한 곡만 연주하더군.

—재능이 바닥났나보지.

내가 대답했다.

—아니. 어느 순간 그는 무서워진 거요.

—무엇이.

—다음 경지로 넘어가기가 말이오.

우리는 잠시 말이 없었다. 창밖, 숲의 꼭대기들이 흔들렸다.

─형. 비극들의 공통점이 뭔지 아시오?

과가 물었다.

─글쎄.

─무엇인가를 이해했다, 라 착각하는 순간에 다가온다는 것이오.

벽은 호젓했다.

돌아온 검객들은 골목에서 팔짱을 꼈다. 등을 벽에 기대고선. 그렇게 골목 안으로 불어오는 바람을 견뎠다. 바람이 골목 밖으로 빠져나가면, 검객들은 그 방향을 지켜보며 바람의 결이 눈길이 다다를 수 없는 곳으로 완전히 사라지길 기다렸다. 그들은 보이지 않는 것을 벨 수 없었다.

사시巳時. 나는 탁자에 앉아 찻잔을 기울였다. 과가 객잔을 나서는 모습이 비쳤다. 찻잔 속에 비친 그의 빈 소맷자락이 펄럭였다.

─결국 내려가는 건가.

찻물은 내 얼굴을 비추지 않았다.

─그렇소.

─숲으로 가면 두려워할 필요가 없을 텐데.

─두려워할 게 없어지는 것이 두렵소.

나는 대답하지 않았다.

─그리고 찾아야 할 사람도 있으니.

─그렇겠지.

—내려가 고려 사람을 만나게 되면 형 이야기를 전하리다.

나는 고개를 저었다. 과는 안개 속으로 사라졌다. 꽃잎들이 과를 둘러쌌다. 과는 색을 입고 흑백을 잃었다. 나는 자리에 남아 내 동공에 손가락을 찔러넣어봤다. 눈알은 아직 남아 있었다. 풍광이 색을 잃자 눈알이 점점 가벼워졌다. 이 가벼운 눈알로 아무런 꿈도 꾸지 못했다. 안개는 과가 지나간 길을 지우고, 숲의 나비들은 자기들끼리 맴돌았다.

눈이 녹자, 골목에서 검들이 발견됐다. 검날에 얼어붙어 있던 핏물이 눈에 섞여 골목 밖으로 길게 흘렀다. 검객들은 검을 버리고 바람이 미리 빠져나간 방향을 따라 떠나갔다. 바람을 앞지를 수 없으니 단지 좋음과 기다림이 그들의 일이었다. 뜨듯한 핏물이 모조리 사라지자 아기 사체들에서 썩은 내가 났다.

과가 떠난 밤. 나는 객잔 뒤뜰의 땅을 파냈다. 세 치 정도의 흙구덩이를 만들어놓고, 나는 내 왼팔을 잘라 그 안에 넣어뒀다. 한 팔로 침상에 누워 눈을 감아봐도, 숲에서 휘파람 소리가 들려왔다. 가느다란 소리가 두 귀 사이에서 떠나지 않았다.

네번째 검객은 돌아오지 않았다.

땅 위에 아지랑이가 피어오르자 골목에 선사禪師들이 들어섰다. 승려들의 황금빛 법복 자락이 골목을 쓸어냈다. 서축의 범어가 승려들

입술 밖으로 흘러나왔다. 나는 여전히 골목을 드나들며 승려들의 말에 귀기울였다. 수억 개의 문장들 사이에 미야세의 소식이 들어 있을지도 모르는 일이었다.

마당이 환했다. 꽃잎은 안개로부터 날아왔다. 안개 너머는 보이지 않았다. 꽃술대를 찾기 위해 안개 속에 걸어들어가본 적 있었다. 꿈을 꾸지 않으니 어느 방향으로 걸어가봐도, 도착하는 곳이 결국 객잔이었다. 꿈을 꾸지 않으면 영원히 길을 잃을 수 있는 장소였다. 꽃잎을 주워 혀 위에 올려뒀다. 미야세, 미야세. 꽃잎이 말했다, 고 생각했다. 잎의 날을 세워 혀를 그어봤다. 혀는 잘려나가지 않았다. 미야세, 미야세. 혀 혹은 꽃잎이 움직였다. 안개로부터 또다른 꽃잎들이 날아왔다.

한 손으로 비질을 하니 팔이 길어진 기분이 들었다. 기다란 그림자 끄트머리에 안개가 놓였다. 안개는 본래 어떤 색이었는지 기억나지 않았다. 안개가 모여들었다. 안개 속에서 여인 하나가 길을 잃고 있었다. 긴 몸이 색을 잃고 있었다. 허리까지 내려온 검은 머리카락과 하얀 얼굴. 이 여인도 애초에 색이 없었을지도 모른다고 생각했다. 흑백이 세련된 여인이었다. 여인이 가느다란 손으로 앞머리를 훑으며 내게 걸어왔다.
—선택을 해야 할 거요.
내가 여인에게 찻잔을 내주며 말했다. 여인의 눈빛은 숲으로도 객잔으로도, 자신이 걸어온 안개 길로도 닿아 있지 않았다. 내 눈을 향했지만 나는 여인 앞에서 뚫려 있는 사람 같았다.

―과아가 여기에 왔나요.

여인이 물었다. 여인에게서 절벽 냄새가 났다.

범어는 예감과 예언을 담지 않았다. 옮겨지기 위한 억양이었지만, 이미 말 속에 유폐되었던 것들을 끄집어내 되씹는 어감이었다. 선사들은 표정이 죄라도 되는 양, 항시 같은 얼굴, 같은 모양으로 입술을 움직였다. 그들은 기다린다기보다 남아 있었다. 말이 그들을 묶었다.

―나를 잊었군.

내가 빈 소맷자락을 펄럭여 보이며 말했다.

―과아를 보셨나요.

용이는 여전히 나를 통과하는 시선으로 같은 물음을 반복했다.

―나를 잊었어.

용이가 탁자 위의 만화경을 집어들었다. 나는 그녀의 손에서 만화경을 뺏은 뒤, 그녀의 손등에 입을 맞춰줬다.

―동굴에 대해서 이야기해보지.

나는 동굴의 초록 이끼, 차가운 침상, 용이가 잠을 자던 외줄, 천 마리의 새, 피리 연주에 맞춰 움직이던 벌들에 대해서 이야기했다.

―왜 그 이야기는 안 하는 거죠.

용이가 물었다.

―무슨 이야기.

―풀밭에서 나에게 눈가리개를 채우고 했던 짓 말이에요.

용이를 객잔 안에 들였다. 나는 대나무 숲이 보이는 방에 들어가 벽에 귀를 붙였다.

내가 못생겼는가. 규보가 물었다. 나는 잘생겼는가. 내가 물었다.
서로의 얼굴은 볼 수 있지만 자신의 얼굴은 볼 수 없었다. 규보는 얼
굴을 더듬는 습관이 생겼다. 자신의 얼굴을 자신이 유배된 섬으로 묘
사해 시를 썼는데, 산너머 호수로 걸어가는 나그네가 그의 손길이었
다. 하지만 손은 언제나 그에게 붙어 있었고, 그는 쉽게 떠나는 사람
이지 못했다. 나는 벽에 귀를 붙인 채 얼굴을 더듬어봤다. 손이 하나
남았으니 얼굴로 손을 더듬었다. 첫번째 꿈. 용이는 울었다.

승려들은 아기들이 얼어죽은 자리에 앉아 법음을 읊조렸다. 나도
그들 사이에 앉아 그들의 말을 따라 했다. 유행가 부르듯 불경의 운율
을 따라서, 그렇게 미야세를 읽었다. 근근이 골목 안으로 개나리꽃들
이 덮쳐오고 승려들의 머리카락이 조금씩 자라났다.

—생각났어. 풀밭에서.
용이가 노천 의자에 앉아 나를 바라봤다.
—바위가 축축했지.
—무서운 꿈을 꿨어요.
용이는 내 말을 듣지 않았다.
—좋았던 일들일 텐데.
—지나간 일들이죠.
우리는 탁자를 가운데 두고 마주해 앉았다.

―나도 꿈을 꿨어.

나비와 꽃잎이 우리를 가운데 두고 마주했다.

―빙하 밑으로 떨어지는 꿈을 꿨지. 춥고, 어둡고. 바닥이 안 보이니 영원히 추락할 것만 같은 꿈 말이야. 의지할 거라곤 내 몸짓뿐인.

―과아.

용이가 자리에서 일어났다.

―어디 있었던 거야.

용이는 내 빈 소맷자락을 더듬었다. 우리는 숲과 안개 가운데의 객잔에 들어갔다.

미야세, 미야세.

호롱에 불을 붙였다. 어둠이 옅어졌다. 나는 옷을 벗었다. 용이의 숨소리에 맞춰서 하나씩, 하나씩. 몸의 피부가 다 드러났을 때, 가벼워진 왼쪽으로 몸을 기울이고 오른팔을 휘저으며 용이의 방으로 들어갔다.

―과아니.

용이가 눈을 감고 누워 있었다. 나는 대답 대신 그녀의 옷고름을 풀었다.

—간지러워.

용이는 당연하게도 하였다. 나는 혀를 내밀어 용이의 발가락을 핥았다. 종아리의 선을, 허벅지의 면을, 배의 작은 구멍을 핥았다. 닳아 없어질까봐 최대한 천천히. 불이 흔들리고 흑백이 술렁였다. 한 손으로 그녀의 몸을 더듬고, 한 혀로 그녀의 결을 따라가다보니 내 몸이 공평해진 기분이 들었다.

—서쪽의 사막에서 구양봉이라는 사람을 만났어. 과아가 자신의 아들이라던데.

—거짓말이야.

내가 대답했다.

—알아. 하지만 속아줄 수밖에 없었어. 그 사람은 우리처럼 아무것도 바라보지 않았거든. 눈빛 없이 그 뜨거운 모랫바닥에 드러누워서 헤엄을 쳤어. 개구리 울음소리를 흉내내면서, 수영하듯이 말이야.

—미친놈이야. 여자를 잃고 맛이 갔어.

—아니. 단지 신기루 속에 살고 있는 거야. 살이 익고 입속에 모래알이 들어가도 이게 현실인지 눈치채지 못하는 거지.

나는 그녀의 두 가슴 사이에 코를 파묻었다.

—미친놈 이야기는 그만하자.

—그 사람은 일부러 미친 거야.

—자, 이제 그 예쁜 입 좀 닥쳐봐.

—너는 정상이니?

나는 그녀의 가슴을 물었다.

—내 몸을 봐.

젖을 빨며 그녀의 허리를 감아 일으키려는데 팔이 하나밖에 없으니 몇 번을 실패했다.

—불쌍한 사람.

명징한 소리. 고개를 들어보니 용이가 나를 내려다보고 있었다. 눈길은 또다시 나를 꿰뚫고 내 너머의 어딘가를 향했다. 나는 다시 한번 힘을 줘 그녀를 일으켜 앉힌 뒤, 그녀를 안았다.

—과아. 과아.

내가 몸을 흔들 때마다 용이는 신음 대신 자꾸 과아를 찾았다. 그럼 나는 여전히 몸을 흔들며 숲, 숲으로, 숲으로 갔어, 라 대답했다.

선사들이 하나둘 골목을 떠났다. 더이상 범어 외의 말을 내뱉을 수 없게 된 승려들이 그랬다. 입술과 천축이 포개져 그 사이의 말이 사라진 승려들. 황색 법복이 해지고 발꿈치까지 꽃잎이 쌓였지만 여전히 떠나지 못하는 승려들이 더 많았다. 그들의 독경 속에는 침묵이 섞였다. 속임수 같은 정적. 가끔 몇 창기들이 황상을 입고 자기가 버린 아이를 찾기 위해 돌아왔다. 내가 미야세에 대해 물어보려 하면 그녀들은 내 옆에 앉아 승려들의 말을 따라 읊었다. 나는 입을 다물었다. 창기들의 말은 이미 골목을 떠나버렸다.

하얀 용이가 잠들었다. 나는 옆에 누워 숲의 휘파람 소리를 들었다. 객잔에 오기 전, 풀밭에서 용이를 범한 사람은 과가 아니었다. 용이도 그 사실을 알고 있었다. 알고 있으면서 그자에게 몸을 내췄다. 내게도 그래줬듯이. 한 손으로 머리를 괴니 용이를 만질 수 있는 손이 없었다. 과는 꿈에서 이 장면을 봤겠지. 과는 울었고, 용이는 웃고 있었다. 나도 웃었지만 기쁘지 않았다. 울어봐도 슬프지 않았다. 용이의 사타구니를 바라보다, 휘파람 소리를 들으며 내 방으로 돌아갔다. 잠에 들수 없어서 벽에 귀를 붙이고 만화경을 들여다봤다.

법사들이 떠났다. 올 때의 수와 다르게, 몇 비구니들이 함께 갔다. 한 명의 승려와 한 명의 창기와 시든 개나리꽃들이 남았다. 남은 둘은 범어를 읊었고 서로 각자의 정적을 번갈았다. 승려는 말을 잊지 않았고 창기는 아이를 떠나보내지 않았다. 침묵이 점점 길어졌다.

냇가에 가 물밑의 돌들을 뒤졌다. 꿈으로 쓴 시들은 사라졌지만, 규보가 이곳에 오기 전에 써둔 시편이 남아 있을지도 몰랐다. 물이 색 없이 흘렀다. 돌들이 젖지 않았다. 여전히 물은 나를 비추지 않았다. 대신 달이 떠 있었다. 달 속에 손가락을 넣어봤다. 파문이 일어 잡지못했다. 얼굴을 처박고 혀를 내밀어 삼켜봐도 달 속으로 들어갈 수 없었다. 배도 부르지 않았다. 공복은 영원할 것 같은데, 휘파람 소리 때문에 나는 어디로도 가지 못했다.

─영정중월이라 시를 쓴 친구가 있었지.

내가 냇가에 비친 용이를 바라보며 시를 읊어줬다. 중이 우물에 뜬달을 탐해 병 속에 담았지만, 절에 돌아와 병을 기울여보니 물과 함께 사라져버렸다는 내용의 시였다.

─좀 빤하지 않나.

나는 용이가 기대앉은 창가를 올려다보며 물었다.

—중요한 건 이야기가 아니라 상태죠.

　용이가 만화경을 들여다보며 대답했다. 만화경의 둥그런 입구가 달을 향했다. 나는 상태에 대해 생각했다. 달이라도 보며 자위하고 싶은 중의 외로움. 종이 다르지만 누구라도 유혹하고 싶은 달의 욕정. 용이가 고개를 저었다.

　—중이 병 속에 기른 건, 달이 아니에요.

　용이가 말을 이었다.

　—물이 자신을 비추면 중마저도 달을 보지는 않죠.

　용이는 창가에서 물러났다. 만화경을 남겨두고선.

　독경이 멈추고 승려와 창기가 골목에 누워 뒹굴었다. 개나리 꽃잎들이 뒤집어지며 침묵 사이로 불쑥불쑥 말도 불경도 아닌 소리가 튀어나왔다.

　—떠나는 거겠지.

　용이가 계단을 내려왔다. 몸이 오른쪽으로 기울었다.

　—왜 다들 내려가는 건지 모르겠어.

　나는 문 앞을 가로막고 서서 빗장을 잡았다.

　—과아가 밑에서 기다릴 테니까요.

　—그 녀석은 겁쟁이야.

　—나와 어울리죠.

　용이가 나에게 다가왔다. 나는 문에 바싹 등을 붙인 채로 용이에게 물었다.

—나는 어쩌면 좋지.

—처음에 내게 말했죠.

용이는 문밖의 안개를 내다봤다.

—이건 결국 선택의 문제라고.

다음에는 숲을 봤다.

—당신이 절벽에 몸을 던진 것부터가 선택적이지.

내가 대답했다.

—사실 언제나 선택으로부터 자유로워질 수 없는 거죠.

나는 빗장에서 손을 떼고 용이의 어깨를 잡았다.

—나는 그렇지 않아. 이곳에 와서 내게는 선택이 거세됐어. 반대의 이유로도 자유로워질 수 없는 거야.

용이는 나를 쳐다보지도 않고 문의 빗장을 풀었다.

—솔직해지지 그래요. 당신은 계속 선택을 하고 있잖아요.

하나 남은 내 손이 용이의 어깨에서 미끄러졌다. 문이 열리자, 객잔 입구에서부터 안개로까지 꽃잎들이 길을 만들어놓았다. 용이가 꽃잎을 밟으며 안개 속으로 걸어들어갔다. 나는 문밖에 나서지 못했다. 안개가 용이를 지웠다. 과와 용은 절벽에서 떨어지고 있는 중이었다. 똑같은 절벽에서 떨어졌지만, 같은 꿈을 꾸고 정반대의 이유로 웃거나 울었다. 둘은 하나의 완성을 위해 안개 밑으로 내려갔다. 어쩌면 그들은 스스로를 위해 서로가 필요했다. 객잔에 나는 또다시 혼자였다.

승려가 아닌 남자와 창기가 아닌 여자가 손을 잡고 떠났다. 법사들이 먼저 떠난 반대방향으로. 그들에게 손가락질하거나 욕지거리를 내뱉을 사람이 골목에 남아 있지 않았다. 여자는 떠나며 몸을 기우뚱거렸다. 뱃속에 새로 들인 아기가 여자의 몸을 흔들었다.

골목에 비가 내렸다. 빗방울은 투명했다. 벽이 어두웠다.

숲 앞에 규보가 서 있었다. 규보의 손가락이 접혔다 펴졌다 반복했다. 대나무들이 흔들렸다. 규보는 백까지 세고, 처음부터 다시 셌다. 규보와 대나무의 놀이가 계속됐다. 나는 바닥의 나비를 주워 귓속에 넣어봤다. 나비는 말이 없었다. 귓속에 나비를 꽂은 채로 객잔을 한 바퀴 돌았다. 모퉁이마다 주저앉아 토를 했다. 입속에서 아무것도 나오지 않았다.
— 갈 때가 된 건지도 모르네.
규보가 말했다. 나는 객잔을 한 바퀴 더 돌았다.
— 갈 때가 된 건지도 모르네.
규보가 말했다. 나는 객잔을 두 바퀴 더 돌았다.
— 갈 때가 된 건지도 모르네.
돌아올 때마다 규보가 말했다. 나는 계속 돌았다. 아무리 돌아도 규보는 똑같은 말을 반복했고 나비는 휘파람을 불지 않았다.

골목에서 움직이는 것은 빗방울뿐이었다. 요란했다.

규보가 방에 앉아 만화경을 들여다봤다. 창 안으로 나비가 들어왔다. 규보는 손가락을 세워 나비를 앉혔다.

—숲으로 가려는 거군.

내가 규보 옆에 앉으며 말했다.

—내려가봤자 다시 올라오게 될 테니.

—그럼 뭘 그렇게 오래 기다렸던 건가.

—내가 이 상태를 안고 있으면 더 좋은 시를 쓸 수 있을지 가늠해봤지.

규보가 손가락 위에 앉은 나비를 바라보며 말했다. 나비들이 하나둘씩 창 안으로 날아들어왔다.

—어차피 아무도 읽지 않을 텐데.

나비의 날갯짓 사이사이 규보가 접혔다. 더 많은 나비떼가 달려들어 퍼진 곳을 메웠다. 나는 나비들을 잡아 바닥에 던졌다.

—자네 입으로 자네 좆을 빨아본 적 있나?

나비에게 둘러싸인 규보가 물었다.

—아니.

—한번 해보시게. 그게 바로 우리가 하고 있는 일이니까.

바닥에 집어던진 나비들이 사라졌다.

비는 바닥에서도 멈추지 않았다. 줄줄, 때로는 와르르 흘렀다. 창기와 검객과 승려의 발자국이 묽어졌다. 비는 흔적을 지우지 않았다. 감췄다.

방 가운데서 옷을 벗고 앉았다. 허리를 숙여봐도 좆에 입이 닿지 않았다. 혀가 짧거나 좆이 짧았다. 어쩌면 둘 다. 바닥에 누워 내 얼굴을 떠올려봤다. 눈알 두 개, 입술 하나, 코, 귀. 눈앞에 천장이 보였다. 얼굴을 구성하는 요소들의 구체적인 생김새가 떠오르지 않았다. 천장은 평평했다. 종이를 펼쳐놓고 붓을 들었다. 얼굴을 더듬고, 얼굴을 더듬은 손으로 선의 느낌을 기억해내 내 얼굴을 그렸다. 다 그리고 보니, 눈이 네 개, 입이 두 개였다. 먹 하나를 다 갈아, 얼굴 위에 먹물을 발랐다. 빈틈없이 다 바른 후에 눈을 뜬 채로 얼굴에 백지를 붙였다. 백지가 젖었다. 내 얼굴이 종이로 옮겨갔다. 종이를 떼어내 보니, 두 개의 구멍이 뚫려 있는 한 사람의 얼굴이 묻어나 있었다. 나는 붓을 들어 빈 구멍에 눈동자를 그려넣었다. 내가 기억하는 눈동자. 한참을 쳐다봤지만 이 눈빛이 내 것인지 확신할 수 없었다.

—듣고 있으시겠지.

딱. 딱. 벽 너머에서 규보가 손가락뼈를 문대는 소리가 들렸다.

—생일에 생긴 습관이네.

나는 벽에 기대앉아 고개를 끄덕였다.

—내가 나에게 선물해준 습관이지.

딱, 딱, 딱, 딱. 딱.

—너는 아무것도 잃지 않았는데 왜 이곳에 온 거지.

내가 물었다.

—끝이 궁금해서 사약을 훔쳐 마셨지.

딱, 딱, 딱. 딱.

—그래서 객잔이 세계의 끝이던가.

—의식의 끝이지.

규보가 말을 이었다.

―스스로 계속 심화시키게 되는 걸세. 벗어나지 못하는 것이 아니라, 벗어나지 않게 되는 거지.

딱, 딱, 딱.

―무슨 소리를 하는 건지 모르겠는데.

―간단해. 이제 이 소리를 멈추기가 두려워진다는 거네.

딱, 딱.

―시를 쓰다보니 정신이 나갔나보군.

―자네는 시도 안 쓰는데 왜 그런가?

딱, 딱, 딱, 딱, 딱, 딱, 딱, 딱, 딱, 딱.

휘파람 소리가 들렸다. 귓속으로 파고든 소리는 단전을 데웠다. 내장이 비대해지는 느낌과 함께 심장이 죄어왔다. 단지 그 느낌이 몸을 가득차게 했다. 느낌뿐이라 팔을 들거나 발을 움직여봐도 몸이 무거운지 가벼운지 가늠할 수 없었다. 그 와중에 소리는 가늘어져서 귀와 귀 사이를 미끄러져갔다. 휘파람이 머릿속을 훑을 때마다 눈물이 났고, 웃음이 났다. 소리가 몸안에 들어와 휘어질 때마다 방이 좁아졌다가 넓어졌다. 안개 밑으로 내려가고 싶어졌다가 숲으로 들어가고 싶어졌다. 눈을 감을 수 없었다. 휘파람이 잠을 잘게 베어냈다. 나는 내 몸을 핥았다.

빗방울들은 오로지 자신이 갖고 있는 둥그런 몸의 감각에만 의지해 쏘다녔다. 자신들이 어디로 가고 있는지 알고 있다는 듯, 긴 골목을,

잿빛 사이를 미끄러져갔다.

날이 밝는 대로 비를 들고 마당에 나왔다. 꽃잎이 마당에 누워 길을
만들어놓고 있었다. 자세히 보니 나비들이었다.

—이것 좀 보시게.

규보가 객잔을 나오며 손을 들어 보였다. 규보의 손목 위가 비어 있
었다. 손목 위로 뒤의 숲이 흔들렸다.

—잘랐네.

규보는 빈 손을 휘둘렀다. 규보의 풍경이 손만큼 더 넓어졌다. 손목
이 자유로워 보였다.

—이제 정말 숲으로 갈 수 있겠어.

규보가 나비를 밟으며 걸어갔다. 규보의 등이 멀어졌다. 앞은 숲과
가까워졌다.

—떠나기 전에, 묻고 싶은 게 하나 있는데.

나는 규보의 뒤를 따라가며 고개를 끄덕였다.

—자네가 만든 만화경 말일세. 나는 아무리 들여다봐도 아무것도
보이지 않았단 말이지.

규보가 말했다. 나는 대답하지 않았다.

—자네는 그 안에서 도대체 무얼 볼 수 있었던 건가.

—떠나지 않는다면 대답해줄게.

규보가 웃었다.

—잘 있게. 미야세.

규보는 웃으며 손을 내밀었다.

—인사도 잃었군. 마음에 들어.

손목뿐이라 포권包券할 수 없었다. 규보는 숲으로 들어갔다. 숲이
어떤 곳인지 아는 사람은 없었다. 객잔으로도, 안개 밑으로도, 숲에
들어간 사람은 다시 돌아올 수 없었다. 돌아온 사람이 없었다.

골목은 곡선이었다. 골목은 하나의 원이었고, 빗방울은 한순간도
쉬지 않고 움직였지만 구름으로 돌아가지 못했다.

술을 마셨다. 건너편에 아무도 앉아 있지 않았다. 나비와 꽃잎이 탁
자를 비껴갔다. 나는 내 그림자를 보며 술을 마셨다. 술잔은 나와 내
그림자 사이에서 움직였다. 술잔이 나를 비추지 않으니, 내가 나와 내
그림자 사이에 있는 걸지도 모른다는 생각이 들었다. 사이에서 술도
그림자도 시시했다. 만화경을 들여다봤다. 만화경 속 거울은 네 개,
규보의 말대로 화폭畵幅은 없었다. 대신 골목이 있었다. 만화경의 길
이만한 골목. 만화경을 돌리면 골목이 거울에 반사되어 다른 화풍의
무늬를 만들었다. 돌릴수록 무늬의 변화는 끊임없이 이어졌고 같은
문양이 반복되는 일이 없었다.

인부들이 사다리에 올라가 골목의 공중에 줄을 놓았다. 매달린 등
안으로 빗방울이 스몄다. 창기들은 벽을 보고 앉아 축축한 얼굴 위에
분을 칠했다. 그녀들의 그림자를 밟지 않는 검객들이 지나갔다. 검집
에서 떨어지는 빗방울들. 한 방울, 두 방울. 바닥에 괸 빗물이 멀리 나
부끼는 법기와 뒤를 따라 걸어오는 승려들을 비쳤다. 검객들이 갓을

눌러 고개를 숙이자 승려들은 두 손을 모아 인사를 받았다. 각자 반대편에서 다가온 그들이 서로를 통과하기 위해 한데 섞였다. 검과 염주가 부딪치고 분가루가 흩어졌다. 너무 많은 색들. 미야세 없이 골목이 회전했다. 색이 찬란히 엉켰으나 하나로 스미지 못했다.

현기증이 일어 만화경에서 눈을 뗐다. 천을 냇물에 적셔 객잔의 가구들을 닦아냈다. 문양 없는 그릇들, 모서리 없는 잔들, 네모난 탁자, 둥그런 탁자, 의자답게 생긴 의자, 네 개의 기둥. 사물들과 대화하지는 않았다. 온도를 기대하지도 않았다. 그저 더듬었다. 이층에서부터 계단을 닦으며 내려오다 넘어졌다. 천장이 멀어졌다. 천은 먼지도 묻지 않은 채 새하얬고, 계단에 찧은 갈비뼈와 광대뼈는 아프지 않았다. 나는 계단에 누워 손으로 내 몸을 더듬었다. 손의 위치는 알 수 있었는데 감각이 없어 몸을 추적할 수 없었다. 다시 계단 위로 올라가 넘어져 내려왔다. 무릎과 계단이 섞여 보였다. 코와 턱이 뭉개졌다. 피가 나지 않았다. 몇 번을 더 그런 뒤에 계단에 자빠진 채로 눈을 감았다. 어김없이 휘파람 소리가 들려왔다. 다시 눈을 뜨고 천천히 혀를 내밀어 내 얼굴을 핥았다. 닿는 느낌이 없는 것들을 핥았다. 나는 계단에 엎드려 울었다. 한참을 흐느끼다가 눈물이 흐르고 있는지 알 수 없어서 웃었다. 하하하. 객잔은 소리를 되돌리지 않았다. 하하하하하. 숨을 참아 길게 웃었다. 그래도 웃음은 끊겼다. 팔을 뻗어봤지만 계단은 삐죽해서 안아줄 수 없었다.

골목 안으로 황사가 밀려왔다. 흙먼지가 휘날리며 사위가 부예지니 이내 골목은 방향을 잃었다. 황사 속에 사람들의 윤곽만 어렴풋이 비쳤다. 황사가 심해질수록 사람들의 태가 점점 조그마해졌다. 나는 제자리에 멈춰 서서 골목을 더듬었다. 아무것도 닿지 않았다. 닿지 않는 것들이 모두 미야세였다. 골목에서 몸이 건조해졌다. 자리에 누워 눈을 감았다. 그냥 이대로 말라 죽고 싶었다.

함성과 함께 먼지 밖으로 조그만 그림자들이 튀어나왔다. 창기들도 검객들도 승려들도 아닌, 어린아이들이 황사를 뚫고 골목으로 뛰어들어왔다. 머리카락부터 발가락 끝까지 온몸을 움직이며 달리는 아이들. 몸짓이 황홀하게 분방했다. 아이들이 골목 벽을 뚫고 지나가자, 벽이 무너지고 물이 쏟아졌다. 빗방울과는 비교할 수 없을 만큼 많은 양의 물이 더이상 골목이 아닌 골목을 덮쳤다. 석양이 물을 보랏빛으로 적시고, 나는 물살에 휩쓸려 떠내려갔다. 힘을 줘 버티지 않았다. 머리가 물에 잠기는 순간, 이미 내가 아는 많은 것들이 물 안에 잠겨 있는 느낌이 들었다. 골목이 그랬듯, 물살 앞에서 모두 무용했다. 나는 물속에 가라앉았다. 보랏빛 물속, 부력에 이끌려 하늘거리는 내 팔과 다리를 지켜봤다. 목적도 대상도 없이 춤추는 모습이 아름다웠다. 언제인가 내가 내 몸에 그려넣은 비늘들이 자연스레 물살을 따라 누웠다. 찰랑이는 비늘을 따라 나는 어딘가를 향해 흘러갔다.

눈을 뜨니, 계단이었고 다시 흑백이었다. 창밖에 달이 보였다. 둥그런 달 앞에서, 무릎을 안아봐도 몸의 떨림이 멈추지 않았고, 자꾸 눈꺼풀이 가라앉았다. 눈이 감기면 의식이 다시 의식 너머의 화폭 속으로 빨려들어갔다. 색이 가득한, 더이상의 너머가 없는 화폭 속으로.

나는 입술을 동그랗게 모았다. 그리고 그 사이로 바람을 불었다. 가느다란 소리가 창밖으로 빠져나가자 숲이 흔들리고 안개가 흩어졌다. 눈이 감길 때마다 휘파람을 더 세게 불었다. 나는 울면서 휘파람을 불었다. 웃으면서 휘파람을 불었다. 어쩌면 아무 표정도 없이 휘파람을 불었다. 비명처럼.

888

너는 의자에서 일어난다. 여름, 쿨 앤드 더 갱. 그런 것들도 있었다. 치맛자락, 미러볼. 그런 것들은 있다. 너는 등을 보이며 스테이지로, 살갗에 달라붙는 빛들, 너는 흘려보내듯이, 스모그 속으로 걸어가고, 8비트로 회전하는 색깔들. 너는 랑방 드레스 입은 남자들 사이를 지나가고. 비밥, 흑인, 중력 장치 없이도 혼자 춤을 춘다. 어깨에 스냅을 걸면서, 귓불이 흔들리는 것을 느끼면서, 신시사이저 내부에서 너는 혼자 춤을 춘다. 리듬. 너는 리듬이라는 말을 들어본 적이 없고, 소름. 이라는 말을 들어본 적이 없고, 문레스, 또는 마더레스. 라는 말을 들어본 적이 있고, 춤이라는 것을 이해하지 못하면서, 너는 혼자 춤을 춘다. 언제인가 꿈에서 거울을 봤을 때, 거울 안에 운치만 보였을 때, 너는 네가 잠 밖에서 맴도는 사람이라는 것을 알았고, 우아한 손짓들을 배웠지만, 오르가슴은 없었고, 춤을 춰도, 왜 춤을 추는지 모르지만, 너는 혼자 춤을 춘다.

8비트. 신시사이저, 환각제, 변화하는 드레스들. 방금 경찰이 열여덟 살 꼬맹이에게 총을 쐈어. 여섯 발씩이나. 점프슈트 겉에 더블코트를 걸친 남자가 말을 걸어오고, 너는 혼자 춤을 춘다. 너 반바지를 입었네. 남자는 손짓으로 스모그를 밀어내고, 너는 혼자 춤을 춘다. 나한테 팝이 있는데 같이하지 않을래? 너는 혼자 춤을 춘다. 밖에 나가면 자동차도 있어. 거기서 팝을 하며 드라이브나 하자. 너는 혼자 춤을 춘다. 네 반바지가 마음에 들어서 그래. 다른 사람들은 춤을 춘다. 남자는 더블코트를 벗어 너의 어깨에 걸쳐주고, 너는 혼자 춤을 춘다. 꼬맹이는 버려진 버스 안에서 칼을 들고 있었대. 남자는 뒤에서 스친다. 정말 안 나갈 거야? 나한테 팝이 있다니까. 구하기 어려운 건데. 너는 앞에서 스친다. 허리끈, 젖꼭지, 턱선. 남자는 미소짓고 너는 혼자 춤을 춘다. 팔꿈치를 흔들면서, 손가락에 힘을 풀면서. 먼저 나가 있을게, 팝을 하고 싶으면 나와서 자동차를 찾아. 너는 혼자 춤을 춘다. 자동차가 뭔지는 알지? 미러볼은 얼룩을 만들고, 네 개의 바퀴가 땅에 닿아 있는 거야. 속력이 있지. 남자는 스모그 속으로 걸어가고, 첫 발은 공포, 두번째는 불안, 세번째는 의심, 너는 혼자 춤을 춘다. 속력이라는 말을 들어본 적이 없고, 넷째 발은 거짓말, 다섯째 발은 신앙, 여섯째 발은, 너는 생각을 멈추고 혼자 춤을 춘다.

산에 문이 있다. 시체를 숨겨뒀어. 사내 하나가 말한다. 사내들이 문을 열고 들어간다. 문 안에 산이 있다. 시체를 찾아야 해. 사내 하나가 말한다. 사내들이 문을 열고 들어간다. 문 안에 산이 있다. 이 근처였던 것 같은데. 사내 하나가 말한다. 사내들이 문을 열고 들어간다.

문 안에 산이 있다. 아직이야. 사내 하나가 말한다. 시체들이 문을 열고 들어간다. 문 안에 아파트가 있다. 여기가 맞아. 사내 하나가 말한다. 문 앞에 경비원이 있다. 사내는 들어가지 못한다. 경비원은 의자에 앉아 졸고 있다. 경비원은 언제나 있지. 사내 하나가 말한다. 경비원은 비스듬히 앉아, 고개를 숙이고 있다. 저 각도가 문제야. 사내 하나가 말한다. 모자가 경비원의 눈빛을 가린다. 경비원은 언제나 저러고 있지. 시체들이 문 앞에서 맴도는 사내 하나를 구경한다. 사내 하나는 경비원을 지나가다, 멈추고 다시 돌아오고, 반대방향으로 지나가다, 멈추고, 다시 돌아온다. 꼭 그것이 필요한 거야? 시체들이 고개를 끄덕인다. 경비원은 존다. 방법은 하나야. 시체들이 말한다. 사내 하나가 고개를 끄덕인다. 경비원들이 문을 열고 들어간다.

너는 남자를 흡입한다. 닛산 스카이라인. 너는 조수석에 앉아 허리를 숙이고, 차창 밖에서 쏟아지는 광선. 너는 남자를 흡입한다. 남자는 입을 벌려 신음을, 혀 위로 밀려오는 색채, 방사능, 팝을. 너는 남자를 흡입한다. 알아? 옛날 사람들은 이성애자였대. 너는 남자를 흡입한다. 그래. 나도 헛소리라고 생각해. 한쪽으로만 만족하다니 말도 안 되는 이야기지. 바퀴에 채는 돌멩이 같은 것들에 차체가 들썩일 때마다, 너는 남자를 흡입한다. 헤드라이트가 광선에 뚫릴 때마다, 마음에 들어? 그루브라고 하는 거야. 너는 남자를, 남자는 속력을 흡입하고, 아까 쌌잖아. 그만해도 돼. 광선이 사라지며, 마돈나. 너는 마돈나, 라는 말을 들어본 적이 없고, 크리스토퍼 크로스, 라는 말을 들어본 적이 없고, 브라이언 하이랜드, 라는 말을 들어본 적이 없지만, 너는 팝을 한다. 남자가 스낵바를 명령하자, 건물들이 솟아나고, 비행접시들이 순간 이동하고, 네온사인은 필기체처럼 흘러가는 홀로그램 속에서, 도시는 새벽을 구상하고, 너는 창문을 열어, 토하고, 이번에는 내가 네 걸 빨아줄게. 너는 팝을·한다. 남자는 홀로그램에게서 캡슐 두 개를 받아들고, 건물들은 흩어지고, 새벽은 멀어지고, 다시 광선이 쏟아지고, 네가 침대까지만 함께 가준다면 말이야. 너는 그루브를 본다. 보닛 너머에서 다가오는 광선이 차창에서 하나의 점이 되고, 너의 눈앞에서 천체가 되고. 소멸되는 방사능, 돌멩이는 여전히, 남아 바퀴에 부딪히고, 너는 덜컹거리며, 반바지가 부풀어오르고, 엔진은 매 순간 네가 너를 앞지르게 하는데, 너는 팝을 한다. 팝을 하다보면 그들이 나를 대신해서 살아주고 있다는 느낌이 들 때가 있어. 횡단보도를 지나치며, 횡단보도. 라 말해보고는, 표시에 따라 보도를 횡단하는 것에 대해 떠올려보지만, 왜 그런 것이 필요했는지 알 수 없기에, 멍해지다가, 상상 속 횡단보도 끝에 사람을 세워두어보고, 그 사람이 무엇을 하고 있는 것인지 추적하다가는, 다시 멍해지다가, 레키쇼들이 왔어. 남자는 시동을 끄고, 너는 멈춰지고, 광선은 느려지고, 차창 앞으로 테일램프가 부드럽게 휘어지고, 전조등이 광선처럼 쏟아지더니, 바이크들이 모이고, 점点주의자 새끼들. 창문이 깨지고, 남자의 목이 쇠사슬에 묶이고, 팝은 멈춘다. 너는 의자에서 움직이지 못한다. 테일램프 하나가 멀어지고, 쇠사슬이 찰랑거림을 멈추고, 기이한 소리와 함께 남자는 굴절되며 끌려가고, 레키쇼들은 너를 둘러보는데, 자지를 긁적이고, 보지를 긁적이고, 도로에는 남자의 등가죽이 남겨지고, 너는 둘러 보여지고, 너의 종아리로 뜨거움이 흘러내리고, 레키쇼들은 자지를 긁적이고, 보지를 긁적이고, 너는 오줌 냄새를 맡는다. 그건 하얗다. 박살나는 스카이라인. 트렁크에서 튀어나온 주크박스. 너는 주크박스가 무엇인지 모르고, 알기 전에 부서지는 주크박스. 하얀 것은 더 하얘지지 않고, 유리 조각 사이로 팝이 흐르고, 너의 종아리에는 길이 생기고, 횡단보도는 복잡할 수도 있지만, 하얀 것에 대해서는 어떤 여지가 없다. 가까워지는 사이렌 소리. 레키쇼들이 너를 트렁크에 집어넣자, 너는 거의 하얗게 앞질러진다.

아직도 그녀가 나에게 했던 말이 생각나요. 그녀는, 있잖아요. 한편으로는…… 할머니 같다고 할까. 왜, 노인들은 아무 곳에나 혼자 세워두는 것만으로도 보고 있는 사람들을 슬프게 만들잖아요? 여하간 그런 여자였죠. 그날도 그녀는 뭔가에 쩌들어 돌아왔어요. 술인지, LSD인지, 기시감인지, 그녀는 거실의 거울 앞에 서서, 자신의 머리카락을 쥐어뜯는 거였어요. 저는 그녀에게 밀을 걸지 않았죠, 늘 그래왔듯 그녀가 곧 옷을 벗고 침대로 들어갈 것을 알고 있었기 때문에요. 하지만, 그날따라 그녀는 좀처럼 거울에서 벗어나지 못했어요. 가느다라면서도 뼈마디가 도드라진 손으로 자신의 얼굴을 쓰다듬으며, 눈물 섞여 볼을 굴러내리는 마스카라 진액을 자신의 입속으로 집어넣기 바빴죠. 무슨 말을 하고 싶긴 한데, 입을 벌리는 순간 마치 뇌가 입 밖으로 튀어나오기라도 할까봐 두려워하는 것 같았어요. 파란색 벽지는 등대의 조명에 바닷물처럼 일렁이고, 두 손으로 입을 틀어막고 있는 그녀의 눈알은 월경하듯 붉어졌죠. 창밖에서는 마닐라 항구의 뱃고동 소리가 들려오는데. 저는 일단 기다렸죠. 그거 알아요? 저는 평생 기다려만 왔어요. 기다림은 저의 숨결과도 같죠. 여하간, 반성은 개수작이야. 맞아! 호호호. 선창가의 트랜스젠더들이 속삭거릴 때, 그녀는 다리를 벌려 자신의 질에 손가락을 쑤셔넣기 시작했어요. 아, 그곳을 뭐라 표현해야 할지. 깊고 넓은 해자와 아름다운 건축양식의 구조면이 모여 있는, 바빌론? 그래요. 그곳은 바빌론 같았죠. 상상에게마저 버려진 도시. 누구야. 당신 누구야. 부탁이에요. 누가 좀 있어요. 그녀가 신음과 함께 읊조리는 혼잣말을, 주제가 삼아 저 홀로 분홍빛 쾌락에 찬 그녀의 도시를 배회하고 있자니, 불현듯 어디선가 거세된 남성의 목소리가 들려오는 것이 아니겠어요? 방관자. 당신들은 모두 방관자들이야. 쿵쾅쿵쾅. 저는 제 심장이, 어디서 들려오는 것인지 모를 음성에 터질 듯 빨라지는 것을 느끼곤, 재빨리 그녀의 도시에서 벗어났지만, 바로 그 순간부터 진짜 공포가 시작되었죠. 그녀의 아름다운 도시의 입구가, 그녀의 그토록 예쁜 보지가, 아주 또렷하게 벌어졌다 닫히며 저에게 말을 거는 것이었어요. 방관자들, 방관자들. 방관자들. 이라고. 너무 놀란 저는 커튼을 닫고 망원경에서 떨어졌죠. 방관자? 방관자라고 내가? 그러나 하얀 커튼 너머로 보이는 그녀의 텅 빈 몸짓과 항구에서 풍겨오는 갈매기 똥냄새. 그리고 그들을 향해 고개를 끄덕거리는 제 자지를 지켜보며, 저는 바로 저 자신이 제 삶에게마저 방관되고 있다는 것을 깨달아버리고 만 것이에요.

벗어. 했었다. 담배. 피울 것이야. 냄새는, 깡통. 셋이서, 일곱이서 했었다. 불이 필요해. 있게 될 거야. 빨아줘. 커졌었어. 4구역은 푸르다. 물고기는 꽃잎. 그런 게 있나? 있었지. 보게 될 거야. 불꽃은 못생겼어. 못생기고 있잖아. 우리는. 흔들고 있어. 잘이라는 말이 무슨 뜻인지 모르겠는데. 알아. 잘. 담배. 피웠겠지. 물은, 잘생겼어. 육교는? 하고 있잖아. 기차는? 지나갔어. 기차는? 오고 있어. 기차는? 쌌어. 쌌었지. 싸게 될 거야. 주크박스는, 죽었어. 방글라데시, 하이재킹, 모르겠어. 철망은? 환희. 오르간은? 지질. 물결은? 자폐증. 기차는? 가고 있어.

너는 눈을 가린다. 트렁크 바깥에 구도자가 서 있다. 너는 트렁크에서 나오다 넘어진다. 모래에 정액이 섞여 있지만, 레키쇼들은 없다. 대신 사막이 놓여 있다. 나는 구도자다. 구도자가 말한다. 너는 구도자에게 절을 한다. 나는 구도자다. 구도자가 말한다. 너는 구도자를 따라간다. 사막은 삼각형이다. 원이었던 시절도 있었다고, 구도자는 말한다. 돌아가다보면 중심이었다. 구도자는 고개를 젓는다. 변은 의지다. 이제야 안에 있을 수 있다. 너는 구도자에게 절을 한다. 구도자는 변을 따라 걷는다. 나는 구도자다. 꼭짓점에서 너는 옷을 벗는다. 구도자 앞에서 발기된 네 성기를 흔들어본다. 구도자는 성기의 방향대로 걷는다. 너는 구도자를 따른다. 모래알이 발을 잡아당기고, 너는 무릎까지 삼켜지며, 발을 번갈아 뗄 때마다 분리된다. 중심에는 바깥이 없었다. 구도자가 걷는다. 나는 지루할 뿐이었다. 두번째 꼭짓점에서 구도자가 말한다. 나는 구도자다. 구도자가 걷는다. 너는 흩어진다. 사구는 스러지고, 너는 네 다리가 몰려가는 것을 느끼고, 분해된 이동력, 감각은 모래알과 함께 구르기도, 미끄러지기도, 너는 구도자의 뒷모습을 따라, 사구에 쓸려가며, 가끔 너의 혈관 사이를 지나다니

는 곤충들을 마주하고, 그들의 육각형 시각을 통해, 너는 그들의 패턴
이 되기도, 그들의 세계가 되어, 흐름을 멈추지 않고, 셋째 발가락에
서 가닐거리는 곤충의 자그마한 날갯짓 소리에 떨기도 하면서, 놀람
과 날갯짓 사이에서 네가 너의 환생에 대해 생각할 때, 곤충은 너에게
서 그들의 전생을 보고, 사막의 하단부로 홀로 떨어져나간 너의 신경
선 한 토막이, 사막 아래를 포복하며, 꽃들과, 풀들과, 돌, 마른 물방
울들의 시체를 헤치고서는, 그 아래로 하얀색 아치의 궁정을, 천 헥타
르 정원을, 주위의 어룩더룩한 원색의 건물들을 발견해냈을 때, 너는
사막이 사막의 전생을 너의 몸으로 잠재우고, 그들의 재건을 막기 위
해, 사구는 끊임없이 무너지고, 흘러가고, 무너지고, 흘러간다는 사실
을 깨닫는다. 나는 구도자다. 구도자는 걷는다. 너는 끊임없이 따라간
다. 세번째 꼭짓점에서, 걸음은 요상한 일이 아닐 수 없다. 구도자가
말한다. 요상하도다 요상해. 구도자가 물구나무를 선다. 반바지로다.
구도자가 말한다. 반바지라, 반바지. 구도자가 중얼거린다. 되찾아와
야 해, 되찾아와야 해, 되찾아와야 해, 되찾아와야 해. 구도자는 물구
나무선 채로 걷는다. 너도 물구나무서기로 구도자를 따른다. 손가락
은 뿌리로, 팔은 기둥으로, 살갗은 벽화로, 구도자는 걷고, 너는 복기
된다. 행진하는 노역자들은 너의 궁을 모른 체하고, 귀부인들은 너의
안채에서 광대들과 떼씸을 벌이고, 왕은 왕좌에 앉아 너를 바라본다.
아무도 왕이 무엇을 바라보는지 눈치채지 못하나, 왕은 정확하게 너
를 바라본다. 야간, 공중에서 폭죽들이 터지고, 공원 사람들의 얼굴
이 불꽃색으로 밝혀지고, 손을 잡거나, 발을 구르며 춤을 추거나, 양
탄자를 훔치고, 골목에서 수음을 하고, 웃통을 벗은 채로 강가로 뛰어

들고, 노역자들이 모여 앉아 술을 돌릴 때, 왕은 너를 바라본다. 너는 깊어지고, 왕의 눈에 모래알들이 가득 차오르고, 무너지고, 흘러가고, 되찾아와야 해, 되찾아와야 해. 구도자는 걷는다. 첫번째 꼭짓점. 두번째 꼭짓점, 세번째, 네번째, 다섯번째. 너는 모서리를 헤아릴 수가 없고, 변은 이어지며 길어진다. 누군가는 되찾아와야 한다. 구도자가 브리지 자세로 말한다. 변 밖에 도시로 통하는 워프 센터가 보이는데, 너는 변 안에서, 반은 사막으로 반은 왕국이 되어 구도자 뒤를 따른다. 구도자는 몸을 동그랗게 말아 굴러간다. 너도 굴러간다. 아니, 굴러가려다가 멀어지는 구도자를 지켜본다. 구도자는 다시 돌아올 것이다. 너는 생각한다. 동그란 구도자는 다시 돌아올 것이다. 너는 생각한다. 왕좌에 앉아, 노역자들의 행렬을 감상하다, 궁 밖의 동그란 것, 공중의 노랗다가, 하얬다가, 퍼랬다가 하는 동그란 것을 올려다보며, 너는 작은 날개를 움직이며 육각형의 세계에서, 패턴 밖의 패턴 안의 패턴을 가로지르고, 다시 나타나는 동그란 것을 바라보며, 생각한다. 구도자는 다시 돌아올 것이다. 너는 꼭짓점에 서서, 네가 꼭짓점인 것처럼 구도자를 마중하고, 모래알은 쏟아지고, 기병들은 창을 세우고, 지네들은 날아오르고, 너는 제자리서 몸을 구르며 전복되지만, 꼭짓점은 순번을 바꾸며 균형을 유지하고, 구도자는 돌아오지 않는다. 기하학. 변 바깥으로 광선이 쏟아지는데, 기하학. 구도자의 음성은 위에서, 광선을 무너뜨리며 들려온다. 기하학. 너는 구역질을 하지만, 기하학. 구도자는 중얼거린다. 나는 영성이다. 나는 영성이다. 너는 왕의 눈이 되어 무릎 꿇은 시녀의 젖은 머리칼 위로, 궁전 위의 커다란 눈알을 마주하고, 너는 곤충의 눈이 되어, 연계를 가득 채운 모래알

너머의 커다란 눈알을 마주하고, 공중에 떠 있는 단 하나의 눈알 속에서, 두 개의 눈동자가 가까워지고, 멀어질 때, 왕은 네가 되어 몸이 흩어지고, 곤충은 네가 되어 기둥을 세우고, 기하학. 너는 기하학이라는 단어에서 풍겨오는 역겨움에 무릎 꿇어 토사물을 쏟아내지만, 누군가는 그 말을 다시 찾아와야만 한다. 구도자는 중얼거리고, 너는 변 바깥으로 기어나간다.

　가끔 의자는 이미 앉아 있다. 우리는 길가의 의자들을 내버려두고 걸어간다. 서부 공단에서. 어제는 휴일이었지. 오늘도 휴일이고, 내일도 휴일이야. 우리는 편지를 읽는다. 새벽에 길을 걷다 개 한 마리와 마주쳤다. 검은 개와 공장이 있었다. 굴뚝들은 멈춰 있었고, 개는 새들의 그림자처럼 쏘다녔다. 우리는 가로등 밑에서 편지를 읽는다. 사랑하는 이들아. 나를 조금 더 사랑해다오. (수취인란은 비어 있다.) 말했듯, 새벽에 길을 걸으며 개 한 마리와 마주쳤다. 내가 그랬듯, 개도 소문에서 떨어져나온 듯했지. 공단에서 그런 일은 흔하니까. 나는 계속 걸었네. 우리 머리 위의 가로등이 깜빡인다. 아마 백 년을 걸었지. 새벽은 늘 어둡잖아? 공장. 그리고 나와 개는 늙지 않더군. 공장장은 죽었을까. 알 수 없네. 나는 백 년 동안 돌아가지 않았으니까. 그저 계속 걸었지. 개와 함께. 서로의 친구 시늉을 하면서. 우리는 페도라를 벗고서 잠시 기도했다. (수취인란은 비어 있다.) 어제는 겸손했지, 오늘은 거만했고, 내일은, 글쎄 백 년이라 말했지만, 한 번도 햇빛을 본 적이 없었어. 그러니까, 나는 팔 수 있는 게 더이상 아무것도 없었던 거라네. 개들은 늘어만 나는데, 두 마리, 네 마리. 개들은 늘어만 가는데. 여섯 마리, 열한 마리. 개들은 늘어만 가는데. 우리는 택시의 그림자를 본다. 검은 개에게 공장장이 선술집에서 자살했다는 이야기를 들었네. 어쩔 수 없는 일이라고 생각해. 그걸 누가 막을 수 있단 말인가. 나도, 공장장도, 신처럼 거대한 타워크레인도 그걸 막을 수는 없는 거라네. 내가 잠시 길가에 주저앉아 공장장의 딸을 겁탈하려 했던 외국인들을 떠올리고 있을 때에, 하얀 개가 또하나의 소식을 말해주더군. 다음은 네 차례야. 털도 얼마 남지 않은 말라비틀어진 하얀 개가, 어둠 속에서 눈알을 광석처럼 빛내며 속삭여줬던 걸세. 다음은 네 차례야. 다음은 네 차례야. 라고. 우리는 흐트러진 글씨체에 눈을 더 가까이 댄다. 편지지 위로 불빛이 지나간다. 오늘도 걸었네. 개들은 살아 있는 걸까. 요새는 그런 의문이 드네. 개들의 혀는 땅바닥까지 늘어져 있는데, 최초의 개가 이들을 불러온 것인지, 내가 그들을 불러낸 것인지. 그들이 나를 데려온 것일 수도 있지. 어쩌면, 나는 단지 개들의 상상력일지도 몰라. 그들은 이빨로 고양이의 눈알들을 걸고, 나는 아무래도 점점 더 말라가는 것만 같아. 우리는 편지지에서 눈을 떼고, 콜라맛 사탕을 빤다. 그러고선 몇 그루의 나무와, 바람에 흔들리는 그림자들을 보며 동어반복에 대해 생각해본다. 친구들. 백년 후에는 어떤 일들이 일어날 것 같은가.

(……)

나는 결국 아무 일도 일어나지 않을 것이라 생각한다네. 우리는 공단의 의자에 앉아, 의자의 편지를 불태운다.

도시는 비가 설정되어 있다. 너는 비를 맞으며 멍해진다. club de striptease, 羊肉館, 99Rennstrecke, ぎんざ. 시가지의 빗방울은 분열적이고, 골목은 휘어졌으며 너는 골목으로 들어서서, 모여 앉아 비에 젖는 사람들을 지나친다. 우리들은 비에 중독됐어. 사람들이 너의 반바지를 붙잡고 말할 때, 골목은 빗방울과 함께 흐려지고. 너는 네 몸을 흘러내리는 인공의 축축함에 네 피부 또한 골목길로 흘러내려가는 것을 느끼고, 바닥에서 허우적거리며 길을 찾지 못하고, 웅덩이에 괸 다른 이들의 기억들과 섞이다가, 너는 둘이 되고 여럿이 되어, 실루엣 하나가 갇혀 움직이는 전화박스 앞으로 흘러가고, 실루엣은 동전을 집어넣으며 옷깃을 움직이나 말은 보이지 않고, 실루엣의 바짓단 밑으로 검은 빗방울들이 새어나올 때, 너는 이자카야의 한편에서 술잔을 돌리고 있다. 호를 그리며 기울어지는 술을 바라보며, 비는 실패야. 옆자리의 여자가 말하고, 우리는 중독됐지. 너는 술잔 안에서 홍등과 여자의 얇게 갈라진 턱을 비추며 여자가 매음녀라 짐작하고, 당신은 아직 중독되지 않았구나. 매음녀는 술잔을 돌리며 말한다. 비행기라는 것을 타보고 싶어. 창밖으로 우산을 쓴 몇몇 이들이 걸어가는데, 너는 우산 위로 쏟아지면서, 그들의 방어하는 자세에 토 달듯 매달려, 그들과 함께 창 안의 붉은빛과, 히라가나와, 담배를 물고 있는 매음녀 그리고 불을 붙여주는 너를 감상한다. 코로 두 줄기 담배연기를 내뱉으며, 비행기가 이륙하는 걸 본 적이 있어. 매음녀가 말한다. 그걸 타면 벗어날 수 있다던데. 너는 재떨이에 뭉개진, 빨간 립스틱 자국이 묻은 담배꽁초에서 비행기의 침몰만 떠올리고, 매음녀는 다시 담배꽁초를 들고, 우산을 쓴 이들은 알몸으로 서 있다. 전화박스에

서는 여전히 하나의 실루엣이 움직이는데, 말은 보이지 않고, 다 가짜야. 바 구석의 노인이 말한다. 진짜는 소리가 나는 법이지. 노인이 소리낸다. 챙. 그리고 챙, 챙. 알몸들이 우산을 들고 걸어간다. 너는 우산 위에서 뒹구나, 소리를 내지 못하고, 단지 좋은 차들을 몰고 싶었어. 노인이 말하고, 결국 운전사가 됐겠군요. 매음녀가 노인에게 담배를 건네며, 나를 공항에 데려다주세요. 알몸들은 우산을 버티고, 이제 그저 영원한 노인일 뿐이야. 영원한 노인이 대답한다. 모두 영원해졌어요. 너는 간판에서 떨어지며, 마작장 사람들의 표정 위로 미끄러져내리고, 무한한 판돈에, 패들의 무의미함을 알았고, 유리창에 달라붙는, 실패의 가짜들과, 가짜의 실패들에 섞여 흐르며, 테이블 밑에서 네 반바지 속으로 손을 집어넣는 매음녀를 느낀다. 자기는 왜 이 도시에 들어왔어? 매음녀는 네 성기를 붙잡고, 받아야 할 것이 있어. 너는 대답한다. 뭘 받아야 하는 건데? 매음녀가 묻고, 글쎄, 아무래도 이 도시에는 없는 것 같아. 너는 매음녀의 손을 밀어낸다. 대비했지만 대비하지 않았고, 대비될 수도 없는 것이었다. 노인이 말하고, 하얀 손이 무릎 밑으로 떨어지고, 전화박스의 문이 열리고, 알몸들은 우산과 함께 실루엣이 되어 지나가고, 너는 전화기에 동전을 집어넣는다. 나는 아직 남아 있어. 누구세요? 나야. 나구나. 맞아. 남아 있구나. 맞아. 그쪽은 어때? 그렇지 뭐. 우산들이 두 발로 고아들처럼 걸어다니고, 너는 실루엣에 포위되어, 공중전화 줄을 붙잡은 채 다음 말을 기다리고, 챙. 그리고 챙, 챙. 영원한 노인이 소리낸다. 건물 안에도 비가 내리고 있는데, 챙, 챙. 진짜와 진짜가 마주쳐야 하는 거거든. 영원한 노인이 말한다. 그건 받았어? 아니, 아직. 그래. 계속 돌아다녀볼게. 그러도록 해. 그런데 그게 정말 있을까? 챙. 유리창이 떨리면서 시작되지. 너는 전화박스에서 나오려다, 수화기를 귀에 붙이고 머문다. 말없이 입을 뻥끗거리지만 우산 인간들은 너를 쳐다보지 않고, 너는 전화기를 내려놓지 못한다. 골목에 모여 앉은 사람들은 흐르지 못하고, 경계를 잃은 채로 우산이 되어버린 사람들은 시가지를 떠돌고, 너는 이자카야에서, 테이블과, 식탁보 위에서 분열되며, 네가 밖으로 향하는 문을 열었을 때, 혼자가 되는 것은 전화기인가, 너인가, 확신하지 못하고, 너는 유리창에 수화기를 갖다대어, 도시의 파란 불빛과, 공중전차의 진지함과, 빗방울들의 순간순간을 들려주다가, 다시 수화기를 내려놓을 때, 너는 유리창 안에 혼자서, 전화기에서 멀어지는 네 손이 단순히 검은 것을 보고, 몸을 움직여봐도 더블코트의 결과 살갗 대신 네 눈앞으로 온통 검은 실루엣들만 스치는 것을 보면서, 전화기는 전화기대로 섬뜩하게 벨을 울려대는데, 너는 실루엣이 되어 말을 중얼거리나 보이지도 들리지도 않는다. 받아야 할 것이 있다면 내가 데려가주지. 영원한 노인이 말한다. 역시 당신이 기장이었어. 나도 데려가주세요. 술잔 위로 폭우가 쏟아지고, 하이힐 밑으로 얼굴이 녹아내린 매음녀가, 이자카야 연못을 어지럽히며 노인의 발목을 붙잡지만, 자격이 있는 자들만 비행기를 탈 수 있어. 젖지 않는 영원한 노인은 말한다. 반바지는 가장 훌륭한 자격이지. 너는 고개를 들고, 공중전차는 객실에 황홀한 빛을 품고선 전진한다.

선생님은 대만에 도착하였습니다. 기차가 지붕의 눈을 털어내며 사라질 때, 도둑들이 선생님의 배낭을 훔쳐갔습니다. 세탁소에서, 선생님은 일주일 동안 자신의 가방에 무엇이 들어 있었는지 생각해보았읍니다. 돌아오는 화요일, 여장 남자가 세탁소에 들어와 선생님에게 물었읍니다.

맡겼던 옷을 가져가고 싶어요.

제발 아무에게도 아무것도 맡기지 좀 마시오.

다음 일주일 동안 선생님은 시먼딩 거리를 걸었읍니다. 일곱 번의 아침과, 일곱 번의 오후와, 무한대의 밤이었읍니다. 공원에서 에어로빅을 구경하다 우울해진 선생님은 야시장 앞에 오토바이를 타고 모여 앉은 사람들에게 말을 걸었읍니다.

오늘이 무슨 요일이요?

그중 우두머리로 보이는 남자가 대답했읍니다.

오늘은 오늘이요.

선생님이 다시 물었읍니다.

그럼 지금 몇시요?

우두머리가 다시 대답했읍니다.

당신에게 그런 것들은 전혀 중요해 보이지 않는데?

선생님은 주차장에서 린치당하는 남학생을 지나치고 호텔 라운지로 돌아왔읍니다. 텅 빈 테이블을 한 바퀴 돌고는, 하얀 냅킨을 한 장 펼쳐, 그 위에 대만의 지도를 그려보는 것이었읍니다.

나는 나다. 나는 나다. 나는 나다. 나는 나다. 나는 나다. 나는 나다.

혼자 오셨나봐요?

승무원 제복을 입은 여인이 선생님에게 말을 걸어왔지만,

눈이 내렸지. 이곳에 처음 도착했을 때, 눈이 내리고 있었어.

선생님은 완성된 노르웨이 지도를 보며, 자꾸 중얼거리기만 했읍니다.

무슨 소리예요. 대만은 따듯해서 눈이 내리지 않아요.

맞아. 눈이야. 하얗고 어지러운 체하는.

선생님은 혼자 미소를 지어 보이며,

내가 손써볼 틈도 없이, 그 징그러운 냉소주의자들이 모든 것을 가져가버린 거지.

불 꺼진 라운지에서, 선생님은 여전히 선생님이 애초에 가방을 가져오지 않았다는 사실을 깨닫지 못하는 것이었읍니다.

너는 공항을 떠올린다. 플라이트 보드 앞에 서 있었다. 브뤼셀, 몬트리올, 다렌, 코펜하겐. 지명들이 멈춰 있었다. 너는 처음 보는 지명들을 발음해보았다. 몬트리올, 몬트리올. 네가 진짜를 향해 추락하는 비행기를 떠올릴 때, 활주로로 비행기가 들어섰다. 비행기에는 두 개의 날개가 달려 있었는데, 그 커다랗고 기괴한 생김새에, 너는 버려진 가게로 들어가 숨어버렸고, 박살난 탁자 밑에 웅크려 앉아, 주문하듯 메뉴판을 읽어보았다. 샌드위치, 샌드위치, 샌드위치. 너는 그것이 네가 여태껏 발음해왔던 지명들 중 가장 슬픈 지명이라 생각했다. 샌드위치, 샌드위치, 이것 좀 봐, 옆자리의 남자가 비행기 객실 천장에 적힌 낙서를 가리킨다. '아무 일도 일어나지 않았다.' 샌드위치, 샌드위치. 등이 없어지니까 좋아. 남자가 말한다. 모든 순간이 처음부터라는 느낌으로 다가온달까? 좌석 등받이로 남자의 내장들이 출렁거린다. 팝은? 때려치웠어. 비행기가 이륙한다. 단지 날아가기 위해서 이렇게 거창해야 하는 게 웃기지 않아? 등 없는 남자는 말한다. 너는 몸이 뒤로 쏠리고, 봐, 저 날개, 이 안전벨트, 그리고 중력. 모든 것들이 과장되어 있어. 너는 네가 남겨지는 것을 느낀다. 공항의 샌드위치 가게에서. 활주로의 잡초 사이에서. 멈춰 있는 플라이트 보드 앞에서, 남자의 말대로 과장되게 멀어지는 비행기 꼬리를 지켜보는 너의 살갗이, 너의 모양새로 활주로에 두 발을 딛고 서서 너를 배웅한다. 이토록 큰 과장 안에서는 팝도 쓸모없어지는 거야. 너는 팔을 들어, 너의 드러난 근육조직들을 살피고, 근데 넌 왜 비행기를 탄 거야? 남자의 물음에, 받아야 할 게 있어. 받아야 할 것? 응. 저건 뭐지? 너는 창밖의 절벽을 내려다보며 묻고, 이발소야. 이발소. 이발하는 곳이야. 이발. 균형을 만드는 일이지. 이발사는 절벽에서 떨어질지 말지 고민한다. 그래서 받아야 할 게 뭔데. 사과. 남자는 웃는다. 사과? 응. 그건 멸종됐어. 아주 한참 전에 사라져버렸다고. 너는 남자를 보고, 남자는 입술이 눈알의 위치에 달려 있다. 그래도 받아야만 해. 비행기는 쭉쭉쭉 쭉쭉 쭉쭉쭉쭉쭉 올라간다. 아쉽네. 너도 등이 없어지면 그런 것 따윈 관심도 안 갖게 될 텐데. 남자는 눈알이 없어지고, 나는 이제 전진하는 일만 남은 거야. 남자는 코가 없어지고, 쭉쭉 쭉쭉 쭉쭉쭉쭉 쭉쭉. 네가 조종실로 들어가 기장의 좆이나 빨고 싶다는 생각을 할 때, 이대로 계속 올라가다보면, 우리에게 마지막으로 남는 것이 무엇일까. 남자의 입술이 등받이에 붙은 채로 떠든다. 너는 펄럭이는 이발사의 하얀 가운이, 흔들거리는 날갯소리가, 환풍기의 먼지 냄새가, 푸석한 시트의 촉감이, 고도 밖으로 벗어나 자유낙하하고 있음을 느끼고, 우리를 둘러싼 우리의 감각들이 하나씩 하나씩, 전부 다 벗겨져나가 우리에게

서 떠나가면, 우리는 진짜 우리가 되는 걸까. 등받이는 말하고, 너는 너의 날개를 비틀어보며, 기류가 너의 분위기인 것처럼, 너에게 남겨진 아우라 속에서 비행한다. 이발사는 가위로 절벽을 다듬고, 어떤 들판들은 시체가 되어 자빠져 있고, 랜드마크는 유행 지난 얼굴처럼 쓸쓸하고, 도시들은 절뚝거리듯 구상되어지고, 너는 두 발이 떠 있는 스스로에게, 이 기이한 과장됨이 전혀 너를 벅차오르게 하지 않음에도, 아무 정취 없는 너의 아우라를, 그저 높이와 시선만 있는 고도의 감정과 동일시하여, 너는 너도 모르게 엔진오일을 뚝뚝뚝 흘리다가는, 저 멀리서 너를 지켜보는 구도자의 눈과 마주하고 만다. 하나의 눈알, 두 개의 눈동자. 항로 밖으로 흑두루미떼들이 눈발마냥 흩어지고, 구름은 씨발 새끼. 너의 어깨에 부딪히고 지나가는 정신병자들 중 누군가는 그 아무에게나 용서를 빌어야 한다고, 몬트리올 샌드위치, 몬트리올 샌드위치, 마치 그런 중얼거림이 너의 죄를 사하고 다른 이들의 죄를 벌할 수 있다는 듯이, 너는 중얼거리고, 오래전 진짜라는 이름의 도시로 추락했던 비행기의 기장이 되어, 등뒤에 실린 예비 시체들을 모른 체하며, 공항 자판기에서 밀크커피를 뽑아 마시는 상상을, 오슬로의 얇은 광기, 라이베리아의 잔혹한 습기, 밀워키의 연쇄적인 초록빛, 브뤼셀의 광대한 우울함. 여태 돌아다녔던 수많은 해변과 호텔방, 걸어들어오는 계피색 스타킹, 종아리들의 휘어짐. 그녀들은 그녀들의 업무에서, 서로를 증오하면서도 끝없이 그녀들을 흉내내며 살아갔지만, 너는 어떤 감흥, 홍차를 들고 조종실로 들어오는 그녀들의 젖은 겨드랑이나, 조종실 유리창으로 번져오는 야간 도시의 화사함이 일으키는 낭만 대신, 안도감 따위나 내려다주며 단지, 너만의 안도감만을 신고 이륙했고, 착륙해왔다고. 지상의 종이컵 안에서 커피 프림이 중력에 이끌려 퍼져가는 모습을 떠올리며, 나는 신일지도 몰라. 내가 이 세계에서 가장 높은 곳에 있고, 이 세계를 내 마음대로 가로질러갈 수가 있고, 이곳에서 나는 유일해. 밀크커피는 천천히, 별들의 궤도를 침몰시키는 은하처럼, 드러나면 없는 것 같고, 정말 보이지 않을 때는 바로 옆에 앉아 고개를 끄덕거리고 있는 느낌을 주는 정신병처럼 거리를 확장하고, 국경을 넘나드는 버스 운전사는 소설가와 같고, 도심의 골목에서 튀어나오는 택시 기사들은 고작 시인들일 뿐이라고. 지상에서 나는 농구도 못하고, 오믈렛 하나도 제대로 만들지 못하지만 지금 당장은 사람들의 목숨을 조종할 수 있어. 나는 신이니까. 스스로에 대한 신앙심을 위해, 그 지루함만이 연속되는 신적인 감정 상태에 심취되어 도시로 돌진해버렸다고. 너는 구도자의 눈을 마주하여, 기하학. 구도자의 말에 귀를 기울이고, 기하학. 구도자가 또 한번 말하고. 기하학. 구도자는 전에 말했던 것인지도 모른다. 기하학? 언젠가는 결국 구도자가 말할 것이다. 내가 우리들은 모두 이성애자였던 적이 있다고 말했었지? 배기관이 따뜻한 목소리로 말을 걸어오는데, 기하학. 이제 우리들은 중성애자이지만 머지않아 모두 무성애자가 될 거야. 그다음은, 아마…… 기하학. 너는 몸을 흔들며, 엔진오일을 퍼붓듯 쏟아내다가, 너는 너에게로 쏟아져오는 광선을 향해, 미래의 아가리라 불리는 이 세계의 초고를 향해 질주한다.

비를 맞으며 인부 하나가 분전함에 붙은 벽보를 떼고 있었다. 인부는 온몸을 이용하여 조각칼로 벽보 풀을 긁어냈다. 햄버거를 주문하

고 그들은 키스했다. 그들 중 여자는 창밖으로 걸어갔고, 남자는 창
안에서 그녀를 지켜봤다. 그녀가 걸음을 멈추지 않고, 창을 벗어나면
첫눈이 내릴 것 같았고, 폭풍과 함께 세계가 맛이 가버리지 않을까 생
각했다. 고 남자가 여자에게 말했다. 별무늬가 그려진 차렵이불 속에
서 그들이 살을 섞을 때, 사거리로 우박이 내렸다. 그것이 비트라면
우리는 리듬이라고. 그들이 햄버거 포장을 벗기자 가로수 길에서 매
미 울음이 들려왔다. 우리가 가게 될 호텔이 너무 작으면 어쩌지. 여
자는 말하고, 익숙해질 거야. 남자가 대답했다. 편의점 앞으로 군용
트럭이 지나갔다. 군복을 입은 청년들이 그들을 지켜보며 터널 속으
로 사라졌다. 겁나. 그들은 레키쇼라 적힌 분홍색 성채 모양의 모텔로
들어갔다. 그들은 욕조에 마주앉아 시집을 펼쳐 이승훈의 「바람 부는
날」을, 한 행씩 번갈아 읽었다. 난 수화기를 놓고 말했지. 이상해 돌아
가신 선생님이 어떻게 전화를 했을까? 아마 누군가 김춘수 선생님이
라고 속였을 거야요. 아내의 말이다. 아니야 선생님 목소리가 맞아 도
대체 알 수 없군. 돌아가신 선생님이 전화를 하다니! 햄버거를 반쯤
먹었을 때, 여자가 울기 시작했다. 겁나. 아직 봄인데. 또 봄이야. 그
들은 언덕을 올랐다. 남자가 말했다. 우리는 존재하는 것들에 한해서
는 얼마든지 익숙해질 수 있어. 그러고는 턱에 손을 괸 채 말을 이었
다. 그렇지만서도 이상하군. 도시에서 군인들이 총을 들고 다니다니.
여자는 침대에 누운 남자의 허리에 올라타 목을 졸랐다. 뭐하는 거
야? 남자가 스스로의 목을 조르고 있는 여자를 쳐다보며 묻자, 모르
겠어. 여자가 대답했다. 우리는 어쩌다 이렇게 됐는데, 지금은 그 일
들이 확실했던 일이었던 것마냥 굴고 있잖아. 비를 맞으며 인부 하나

가 분전함에 붙은 벽보를 떼고 있었다. 남자든, 여자든 상관없다. 누군가 내 바지를 벗겨주고, 내 것이 아닌 다른 촉감으로 자지를 빨아주기만 한다면. 어제는 빌 위더스를 들었는데, 꽤 좋았었지. 그러나 리듬 앤드 블루스 싱어들은 모던함에서 나아가질 못하고 있어. 재밌는 일이네. 그래. 재밌는 일도 있군. 재밌는 일들을 생각하면 생각할수록 슬퍼지는 건 재밌는 일일까 슬픈 일일까. 남자는 인부가 혼잣말을 하고 있다고 생각했으나, 인부는 아무 말도 하지 않고 있었다. 빗물과 조각칼이 분전함을 긁어댔다. 어쩔 수 없지 않을까? 오토바이 불빛에 길모퉁이는 이지러지고, 어쩔 수 없다는 것에 의미가 있을까. 그들은 인부에게 우산 하나를 건네주고 마저 언덕을 올랐다. 어쩔 수 없다는 듯이. 우리가 꿈을 꾸고 있는 건 아니지? 여자가 가터벨트를 벗으며 물었다. 꿈이 뭔데? 남자가 셔츠 단추를 풀며 되물었다. 몰라. 아무튼 그건 이 방의 조명보다는 훨씬 어두울 거야. 터널에서 군용트럭이 빠져나왔다. 짐칸에서 방탄모를 쓴 노인들이 그들을 올려다봤다. 반쯤 남은 햄버거를 사이에 두고, 남자는 창밖을 보며 말했다. 여기야. 여자는 창밖에서 걸어갔다. 찢어진 우산을 들고 있는 인부를 지나, 우리는 존재하는 것들에 한해서만 익숙해질 수 있어. 여자는 창밖을 벗어나고, 눈은 오지 않았다.

너는 해변을 걷는다. 물가에 아이들이 줄 서 있다. 곰, 사마귀, 순록, 코알라 인형 탈을 쓴 아이들은 바다로 들어간다. 뭐하는 거니? 지구를 지키는 거예요. 그리고 그들은 바닷속에서 광선이 되어 발사된다. 너는 오클라호마 가면을 쓴 아이의 손을 잡고 함께 걷는다. 왜 벌써부터 지구를 지키려는 거야? 마땅히 할 일이 없어서. 너의 반바지가 펄럭인다. 아이는 너의 종아리를 만지작거리고, 병적으로 발작중인 노을, 모닥불에서 뛰쳐나오는 개들처럼 달려드는 바람, 바람 안의 공간감이 너의 반바지 속을 휘저을 때, 너는 반바지의 허리춤을 열어보며, 바람이라는 것이, 노을이나 바다색이 아니라는 것이 놀랍고, 네가 숨겨둔 너의 여지, 식도나 혀의 밑에서 아직 중얼거리지 않은 너의 독백까지 일렁이려는 것을 느끼고는, 너는 손을 뻗어 바람 속으로, 바람의 투명한 삼십팔면체 공간으로 들어간다. 파도는 각도 없이 밀려오고, 뼈대만 남은 야자수는 나병 환자처럼 숨쉬고, 말라죽은 강가의 정적들이, 모래알 위로 기습적으로 불쑥불쑥 너를 포위해오고, 아이들을 배웅하러 온 부모들과, 지구를 지킨 뒤 노인이 되어, 혹은 팔다리가 하나씩 없어진 채로 돌아온 아이들, 너는 온몸으로 뒹굴며, 풍경을 흔드는데, 나는 불꽃놀이를 본 적이 있어. 야자수가 말을 걸어온다. 나도, 너도, 나도. 야자수들의 웅성거림. 언제인지는 알 수 없어. 너의 면은 언젠가의 초록색으로 물들고, 별빛 모양의 잎사귀들을 찰랑이며, 숲의 내장을 엎지르듯, 거대하게 휘몰아치고, 어두운 하늘로 도망가는 나비떼들을 좇는 중에 나비들의 무늬 너머로 불꽃이 퍼지는 것을 본다. 희망적인 것들이 비로소 우리 눈앞에서 펼쳐졌을 때 우리는 다 함께 자살 충동을 느꼈어. 너는 화려해지고, 분주하게 아스러지고, 다시 다채로워지고, 스스로가 스스로에 대해 설명할 수 없는 상태인 것처럼, 그러나 언젠가는 가능하리라 생각하고, 그 방식에 대해서는, 스스로든 다른 이, 다른 것을 통해서든, 어떤 수단, 말, 그림, 포켓볼, 린치, 섹스 그 어떤 방식으로든 가능해질 거라 믿어 의심치 않는 불안정한 머저리 새끼처럼, 팝, 팝, 팝. 폭발하는 너는 팝을 생각한다. 지금 우리 꼴을 봐. 숨소리도 썩어 문드러진 나병 환자들이 너를 내려다보고, 너는 아이의 손을 잡고 걸어나간다. 형도 지구를 지킬 거야? 아니. 뭘 좀 받아야 할 게 있어서 와봤어. 뭔데? 사과. 형은 멍청이야? 아이가 걸음을 멈추고 묻는다. 구름은 갈퀴 모양으로 긁혀 있고, 너의 발목과 소년의 머리칼 사이가 노을빛으로 물든다. 형은 또라이야? 아니야. 너 왜 그런 소리를 하는 거야. 형이 이상한 소리를 하고 있어서 그래. 정말 그렇게 생각해? 응! 오클라호마 가면을 쓴 아이가 고개를 끄덕이고, 지구를 지키기 위해 날아가는 아이들의 시체들 반대방향에서, 레키쇼들의 오토바이가 몰려온다.

핑크색 소파에 월터 반 베이렌동크 슈트를 빼입은 순록 세 마리가 앉아 있다. 전축에 존 서면을 걸어놓고, 그들은 나란히 앉아, 브라운관을 바라본다. 벽지는 보라색. 열여덟 살 소년은 버스 안에서 식칼을 들고 섰고, 밖의 경찰은 열다섯 명, 고장난 형광등이 소년을 번쩍번쩍, 식칼은 멍청하고, 소년은 알 수 없다. 번쩍번쩍, 낙서들. 번쩍번쩍, 실수들, 번쩍번쩍, 부모들, 번쩍번쩍, 제2의 부모들, 번쩍번쩍. 오후, 번쩍번쩍, 알 수 없다. 칼은 밑으로, 칼을 밑으로. 위협 방송, 열다섯 자루 피스톨, 소년은 다른 나라에서 왔고, 가끔 스냅백을 썼고, 두 달에 한 번쯤 파티에 갔지만, 식칼로는 아무도 찌르지 않았다고, 여동생의 생리 때 말고는 피냄새를 맡아본 적 없는데, 식칼로는 누구도 찌르고 싶지 않다고, 순록들은 연극조로 웃는다. 불빛이 확신에 찬 눈빛처럼 소년에게 모이고, 브라운관은 하얘지고, 환함 속에서 튀어나온 두 개의 눈알, 끔뻑이지도 않은 채, 검은 두 눈알이 팽창된다. 흰자는 여백으로 점멸되고, 홍채 안의 광선들, 별빛같이. 멀어지다 가까워지고 다시 멀어지고, 구球의 태가 날카로워지고, 열다섯 개의 다른 구들은 반동되고, 소년의 이목구비가 억울함을 위해 속눈썹을, 입술의 주름들을, 브라운관 안에서 입체적으로 일그러뜨릴 때, 소리는 거의 창백하고, 저녁은 자빠지고, 순록들은 식칼처럼 웃고, 테이저건이 쓸모없는 충고처럼, 이미 구멍난 소년의 시체 속을 왕복한다.

레키쇼들이 떠난다. 이상한 소리일까? 당연하지. 왜, 너도 그걸 받아보고 싶지 않아? 아이가 너를 밀친다. 형에게 무슨 일이 있었는지는 알고 싶지도 않지만, 형. 그건 없는 거잖아. 그래 알았어. 너는 다시 아이의 손을 잡고, 형. 형도 지구를 지키는 게 어때? 너와 아이는 해변 도로에 멈춰 선다. 무섭니? 무섭지? 무서운 게 뭔데? 나도 몰라. 그런데 방금 네가 나에게 함께하자고 했을 때 그 말이 생각났어. 아이는 해변에 남아 말한다. 난 아무렇지도 않아. 뭐가? 지구를 지키는 일 말이야. 너는 도로에 올라가 반대편의 클럽을 쳐다본다. 돌아온 친구들에게 물어봤거든. 뭘 물어봤는데? 뭐긴 지구를 지킬 때 중요한 사항들을 물어봤지. 너는 아이의 가면을 벗겨보고 싶으나 참는다. 뭐라든? 최선을 다하래. 최선을 다해? 응. 최선을 다해 죽으래. 돌아오지 말고. 너는 눈물이 나는 걸 참는다. 지구를 위해서 그렇게까지 해야 하는 거야? 너는 묻고, 형은 역시 머저리야. 아이가 대답한다. 지구하고는 아무 상관 없는 일이잖아. 지구를 지키러 가는 건데 그게 왜 지구와 아무 상관 없는 일이야. 아이는 고개를 저으며, 형도 사과하고는 아무 상관 없이 돌아다니고 있는 거잖아. 말하고, 뭐? 아니야. 클럽 뒤편에서 총성이 들려온다. 어떻게 그렇게 생각할 수 있어? 너는 묻고, 간단해 그건 존재하지 않는 거니까. 아이는 대답한다. 총성은 다섯 번을 반복하고 멈춘다. 지구는 존재하잖아. 글쎄. 너는 아이의 손등이 주름진 것을 보고, 글쎄. 너는 아이의 살이 늘어진 것을 보고, 글쎄. 반바지도 존재하기는 하잖아? 아이는 왠지 노인 같은 목소리로 말한다. 바다에서 솟아오르는 광선들에서, 너는 쏟아지는 웃음소리, 어쩌면 울음소리 같은 것을 듣는다. 형 이야기를 해봐. 할 이야기가 없는데. 형의 여행이 만약 소설이라면, 아무도 여기까지 읽지 않을 거야. 너는 소설이 무엇인지 모르나, 고개를 끄덕인다. 그래도 형은 의미 있는 척 형의 여행을 이어나가지. 너는 아이에게 한 발자국 더 다가가며, 하지만 너는 지구와 상관이 있고, 나도 사과와 상관이 있어. 아이는 고갤 들어 지구를 지키는 친구들을 올려다보며, 아무 상관 없어. 나에게 상관있는 건 나뿐이야. 가면에 가려 아이의 표정은 보이지 않고, 어쩌면 나조차도 나와 상관없을지 몰라. 너는 아이의 손을 놓치고, 형이 의미도 없이 의식적으로 형의 여행을 이어나가듯이. 아이는 해변으로 돌아간다. 아이야. 야 꼬맹아. 땅딸보 씹새끼야! 너는 소리지르나 아이는 뒤를 돌아보지 않고, 그래도 누군가는 나에게 사과를 해야 해! 어떤 이유든지, 어떤 방식이든지, 어떤 뉘앙스든지, 누군가는 나에게 사과를 해야 해, 그 일이 이 세계를 바로잡을 수 있는 유일한 일이라고! 계속 걸어가던 아이의 목이 뒤로 꺾이며 너를 바라본다. 반바지를 아껴 입어. 뭐? 너는 놀라서 묻고, 아이는 말한다. 그냥. 너는 묻는다. 그냥? 아이는 말한다. 돌아온다면 레키쇼가 되겠어. 바다로 들어간 아이는 몸이 납작해지고, 그냥. 너는 심각하게 중얼거리고, 여섯번째 총성과 함께 아이는 광선이 되어 발사된다.

2013년 11월 9일. 길, 그 십 년 후 비 오는 날 다음날.*

내 외투에는 올빼미 휘장이 달려 있다. 나는 야간에게 고용됐고, 내 직업은 경비원이다. 낮에는 영감들과 함께 공원에서 연을 날렸다. 다리를 못 쓰는 영감을 위해 휠체어도 밀어줬다. 방패연을 조종하던 그 영감은 아직도 자신이 조타실에 앉아 항해기를 살펴보고 있는 줄 아는 것 같았다. 어쩌면 그들 전부가 그럴지도. 내 생각에 연을 날리는 행위는 자살 시도와 비슷하다. 죽음을 체험해보는 것. 하늘 속으로 빨려들어가는 연을 지켜보며, 나는 우리의 지나간 과거가, 어쩌면 이 생이 아니라 전생 혹은 환생, 다른 생의 것일지도 모른다는 생각을 잠시 했다. 연을 다 날리고는 카페에서 개똥 같은 커피를 한 잔 마셨다. 젊은 연인이 카페 고양이에게 참치캔을 사다주며 말을 걸었는데, 야옹. 야아옹. 나는 통조림으로 그들의 머리통을 박살내고 싶었지만, 잘 참아냈다. 그리고 생각을 하기 위해 탁자에 종이 한 장을 펼쳐놓았다. 하지만 내가 카페에서 나갈 때까지 종이는 단순히 종이였다. 주짓수 도장으로 가는 길에, 내가 문학을 참아내고 있는 것인지, 문학이 나를 참아내고 있는 것인지 고민했다. 둘 중 하나는 다른 하나를 참아내고 있을 일이니까. 주짓수가 작품에 도움이 좀 되시나요? 마스터가 물어왔다. 주짓수는 주짓수입니다. 나는 한여름의 선술집 주인처럼 그에게 미소지어 보이며 대답해줬다. 주짓수가 적어도 경비일에는 도움이 되시겠지요? 주짓수는 주짓수입니다. 마스터는 기분이 상한 듯, 다른 이에게 말을 걸러 갔다. 그 이후로는, 좋은 뜻으로 기억이 안 난다. 지금 나는 경비실 의자에 앉아 아파트의 건조한 불빛들을 지켜보고 있다. 바람이 불면, 각자의 불빛을 머금은 커튼들이, 한 권의 책 속에서 흘러가는 페이지들처럼 느껴진다. 지금 내 두 손에 볼펜과 종이 대신 손전등과 커피가 들려 있지만, 나는 내 작품—아마 유작일—이 출판되기 전까지는 이 세상에 다른 이들의 작품이 단 한 권, 아니 단 한 편도 발표되지 않기를 소망해보곤 한다. 그런데, 언젠가 나의 에필로그를 쓸 내가 이 생의 나일 것인가. 야 이 개새끼들아 잠 좀 자자! 대만에서 온 남자가 창문 밖으로 소리쳤다. 씨발 새끼들아 여기는 신자유주의 국가다! 공장장이 소리쳤다. 실패자들아 숨어 있을 거면 아가리도 같이 숨기지그래! 술집 여자도 소리쳤다. 나는 손전등을 내려놓고, 커피잔에 두 손을 감싸 녹이며, 어릴 때, 함께 술을 마시고 빙판길에 자빠졌던 친구들의 웃음소리를 떠올렸다. 목욕탕 문이 열리기를 기다리며, 셔터 앞에서 제자리 뛰기를 하고, 문이 열리면, 냉탕에서 물구나무를 선 채로, 나무처럼 다리를 벌려, 구부러진 성기를 과시하다가는 후지 산이 그려진 온탕에 누워 졸곤 했던. 그들은 잘 지낼까. 아버지의 장례식장에서 음악을 틀어놓고 무용을 하거나. 선원을 얻기 위해 바다의 거짓된 낭만을 팔거나, 정신병동에서 당근주스를 만든 인간이야말로 진짜 정신병자라 주장하고 있을지도, 나는 혼자 웃다가 급히 손전등을 들어 내 사방을 비춰봤다. 가끔 누군가 지나간 것 같다. 손전등이 밝힐 수 있는 영역에 아무도 보이지 않았으나, 나는, 그러니까 가끔 누군가가 나를 지나가고 있다는 생각을 멈출 수 없다.

너는 문을 열고 들어간다. 겨울, 안티폰 블루스. 그런 것들도 있었다. 치맛자락, 미러볼. 그런 것들은 있다. 너는 앞을 보이며 스테이지로, 살갗에 달라붙는 빛들, 너는 흘려보내듯이, 스모그 속으로 걸어가고, 8비트로 회전하는 색깔들. 너는 드레스 입은 남자들 사이를 지나가고. 나초, 기분, 주크박스 없이도 혼자 술을 마시고 있는 너를 본다. 너는 반바지를 입고 의자에 앉아 다리를 꼬고 있고, 몇 사람들이 너의 곁에 서서 성기를 꺼내보지만, 너는 술잔을 들었다가 놓고 들었다가 놓을 뿐이다. 너는 옆자리를 비워두고, 어깨를 흔들거리며 스모그 속으로 맹인처럼 걸어가는 사람들을 지켜보고, 가만히 앉아, 미러볼의 빛들이 너를 중심으로 회전하듯이 느끼게끔, 빛들에게 눈길을 주지 않으며, 미러볼의 빛들이 모른 척 너를 통과해버리길 기대하며, 빛들에게 눈길을 주지 않고, 바에 혼자 앉은 너의 등이 매끄러워 보여서, 반바지 밑으로 드러난 종아리가 적당해 보여서, 너는 너의 옆에 앉는다. 왔구나. 응. 왔어. 너는 너의 반바지를 쓰다듬고, 너도 너의 반바지를 쓰다듬는다. 총성이 들리던데. 누군가 쐈겠지. 누군가 누군가를 쏜 거야. 너가 너와 말을 나눈다. 누군가가 누군데. 너가 쏜 건 아니고? 내가 쐈을 수도 있지. 네가. 내가? 그건 우리의 일이야. 내가 쏜 기억은 없는데. 그럼에도 그건 우리 모두의 일인 거야. 맞은 사람은. 내가 맞았을지도 모르지. 내가 맞았다고? 그것도 우리 모두의 일인 거야. 너는 바에 팔을 기대고, 너는 바에서 팔을 거둔다. 사건들에서 벗어날 수 있다고 생각하지 마. 사건이 일어나면 우리는 언제나 이미 사건의 일부니까. 너는 스모그 속에서 춤추는 사람들을 보고, 너는 스모그 속에서 울고 있는 사람들을 본다. 그래서 그건 받아왔어?

너가 너에게 묻고, 아니. 너가 너에게 대답한다. 너도 가끔은 아름다울 줄 알았겠지. 발목 밑으로 엎질러지는 햇빛이라든가, 차양에서 미끄러져 내려오는 저녁의 기온이라든가. 전혀. 본 적도 없어. 무슨 일이 있었는지 이야기해줄래? 너는 너에게 이야기하려 한다. 그러나 이야기는 없다. 너는 너의 입이 벌어지길 기다리고, 너는 너의 눈이 멀어버리길 기다린다. 그러나 아무 일도 일어나지 않는다. 그게 정말 필요한 걸까. 못 받을 걸 알면서, 아니 끝까지 못 받기를 기대했던 걸지도 몰라. 그렇다면 아주 멍청하고 한심한 일인 거야. 넌 받을 수 있을 것 같아? 그것이 아직 남아 있다면 받을 수 있겠지. 아니. 그것을 받아들일 수 있을 것 같으냐는 말이야. 누군가 방아쇠를 당기면 누군가는 총알을 맞아야 하는 법이지. 너는 너의 반바지를 내려다보며, 상식이 폭주하고 있어. 너는 너와 함께 말없이 술잔을 돌린다. 술잔 안에 빛이 머물렀다 떠나고 다시 머무르고 떠나고. 너는 빛이 술잔 안에 있다고 생각하고, 너는 빛이 술잔 밖에 있다고 생각하고, 이제 어쩌지. 뭘. 있잖아, 모든 것들. 비트만 남은 음악이 스모그 속의 사람들을 흔들어대고, 너는 빛이 해체되고 있다고 생각하고, 너도 빛이 해체되고 있다고 생각한다. 사건은 사건 안에 있는 걸까 사건 밖에 있는 걸까. 방금에서야 깨달았는데, 너는 너의 눈을 마주하며 말하고, 그러니까 뭘? 너는 너의 눈을 마주하며 묻는다. 그래. 지금에서야 떠올랐어. 필요한 게 있으신가요? 바텐더가 묻고, 너는 고개를 젓고, 말동무가 필요해 보이시는데요. 바텐더는 다시 묻고, 너는 눈을 감고 손가락을 까닥거린다. 손님. 바텐더가 너의 어깨를 두드리고, 너는 반바지를 입고 너의 조명 없는 세계를 걸어간다. 돌아봐도 시작점을 볼 수 없고, 어디까지 와 있는지도 모르는 너의 세계를, 두 다리를 번갈아놓으며, 한쪽 다리가 다른 한쪽 다리를 앞지를 때마다 살인, 존속, 피살, 출산, 결혼, 졸업 따위의 아무 일이라도 일어나길 바라며, 그러나 다른 한쪽 다리가 다시 다른 다리를 앞지를 때까지 역시 아무 일도 일어나지 않는 세계를 걸어가며, 손님에게 말동무가 필요해 보인다고요. 바텐더는 너의 어깨를 잡고 말하지만, 너는 여전히 눈을 감은 채로 중얼거린다. 맞아. 반바지, 반바지, 반바지. 바텐더가 어깨를 잡아 밀치고. 손님. 부탁드립니다. 제발 제 말동무가 되어주세요. 스모그는 없고, 미러볼은 없고, 반바지, 반바지, 반바지. 음악은 비트가 없고, 테이블에 고개를 처박고 앉아 표정 없이 울고 있는 사람들을 보며. 나는 의자에서 일어난다.

---

* 이연주의 시 「길, 그 십 년 후 비 오는 날 다음날」 제목에서 가져옴.

추리 추리 하지 마 걸

겨울은 올드 스쿨이죠. 검시관이 말했다. 지금 부검실의 벽 밖에서는 눈보라가 치고 있을까? 지루함에 뇌가 벗겨진 어머니들의 발작처럼? 알 수 없다. 우리는 스툴에 앉아 있었다. 당연하게도 시신은 앉지 못한다. 누워 있어야만 했다. 하지만 엎드려 있는 것인지, 등을 대고 바로 누워 있는 것인지. 그것 또한 알 수 없다. 베이컨 작품 같네요. 대리석 테이블 위, 뭉개진 시신을 보며 내가 말하자, 어떤 기분이 들죠? 검시관이 물었다. 글쎄요. 내가 잠시 생각할 동안, 베이컨은 교활한 겁쟁이예요. 검시관이 말했다. 부검실의 온도에 좀체 익숙해지지 않아, 나는 팔짱을 끼고 조금 더 생각해보다가, 결국 되물었다. 왜죠? 검시관은 대답했다. 마치 스스로가, 부검실의 서늘함 그 자체인 것처럼, 자신의 목소리를 시신에 주입하여 시체의 온도를 조절하려는 듯이. 악몽은 겁쟁이 새끼들이나 꾸는 거니까요. 우리는, 우리 사이의, 대리석 테이블 위에 올려진 악몽을 바라봤다. 그전에, 나는 지금 부검실의 벽 밖에서 가로등이 고장나고 있지는 않은지 궁금했다. 눈이 얇게 쌓인 차양, 몇 개의 쓰레기통을 지나, 부랑자들에게 쫓기는 몇 마리 쥐들의 발걸음을 떠올리며, 그들의 속력으로 한 시간가량 골목을 달려가다보면 나타나는 버스노동조합 건물 앞의 가로등은 멀쩡한지. 정신병자들이 캔 뚜껑과 볼펜을 들고 모여드는 목로주점 앞의 가로등은 멀쩡한지. 존재만으로 사람들에게 우울증을 전염시키는 호숫가 벤치의 가로등, 공동묘지가街 주택, 집안의 모든 물건들을 집어던지고 있을 여자의 가로등은 멀쩡한지. 도시는 불빛으로 이어져 있다. 복잡하고 소란스럽게. 그러나 불빛은 언제든지 개별적으로 침묵할 준비가 되어 있었다. 바로 우리 앞에 놓인 악몽처럼. 우리는 악몽을 바라봤다. 그야말로 악몽 덩어리. 영원히 자신의 꿈속으로 실종되려 했으나 악몽 그 자체가 되어버린 남자를 바라보며, 나는 생각했다. 남자는 끝내 악몽에게 잡아먹혔지만, 우리에게는 악몽을 살해할 용기가 있다고. 정말? 알 수 없다. 다만, 그런 생각을 할 용기만 남아 있을 뿐이다.

목테수마는 생물학자인 남자와 종군기자인 여자 사이에서 태어났다. 종군기자는 조수석에 누워, 어릴 때 자신을 옆에 두고 이뤄졌던 부모의 성교를, 라이베리아의 아이스크림 가게 앞에서 총살당했던 편집장을, 민족주의자들의 대규모 시위현장에 데려갔던 첫딸이 유모차에서 떨어져 군중에게 짓밟혔던 기억을 떠올렸다. 그러나 어떤 끔찍했던 기억도 산통을 앞지를 수 없었다. 운전석에 앉은 생물학자는 도로의 모든 차량을 앞지를 수 있었지만, 자신의 뒤를 네발로 엉금엉금 쫓아오는, 털옷 입은 첫딸의 무릎이 바닥에 부드럽게 끌리는 감각을 따돌릴 수 없었다. 야간병원으로 들어가는 사거리 길, 그들은 차 앞으로 다리를 절룩거리는 치와와 한 마리가 튀어나오는 것을 볼 수 있었다. 불쌍한 강아지. 불행한 강아지. 생물학자와 종군기자는 모두 치와와를 보았고, 어떤 감상에 잠시 빠졌으나, 부부는 차를 멈추지 않았다. 치와와는 자동차 바퀴에 흡수되듯이 차체 밑으로 사라져버렸고, 뚜욱, 뚝. 투욱, 툭, 툭. 마침내 의사가 세탁물이 꽉 찬 세탁기에서 양말 한 짝을 빼낸 표정으로, 목테수마의 발목을 잡아 들었을 때, 목테수마는 거꾸로 뒤집힌 세상에서 자신과 어머니를 이어주고 있는 탯줄이 잘려나가는 것을 지켜보며 깨달았다. 자신이, 이제 막 자신이 나타난 세계에는 이미 존재하지 않게 된 누나 페르시아, 혹은 이름 모를 치와와의 대체품이며, 자신도 어느 순간 대체될지 모른다는 사실을. 그는 살면서 단 한순간도, 그 사실을 상기하지 않은 적이 없었다. 일종의 주문과도 같이. 열 살까지 장 지오노를 읽고, 십대에는 화이트헤드와 토머스 핀천을 읽은 목테수마는, 드디어『관념의 모험』과『중력의 무지개』를 다 읽은 열아홉 살에 공항의 청소부로 취직했다. 생물학자는 영아의 자살 욕구와 넝쿨장미의 상관관계를 다룬 논문 몇 개를 실패한 뒤 과일장수가 됐고, 종군기자는 오븐에서 라자냐를 꺼내다 말고는 서재에서 세계지도를 펼쳐놓고, 전쟁이 나를 부르고 있어. 전쟁이 다른 누구도 아닌 나를 직접 호명하고 있단 말이야. 중얼거리다가, 아니 내가 전쟁을 일으키고 있는 것일지도 몰라. 혼자 울먹이곤 했다. 그녀는 자신이 평범한 어머니가 되는 데에 실패했다고 생각했지만, 주위의 지식인들은 그런 현상들을 그녀가 이제야 평범한 어머니가 되고 있다는 신호로 받아들였다. 급진 좌파 레즈비언이 아닌 진짜 어머니로. 공항의 카트를 정리하고, 누울 수 있는 곳이라면 어디든 누워 잠결에 고국의 찬가를 부르는 국제 부랑자들, 어쩌면 국제 미아들이라 부를 수도 있을 사람들의 발을 툭툭 치며 쓰레기를 줍던 목테수마는 가끔씩 비행기를 감상했다. 조그만 창문에 얼굴을 기대어졸고 있는 사람들을 지켜볼 때마다, 사람들이 제 발로 비행기의 내장속으로 들어가 산 채로 썩어가고 있다는 감상을 지울 수 없었다. 매일 수십 대의 비행기가 날아다니는 관처럼 공항을 떠났다가 살아 있는 시체들을 떠안은 채 되돌아오곤 했고, 목테수마는 점프슈트를 입고 비행기의 내장 속으로 기어들어가 사람들이 남겨둔 종이 껍질, 커피 냄새, 목소리의 잔향, 그야말로 인간 찌꺼기들을 치우며, 한 번도보지 못한 자신의 누나 페르시아를 떠올렸다. 아주 잠시. 그 생각이자신을 보다 문학적인 인물로 여겨지게끔 만들어줄 때까지만. 그리고약간의 죄책감과 동시에 죄책감이 불러일으키는 희열도 즐겼다. 역시 아주 잠시. 그가 그곳에서 일한 지 오 년이 지났을 때, 토머스 핀천을 뗀 이들이 으레 그러듯, 율리시스와 팔방놀이를 시도하다 포기하고 누벨바그 영화감독들의 후기작들이나 감상하던 이십대 중반. 목테수마는 공항에서 세그웨이를 몰 수 있는 직책을 맡게 됐다. 사실 그가책에 손을 대지 않은 지는 꽤 오랜 시간이 지나 있었다. 플라이트 보드에 수천 개의 지명이 오르락내리락하는 공항이라는 국제적인 공간에서 최하급 노동자인 그는 공항에서 일했던 첫해부터 책, 정확히 말해 문학이 수법이라는 것을 깨달았고, 가끔은 책 속에서 뻔뻔스레 대가리를 드밀고 있는 이야기들과 문장의 속임수들이 지긋지긋해서 참을 수 없었다. 당시 그에게는 제임스 조이스나 훌리오 코르타사르보다, 신선처럼 뒷짐을 지고 공항을 유유히 떠돌아다니는 세그웨이 조종사가 훨씬 위대하게 느껴졌는데, 세그웨이 조종사는 이 신자유주의 세계에서 계급을 마음대로 넘나들 수 있는 유일한 사람, 즉 예수님 혹은 공항의 신이 이 혼잡하고 역겨움이 가득한 세계에 내려보낸 사자使者 같았다고. 아마 조종사는 세그웨이에 탄 자신의 모습이 너무나 멋진 걸 스스로도 잘 알고 있었을 거야. 세그웨이 조종사가 된 지 한 달째 되는 날, 목테수마는 세그웨이에 올라타 뒷짐을 지고 생각했다. 국내선 라인에서 화물사고 접수를 받고 국제선 라인으로 이동하는 십오 분간, 세그웨이를 타고 공항의 심장부를 미끄러져가면서, 이전에 자신이 천사처럼 여겼던 세그웨이 조종사는, 신이 내려보낸 사자가 아니라 신이 낙태해버린 망자이며, 그는 결국 자살했을 것이리라. 도무지 설명할 수 없는, 지루함과 환멸감이 뒤섞인 상태로 밤새 세그웨이에 머리통을 처박든가, 몸에 세그웨이를 묶고 스스로 늪에 기어들어가 가라앉아버렸을 거라고. 그날, 퇴근길에 목테수마는 사물함에서 맥스 로치 평전을 꺼내들고 집으로 갈 택시를 잡았다. 어떻소? 택시 기사가 물어왔다. 뭐, 괜찮네요. 목테수마는 맥스 로치의 비트감을 상상하느라 대충 대답했다. 어떻소? 택시가 공항도로에 들어서자 기사가 한번 더 물었다. 예? 그곳에서 나를 지켜보는 기분이 어떠냐는 말이오. 목테수마는 눈을 흘기며 택시 기사의 얼굴을 확인하려 했으나 기사의 얼굴이 잘 보이지 않았다. 무슨 말을 하시는 건지 잘 모르겠는데. 저 위에서, 커다란 날개를 펼쳐 날아다니며 나를 감시한 소감 말이오. 이 조그만 네 개의 바퀴로 땅바닥을 기어다니는 것을 보며 비웃었소? 그래, 이렇게 바로 뒷좌석에 앉아서 나를 감상하는 소감은 어떻소? 대교에 올라탄 택시는, 바다에서 불어오는 바람에 몸을 가누지 못했다. 사실 나도 매일 공중으로 올라가오. 집에 가기 위해선 어쩔 수 없이 엘리베이터를 타야 하니까. 목테수마는 흔들리는 택시와, 택시 바깥의 바람으로부터 비트를 느꼈다. 일단 잔잔하게 시작되는 비밥의 인트로 같은. 하지만 엘리베이터에는 끝이 있소. 올라가다 말다니 잔인한 일 아니오? 그런 찝찝한 기분으로 집에 들어오면 당신들이 감시하고 있는 거요. 윗집 아랫집 옆집 그리고 반대편 아파트까지. 이내 약기운이 올라온 마약중독자 드러머가 슬슬 아기를 다루듯 비트를 가지고 놀 거라는 느낌이 들었고, 한데 그거 아시오? 당신들이 나를 감시하고 있다고 생각하겠지만 사실은 내가 당신들을 감시하고 있는 거요. 더 나아가, 약기운과 음악 그 자체를 엇박자로 잘게 박살내버릴, 폭력의 비트가 몰려올 것임을 감지할 수 있었다. 곧, 큰일이 일어날 거요. 당신들의 아파트가 신을 지루하게 만들고 있소. 목테수마는 달리는 택시의 문을 열고, 문밖으로 몸을 던졌다. 가로수 밑으로. 택시는 혼자 중얼거리듯이 문을 열었다 닫았다 열었다 닫았다 다시 열리며 멀어져갔다. 다리를 절룩이며 집으로 돌아온 목테수마는 의자 네 개가 펼쳐진 부엌에서, 청어파이를 먹고 있는 과일장수와 종군기자를 한참 바라봤다. 부부가 그에게 미소를 지어 보이자, 그는 이번에는 거실로 가 커튼을 걷어 반대편 아파트를 살폈다. 불은 켜져 있지만 그림자가 보이지 않는 집들이 목테수마를 마주했고, 네 꼴을 봐. 꼭 치와와 같구나. 아무도 말하지 않았지만, 목테수마는 자신이 이제 떠나야만 한다고 생각했다.

벽에 앤 드밀미스터 로고가 적힌 옷걸이가 걸려 있다. 나는 앤 드밀미스터 옷이 한 벌도 없는데, 어떻게 내 방에 앤 드밀미스터 옷걸이가 있을 수 있는지 모르겠다. 지금은 현역에서 은퇴한 지도교수에게 물어봤지만, 그가 대답하길 그건 내가 혼자 해결해야 할 문제라 말했다. 다녀올게요. 글쎄 나는 아무도 없는 집에 인사를 하고 나선다. 집 앞에 나와 신발끈을 묶을 때, 비옷을 입은 우편배달부가 찾아왔다. 그는 자전거에서 내리지도 않고 나에게 편지 한 통을 건네줬다. 날이 이리 화창한데 왜 비옷을 입었을까 생각하는 사이 배달부는 사라졌다. 나는 전철 안에서 편지를 읽었다.

친애하는 선생님에게.
선생님. 어제 정육점에 갔습니다. 도살된 돼지들과 소들을 구경했지요. 아시다시피 레이캬비크에는 바람을 가둬둘 곳이 없답니다. 벽난로 앞에 두 손을 모아 눈을 감으면, 무엇인가, 제가 이끌어낸 저의 고요에서 태어난 알 수 없는 무언가가, 저를 벗어나, 집의 지붕을 덮고, 텅 빈 도로를 재우고, 차가운 강을 입막음하고, 단정한 산맥을 흩뜨리고, 저 꼭대기의 오로라에게까지 훼방을 놓으며 영향력을 행사하는 것을 느낄 수 있습니다. 이곳에서 그것은 끝없이 팽창하고 있어요. 처음에는 눈을 뜨고 길을 걸었지요. 물고기를 파는 가게를 지나, 두어 개의 술집, 낡은 공중전화박스. 그리고 길. 길. 길. 길. 길은 어둠에서 어둠으로. 또 어둠에서 어둠으로. 어둠에서 오직 어둠으로. 이 마을이 하늘에 가까워서일까요. 언젠가는 밝음에서 밝음. 밝음에서 또 밝음. 밝음에서 여전히 밝음으로. 빌딩 한 채 없는 이 넓은 땅에서, 길은 오로지 길로 이어지고, 그것은 자꾸 펼쳐지고 있습니다. 길을 걷다 보면 지구는 둥글다는 것과, 지구는 다시 네모난 정육면체로 진화하고 싶어함을 알 수 있게 되지만, 생물들에게서 샘솟아나오는, 아니 이제는 사물들, 심지어 버려진 청바지에서도 피어오르는 그것이 지구의 진화를 억누르고 있는 것도 함께 알게 되는 것입니다. 그것은 이 세계를 집요하게 갉아먹고 있어요. 그러니 벌겋게 발가벗겨진 돼지와 소들을 감상하는 것만이 제가 그것에 대해 생각하지 않을 수 있는 유일한 일이지 않겠어요? 담배를 태우며 도축용 식칼을 가는 정육점 주인의 눈빛이, 칼끝에 반사되어 내장이 드러난 돼지와 저의 한복판을 비껴갈 때, 이 마을은 들판에 버려진 토끼 같다고, 우리는 오래된 굶주림에 육식으로 돌아가려는 토끼의 붉은 눈알 속에서 살아가고 있다는 생각을, 어쩔 수 없이 받아들이게 되는 겁니다.

전철은 터널 속으로 빨려들어갔다. 나는 편지를 접어 외투 안에 집어넣었다. 터널 밖에서 햇빛이 쥐새끼들처럼 흘러들었다. 날은 여전히 화창한데, 외판원이 우산을 들고 들어왔다. 그는 승객들에게 우산 대신 성경 구절이 적힌 쪽지를 건네줬다. 기도합시다. 몇몇은 정말 눈을 감고 손을 모았다. 그들은 중얼거리는 것을 타고난 사람들 같았다. 그런데 중얼거리는 것을 타고날 수 있을까? 가능하다. 불가능해! 가능하다. 내가 중얼거릴 때, 기도를 마친 몇몇이 외판원에게 우산을 사갔다. 나는 손을 들어 외판원을 불렀다. 외판원은 나에게 오지 않았다. 우산 좀 삽시다. 외판원이 손을 더듬거리며 나에게 다가왔다. 우산 하나 주세요. 기도하셨나요? 모르겠어요. 기도를 하신 분들에게만

드릴 수 있어요. 전철은 멈추지 않았지만, 외판원의 목소리가 전철 밖에서 걸어들어오는 듯했다. 나는 두 손을 모았다. 두 손을 모으고 나서 외판원이 장님이라는 사실을 떠올렸다. 그러고는 두 손을 모으기 전부터 내가 그 사실을 알고 있었다는 것도 깨달았다. 외판원이 말없이 내 앞에 서 있었다. 나는 잠시 모든 것이 어두웠다. 누구를 믿어야 하는 거죠? 내가 묻자, 외판원은 내 손안에 우산을 쥐여주며 대답했다. 우산을 믿으셔야죠.

해변이 있는 도시로 떠난 목테수마는, 낮에는 아이들에게 동화를 읽어주고 저녁이 되면 버스를 몰았다. 주간에 버스를 몰아야 할 때는 밤에 혼자 해변을 거닐었다. 빛을 내며 자갈 사이를 지나다니는 게들을 구경하며, 마지막으로 본 부부의 미소를 떠올렸다. 자신에게서 페르시아의 미래를 읽어내려 하는 서글픈 미소들을. 그리고 파도가 무너지는 소리가, 밤하늘에서 별들이 소멸하는 소리처럼 잦아들 때, 그의 부모들이 자신을 잊고 살기를, 잊고 살다가 불현듯 기억이 날 때면 극소량의 살인 욕구를 느끼길 기도했다. 목테수마는 등굣길의 학생들을 태웠고, 공단을 향하는 이주노동자들을 태웠고, 밤일 나가는 여성들을 태웠고, 모자를 쓰고 다니는 이방인들을, 보드를 이고 다니는 서핑족들을, 장례식장에서 도망친 노인들을 그리고 아무 목적 없이 버스에 타, 깨어난 것도 잠든 것도 아닌 채로 유랑하는 몇 정신이상자, 행려병자로 보이는 이들을 태우고 도시를 돌아다녔다. 그는 가끔 정류장에서 담배도 태우고, 갓길에서 커피를 뽑아 마시며 책도 읽었다. 그러다, 보육원에서 아이들에게 동화를 읽어줄 때, 아이들이 그의 앞에 모여 앉아 작은 귀를 내밀고 숨을 죽일 때면, 그는 운전석 뒤에서, 시선 없이 자신을 쏘아보는 생명들에 대해 진지하게 생각해볼 수밖에 없었다. 한편, 동네의 매춘부들은 침대에서 목테수마가 해주는 이야기를 좋아했는데, 그의 이야기를 들으면 돈을 받고도 그와 섹스하지 않아도 되기 때문이었다. 린이라는 여자는 옷을 벗을 생각조차 없이, 침대맡에 나초칩과 맥주를 준비해두고 목테수마에게 물었다. 왜 버스 기사가 된 거예요? 대답 대신 목테수마는 로이 하그로브를 틀고 린의 옷을 벗겼다. 일을 끝마치고, 잠결에 린은 이불 속에서 목테수마가 자기의 귓가에 버스 기사가 된 이유를 속삭여줬던 것을 떠올리려 노력했지만, 역시 잠결이라 정확히 기억나지 않았다. 그녀는 다음날, 우간다의 에이즈 보균자들에게 이십만원을 기부했고, 교외의 야간학교에서 전과3범의 노강사가 개설한 심리학 강좌에 등록했다. 한편 목테수마는 잠든 린의 어깨를 바라보며, 왜인지 자신이 임신할 수 있으면 좋겠다는 소망을 가졌다.

목테수마가 버스노동조합에 가입한 것은 그가 버스회사에 취직한 지 삼 년이 지났을 때의 일이었다. 당시 그의 옆집에는 요코스카에서 온 시인 두 명이 살고 있었는데, 김참의 『미로 여행』을 구하기 위해 왔다던 그들은 이사 온 지 보름째 되는 날, 목테수마에게 도서관을 털자고 제의해왔다. 시인들의 계획은 시적이었다.

1. 버스로 도서관의 입구를 막는다.
2. 종교란에 불을 지른다.
3. 시집들을 훔쳐간다.

사실상 아무 계획도 없었으니.

목테수마는 그들의 계획대로 버스를 도서관 앞에 세워두고 라디오를 들으며 샌드위치를 먹었다. 지역라디오에는 알츠하이머병에 걸린 어머니를 둔 딸의 사연이 소개되고 있었다. 나를 알아보시겠어요? 아가씨, 아가씨는 젊은 날의 나로군요. 왜 이제야 나를 찾아오신 건가요? 나는 거의 평생을 아가씨를 찾아 헤맸는데. 이머니 저예요. 나를 그렇게 부르지 마요. 어떻게 내가 나의 어머니가 될 수 있겠어요. 목테수마는 라디오를 꺼버렸다. 그에게 라디오는 무한히 캄캄한 곳으로 연상됐다. 그곳에서 흘러나오는 음성들은, 영적인, 바꿔 말해 유령들의 기척처럼 느껴졌고, 그는 두려움에서 벗어나기 위해 햇빛이 잘 드는 도서관의 입구를 지켜보며 신호를 기다렸지만, 그가 샌드위치 포장지에 남몰래 시 한 편을 다 적을 때까지도 불길은 나지 않았다. 결국 목테수마는 근무를 위해 근처의 정거장으로 이동했고, 시인들은 그날 자정이 넘어서야 목테수마의 집 문을 두들겼다. 미로였어. 우리는 시집 코너에서 길을 잃고 말았지. 이렇게 시집이 많은 나라는 처음이야. 기름통을 들고 종교 코너를 향해 걸어가던 그들은 비명을 들었다고 전했다. 틀림없는 걸작이 내지르는 소리였지. 처음에는, 이국의 어느 버림받은 걸작 한 권이 자신들을 향해 내는 소리인 줄 알았으나, 절규는 단 한 권에게서 찢겨져나오는 소리가 아니었다고, 둘은 책장을 부여잡고 한참을 울다가, 웃다가, 다시 울다가, 웃다가, 또 울다가 아무 표정 없이 도서관에서 걸어나왔다고. 너희들의 도서관은 지옥의 정신병원과 같아. 이야기를 듣던 목테수마는 그들이 심각한 약물중독자라는 사실을 알아챘다. 그러곤 그들에게 샌드위치 포장지를 보여췄다. 우릴 우습게 여기는군. 이 시는 쓰레기야. 아니, 이건 시도 아니지. 당장 그 역겨운 것 좀 눈앞에서 치워줘. 목테수마는 샌드위치 포장지를 잘 펼쳐 욕조 안에 집어넣곤 뭐가 문제인 건지 물었다. 네 글은 발바닥이 없어. 발목이 잘려나간 유령이지. 그런 글들은 멀리는 갈 수 있으나, 그게 전부야. 시인들이 자기 방으로 돌아가고 나서, 목테수마는 욕조에 시체처럼 쌓인 시들을 보며 중얼거렸다. 시인들은 택시 기사라고. 고작 택시 기사들일 뿐이라고. 언어의 불법체류자들. 그리고 버스노동조합에 가입했다.

버스노동조합에 가입했을 때, 목테수마는 애꾸눈 조합장으로부터 두 개의 선물 중 하나를 택할 권리를 얻었다. 첫째, 버스 마크가 새겨진 술병. 조합장은 술에 아무리 취했어도 어느 도로에서든 경찰에게 그 술병을 보여주면 단속을 피할 수 있다고 말했다. 모든 버스노동조합원들의 운전석 밑에는 항상 그 술병이 놓여 있고, 이제 그들은 술에 취하지 않고는 일을 할 수가 없다고. 두번째, 버스 마크가 새겨진 공책. 오직 버스노동조합원들만이 기재할 수 있는, 일근 치 소요 기름값과 수입을 마음대로 기재할 수 있는 마법의 일지. 회사에서 그 일지를 의심할 경우, 당장 사장 가택으로 백 대의 불타는 버스가 달려들 것이라고, 동지, 우리는 동지의 노동을 지지하네. 애꾸눈 조합장은 경건히 농담했다. 목테수마는 술병 대신 일지를 선택했다. 조합에 가입한 후, 회사의 간섭이 줄어들었고, 목테수마는 언제든 버스를 멈춰 세울 수 있었다. 무전기에서 술 취한 버스 기사들의 농지거리가 들려오면, 목테수마는 갓길에 차를 세워두고, 조용히 이야기를 듣다가 일지를 펼쳐 일기를 적었다. 사물들을 적어내릴 때마다 그는 그의 성기가 둔감

해지는 느낌을 받았다. 그 와중에도 조합원들의 단결력은 나날이 강화되어갔는데, 운행중에 택시가 끼어들면 무전을 취해 조합원들을 불러 버스로 도로 한가운데를 점거한 뒤, 택시를 몰아넣고, 택시에서 기사를 끄집어내 짓밟았다. 이에 반발한 택시연합이 스무 대의 택시를 끌고 버스노동조합 건물에 들이닥친 적이 있었지만, 마찬가지로 버스 기사들은 버스로 그들을 포위하고선, 그 자리에서 택시 스무 대 전부를 해체시켜버렸다. 우리는 도로의 군인이다. 우리는 도로의 재판관이다. 우리는 도로의 벌목꾼이다. 우리는 도로의 거대한 성기다. 술집에서 노동조합원들이 맥주잔을 들고 외칠 때도 목테수마는 구석에 앉아 일기를 썼다. 택시 기사들은 룸펜들이야. 옆자리의 동지가 속삭였다. 그들은 골목에서 오럴섹스를 해. 목테수마는 일기를 읽어보며, 자신이 무엇인가 놓치고 있다고 생각했다. 매일, 그가 겪었던 모든 일들을, 심지어 빛과 그림자의 변화까지 소상하게 기록했지만, 그럼에도 무엇인가 놓치고 있는 것 같다고. 옆자리의 동지에게 그런 이야기를 털어놓자, 동지가 대답했다. 문학이 동지를 망쳐놨군. 혹여나 조합장에게는 말하지 마. 그는 가짜 빨갱이니까. 동지는 크림맥주를 마시며 목테수마의 허벅지를 쓰다듬었다. 목테수마는 자리에서 일어나 집으로 돌아갔다. 시인들이 집 앞에서 비를 맞으며 시집을 읽고 있었다. 다음날도, 그다음날도, 일주일 뒤에도. 장마가 끝날 때까지. 가끔 시인들은 우는 것처럼 보였다. 가끔 시인들은 이미 죽은 것처럼 보였다. 가끔 시인들은 그곳에 없는 것 같았다. 가끔 목테수마도 그들과 함께 빗속에서 일기를 읽었다. 온몸이 젖으면서도 무언가를 놓치고 있다는 느낌을 지울 수 없었다. 번개가 칠 때면 시인들은 똑같은 시구를 반복

낭독했다. '보라, 들으라, 기억하라, 사천의 밤의 상상력과 사천의 날
의 차가운 기억을 우리는 독살했다.'* 번개가 몇으면 시인들은 다시,
입을 닥치고 빗속으로 스며들어 각자 손에 든 시집을 비의 속도로 읽
어내렸다. 시인들이 염병할 시처럼 행동하고 있을 때, 버스노동조합
의 몇 동지들이 새벽에 택시를 운전하다 적발됐다. 그들은 택시를 버
리고 도망가거나, 택시로 목격자를 깔아뭉개지도 않았다. 잠자코 전
조등을 껐다 켜며, 목격자들이 택시 문을 열어젖힐 때까지 택시 안에
서 딸딸이를 치고 있었다고. 그들은 조합 건물 옥상에 거꾸로 매달려
화형당하는 대신 노동조합에서 영구 제명됐는데, 그건 그들이 이제
맞아 죽을 각오 없이는 마을버스조차 이용하지 못하게 되었다는 뜻이
었다. 노동조합증과 술병을 반납하며 옛 동지가 말했다. 돈 때문이 아
니야. 이 사랑스러운 머저리 새끼들아. 결코 돈 때문은 아니었네. 씨
발 버스, 씨발 택시, 씨발 도시, 씨발 아버지, 씨발 하느님. 아멘. 갑작
스런 분열의 조짐에 조합의 분위기는 침울해지는 듯했으나, 조합장은
곧장 집회를 열어, 지나가는 택시 몇 대를 잡아 동지들이 택시 기사들
을 린치하게끔 만들었다. 그들이 폭력으로 새로운 인격을 창조해낼
수 있도록. 샤워기가 고쳐지자 시인들은 집안으로 돌아갔고, 목테수
마는 이제 혼자 비를 맞으며 일기를 읽었다. 집 앞에서, 주유소에서,
술집 뒷골목에서, 지붕이 무너진 아편굴에서, 집창촌 벽보 앞에서, 그
는 읽기 위해 썼고, 놓치지 않기 위해 읽었다. 그러던 어느 날 아침,
해변에서 눈을 떴을 때. 저멀리 바다 끝에서 편집증적인 빗방울 대신
영원할 것 같은 진부한 햇빛이 뿜어져나오는 것을 보았을 때, 장마는
여름이 꾸는 악몽일지도 모른다는 생각과, 하나의 여름이 악몽에 의

해 증발해버렸다는 것. 그리고 자신이 여태 꿈을 기록하지 않았다는
사실을 깨달았다.

　나는 공원을 걸었다. 수풀 안에 섹스하는 사람들이 있었고, 친구처
럼 뒹굴고 있는 걸인들과 강아지들을 지나쳐 걸었다. 할머니는 호숫
가에 앉아 수면에 비친 자신의 모습을 바라보고 있었다. 시금치 장사
를 마치고 집으로 돌아가는 길에, 오토바이에 탄 고등학생 두 명이 야
구방망이로 할머니의 머리통을 박살냈었다. 그녀가 시금치 소쿠리
앞에서 주름에 파묻힌 눈으로 나를 올려다본 것을 기억한다. 학생들
은 코너를 돌아 사라졌지만, 그 거리에는 여전히 학생들의 웃음소리
가 남아 있는데, 소리들은 내가 그들을 찾아내길 기대하는 것일까. 할
머니는 호숫가에 있다. 호수에 빠져 죽은 이가 호수 안에서 호수 밖을
바라보듯이. 선생 양반, 노인들이 굳이 젊어야 하는 걸까? 글쎄요. 노
인들은 노인이니까 노인인 거야. 엊그제 극장에서 만난 여자는 엔딩
크레디트가 올라오기 전에 한판 하자고 속삭였다. 그렇게 살면 안 돼.
섹스는 모든 곳에 도사리고 있어요. 우리가 그 일부가 될 필요는 없
어. 저는 섹스를 제 감시하에 둘 수 있는걸요. 영화가 끝난 뒤, 우리는
손을 잡지 않고 시가지를 걸었다. 그거 알아요? 뭘? 당신 얼굴에 당
신 조상님들의 한이 서려 있는 게 보여요. 인형가게 앞에서 그녀가 말
했다. 지금 나랑 무당놀이를 하자는 거야? 조상님들의 한을 풀지 않
으면 당신 인생이 엄청나게 꼬일 거예요. 맹세컨대, 내가 그녀의 어깨
를 붙잡고 소리쳤다. 내가 이방원이다, 씨발 년아! 호수 옆에 보자기
를 펼쳐놓고 누웠다. 그러고 보니 나에게 상냥하게 구는 누나들은 알

고 보니 죄다 미친년들이었지. 언제부터 미친년들이 상냥함을 연마했을까. 혹시 상냥한 여자들이 필연적으로 미친년이 되는 것이라면? 대단한 발견이다. 농구장에서 걸인들이 바지를 벗고 개들을 덮쳤다. 나는 편지를 꺼내 읽었다.

보고 싶은 탐정님에게.

탐정님. 어제는 마법사를 만났습니다. 무슨 생각을 하시는지 알아요. 탐정님, 이건 약물중독자와 마약상의 이야기가 아닙니다. 그래요. 마법사가 흑인이긴 했어요.(사실이니 누구도 절 비난하지는 못할 것입니다.) 제가 한때 인디언들과 사냥을 즐겼던 것을 선생님은 잘 알고 계시겠지요. 회오리치는 조랑말과 별빛의 어금니, 라는 이름을 가진 인디언들과 함께 강가에 앉아, 대마 가루를 묻힌 화살촉에 코를 비볐을 때도, 그것이 마법적이라 느껴지지는 않았어요. 저멀리 수평선이, 일그러지지 않은, 말 그대로 완전히 동그란 형태의 태양을 내뿜을 때도, 그건 그저 자연이었죠. 마법사는 다릅니다. 저는 그를 새벽의 슈퍼마켓에서 만났어요. 조던을 신고 후드티를 뒤집어쓰고 있더군요. 저도 처음에는 그를, 밤마다 혼자 차고 안에서 마빈 게이나 들을 것 같은 그런 흑인으로만 알아봤어요. 그러나 그가 닥터페퍼를 사가는 것을 보곤, 그가 정상인이 아니라는 사실을 눈치챘죠. 저는 그를 미행했어요. 엘패소 카운티에서 새벽에 해볼 만한 유일한 일이 미행이라는 걸, 탐정님도 숙지하고 계시겠죠? 아침이면 사람들이 송아지처럼 그늘에 고개를 처박고만 있다가, 저녁이 되면 곧장 잠을 자러 돌아가는, 무한한 건조함에, 그림자마저 더위로 돌변해버리는 동네잖아요. 백 미터도 걷지 않았는데 땀이 나더군요. 마법사는 아직 닥터페퍼를 따지도 않았어요. 그때부터, 저는 그가 어떻게 후드티를 견디고 있으며, 후드티에 땀이 한 방울도 젖어들지 않고 있는지 의심이 들기 시작했죠. 그는 끊임없이 걸었어요. 슬슬 저는 그가 절 시험하고 있다는 생각이 들었고, 눈앞에 얼음이 잠긴 탄산음료가 아른거림에도 더 악착같이 그를 따라갔어요. 마침내 우리가, 고리 게레로가 운영했던 레슬링 도장에 도착했을 때, 그가 뒤돌아보며 말하더군요. 내 이름은 아이스 큐브요. 그가 한참 동안 후드 주머니 속에 찔러넣고 있던 손을 내밀어, 제 어깨를 잡아줬어요. 그때, 마법 같은 일이 일어났죠. 아니 마법 그 자체요, 탐정님. 이 이야기를 안 믿으실지도 몰라요. 그러지 마세요. 이건 사실이에요. 심지어 그의 이름이 아이스 큐브라는 것도 사실이에요. 그 남자의 손이 제 어깨에 닿았을 때, 냉기가 몰아쳐오는 거였어요. 순식간에 엘패소가 상트페테르부르크처럼 변해가는 것이었죠. 우리 머리 위로 하얀 눈송이들이 휘몰아치고, 파릇파릇했던 나뭇가지들이 쩍쩍 소리를 내며 얼어붙어갔어요. 그의 심장에서부터였을까요? 그의 심장은 거대한 얼음 동굴과 같을까요? 파렴치하게 불어오는 바람, 퍼렇게 질린 햇빛, 너덜거리는 눈방울. 다들 순식간에 늙어버린 것일까요? 다들 순식간에 돌이킬 수 없을 만큼 젊어진 것일까요? 저는 추위, 어쩌면 두려움 탓에 이를 덜덜 떨며 물었습니다. 어떻게 된 거죠? 지금 무슨 일이 일어나고 있는 거예요? 파란 빙판 위에서 그가, 눈보라를 호령하듯 고개를 가로저으며 대답하더군요. 어렵게 생각하지 마시오. 지겨움. 단지 혹독한 지겨움이 당신을 찾아온 것뿐이오. 이미 당신의 머리가 돌아버릴 만큼, 우주의 모든 일 초, 일 초들이 지루함으로 무장하여 당신을 박살내버렸으니. 이런 일들도 가능해진 것이라오.

내 앞에 걸인 한 명이 앉아 있었다. 지푸라기 같은 머리칼이 걸인의 얼굴을 덮고 있었다. 언뜻언뜻 코가 보이다 말았다. 가난한 인간이 내 앞에 앉아 있군. 저도 이제 가진 게 없어요. 걸인은 고개를 저었다. 하나 있던 친구조차 나를 떠났죠. 그런데, 그 새끼는 처음부터 필요 없었어요. 걸인은 살인을 해본 적 있는 것 같았으나, 가만히 앉아 있었다. 나는 지금 가난에 대해서 배우고 있는 중일까. 그렇군요. 처음부터 내가 필요한 것들이 없었으니, 지금 내가 아무것도 가지지 않았다는 게 아니라는 뜻이군요. 가난한 학생이 묻는다. 걸인은 고개를 저었다. 친구가 나를 떠날 때 했던 말이 떠올랐다. 최선을 다했어. 우리가 우리에게 항상 최선일 수는 없겠지만, 그럼에도 나는 최선을 다했어. 내가 아무 말을 하지 않고 있자, 걸인은 코를 킁킁거렸다. 나는 홀로 물속에서 울고 싶어졌다. 대신 나는 손으로 땅을 짚고, 걸인 주위를 네 발로 걸어다녔다. 가난한 개들처럼. 걸인은 여전히 앉아 있었지만, 나는 두 발로 서서 나를 내려다보고 있는 수많은 그들을 느낄 수 있었다.

린은 이제 세계 각지의 아이들에게 매달 삼십만원씩 기부했고, 매일 바뀌는 침대 위의 남자들에게서 무엇인가 얻어내려 노력했다. 물질적인 것이 아니라, 말 속에서 알게 모르게 그림자를 불쑥거리는, 그들의 정조에게서. 무언가 괜찮은 것들이 보인다고. 노강사도 그녀에게 좋은 학습법이라며, 될 수 있으면 글로 적어두라 권했지만, 그녀는 자신이 느낀 것들을 옮겨적지 않았다. 종이 위에 글자를 적는 순간, 소중한 느낌들이 그녀에게서 분리되어 영영 떠나버릴 것 같았기 때문이었다. 린은 일을 마치고 네일숍 대신 스낵바에 가는 일이 잦아졌고, 그곳에서 생각이라는 것을 해보기 시작했다. 자기가 여태껏 살아오면서 했던 생각들. 배고픈데 뭐 먹지, 이 남자 참 못하네, 오늘 새로 한 네일 좀 과한 걸까, 골목길은 외로워, 따위 생각은 진정한 생각이 아니었다고. 어제 몸을 섞었던 삼각팬티를 입는 거구의 손님은 사실 내면이 여성적이지만 그런 사실을 인정하지 않기 위해 몸을 키우고 항상 머리를 바짝 깎는 것이라고. 새벽녘에 벤치에 앉아 담배를 피우는 사람들은 다 기혼자라 배우자와 정반대의 배우자를 만나 다시 시작해보고 싶지만 돌이키기에는 이미 많이 와버려서, 배우자가 잠든 시각 몰래 집밖에 나와 혼자 불가능한 꿈을 꾸고 있는 것이라고. 남들이 보기에는 역시 하찮은 생각들뿐이었지만, 이해라는 것이 얼마나 신비하고 아름다운 일인지. 그녀는 마음 같아서는 하루종일 스낵바에 앉아 있고만 싶었으나, 스낵바에는 밤에 만나던 손님들이 손님이 아닌 모습으로 그녀를 곁눈질했고, 그럴 때면 그녀도 생각하는 여자의 역할을 멈추고, 잠시 고개를 숙인 채 식은 커피를 홀짝이다가는, 다시 남자들에게 돈을 받고 자주는 여자가 되러 가야 했다. 당연하게도 침대 위의 남자들은 본능적으로 그녀가 딴생각을 하고 있다는 사실을 눈치챘다. 당연하게도 침대 위의 남자들에게는 아무 문제가 되지 않았다. 첫 학기에 린은 B- 학점을 받았다. 학점에 의문을 제기하러 린이 찾아온다면, 노강사는 린을 유혹할 생각이었지만, 린은 성적표를 받아들곤 미소를 지으며 집으로 돌아갔다. 당시 린은 손님이었던 B급 미술가를 따라 그의 본가가 있는 수도로 날아가, 여러 사교장을 들락거리고 있었다. 미술관 개관식, 출판기념회, 추모 전시회, 트로마빌의 밤, 목관악기 심포지엄…… 예술가들은 시도 때도 없이 공짜 술자리에 달려나갔고, 그 장소는 벽면에 어떤 플래카드가 걸려 있든, 설령 검은 관과 성복을 차려입은 호모 합창단이 있다 해도 결국 젊은 예술가들만의 난교장이 되어버렸다. 처음에 린은 단순한 호기심 때문에 미술가를 따라 나가봤지만, 그곳에서 만난 예술가들의 분방함, 특히 린이 직업을 밝혔을 때 그들이 린에게 건네준 호의와 농담에 밴 깊은 생각의 흔적 때문에, 그녀는 미술가 없이도 혼자 여러 파티장을 배회했고, 언제인가부터는 또래의 게이들, 뉴욕대 영화학과 졸업생과 아르헨티나 클럽 출신의 피아니스트와 함께 어울렸다. 우연히 만난 사람들과 어떻게 말이 통할 수 있을까. 우연히 한꺼번에 만난 사람들 사이에서 어떻게 웃음이 끊이지 않을 수 있는 것일까. 남자가 어떻게 남자를 사랑할 수 있는 것일까. 그녀는 매일 밤마다 궁금증에 취했고 박수갈채를 받으며 춤을 췄다. 춤추는 그녀의 머리 위로 샹들리에가 흔들릴 때가 있었고, 커다란 실링팬이 돌아갈 때도 있었고, 아치형 스테인드글라스가 빛날 때도 있었으며, 빗방울을 흘리는 구름만이 가득할 때도 있었다. 린은 비록, 비로소 자신이, 언제나 자신을 비껴나가기만 했던 배경들의 중심이 되었다는 것을 눈치채지는 못했지만, 순간순간 자신에게 한 발짝씩 다가오는 장면들로부터 따뜻한 선의를 느낄 수는 있었다. 이를테면, 창을 투과해오는 햇살만으로 눈이 떠질 때, 그대로 속옷만 입은 채 테라스에 앉아 미술가와 마리화나를 피울 때, 살을 좀 찌우고 콧수염을 정리했으면 좋겠다느니 참견을 하다가, 보이지 않는 곳에서 강아지들과 고양이들이 서로를 향해 말을 거는 소리가 들려올 때, 고마워요. 린은 대뜸 감사의 표시를 했다. 그 인사가 정확히 누구를 향해 있는지, 미술가도 자신만을 향한 인사가 아니라는 것을 알았다. 낮이 되면 미술가는 작업복을 입고 개인 작업실로 향했고, 린은 침대에 누워 베개에 머리를 눕히고 생각이라는 것을 했다. 좋은 것들에 대해서. 좋은 음식, 좋은 사람, 좋은 생각. 그러다가는 창밖이 어두워지면 집을 나섰다. 좋은 것들만 몽땅 모여 있는 장소를 향해서. 게이들은 파티가 끝나면 얕은 웅덩이와 가로등 불빛만 남은 거리를 걸으며, 민주주의를 갱신할 또다른 혁명적 이념에 대해, 한때는 빛나는 재능을 가지고 있었지만 교수가 되면서 멍청이가 된 기성 예술가들에 대해 이야기했고, 린은 대화에 껴들지 않으면서도, 이 미치도록 사랑스러운 감성이 팽배한 새벽에, 지금 이 순간 이 세상에서 오로지 자기만이 누리고 있는 듯한 미적 우월함에 빠져, 코너를 돌 적마다 두 남자의 볼에 키스했다. 게이들은 웃었고, 누구보다 이런 새벽이 영원하지 않을 것을 잘 알고 있는 그들은, 린의 양손을 각자 한쪽씩 잡아주고는 트럭들이 질주하는 도로 한복판에서부터 터널 안으로까지 천천히 걸어가거나, 벽돌로 악기점의 유리창을 깨고 들어가 피아노를 연주해주기도 했다. 그래 생각이 나를 기쁨으로 데려다주고 있어! 비가 내리던 새벽 다섯시쯤에, 린은 폐장된 수영장에서 맥주캔을 들고 떠다니며, 아주 잠깐, 자신의 몸속에 스며들었다가는 아무 온도도 남겨두지 않고 떠나가는 무엇인가를 느꼈지만 그것에 대해서는 오래 생각하지 않았다. 아직 푸른빛의 틈새에서, 빗소리가 울리는 파라솔 밑에 알몸으로 누워 잠든 두 젊은 남자를 바라보다가, 입안에 김빠진 맥주를 머금은 채, 언젠가 들었던 노래를 흥얼거렸을 뿐이었다. 장마가 끝나자, 출장 갔던 미술가의 부인이 돌아왔고, 새 학기가 시작되어 린도 다시 해변이 있는 도시로 돌아갔다. 더 깊은 생각이 더 깊은 행복으로 이끌어줄 것이라는 기대와 함께. 첫날, 노강사는 감색 카디건을 입고 린을 맞이했다. 수업이 시시하게 느껴졌으나, 린은 궁금하지 않은 질문까지 하며 수업에 집중하려 노력했다. 자신의 직업에도 마찬가지로. 이유를 알 수 없었지만, 그래야만 할 것 같다는 본능이 린의 생각보다 앞서 있었다. 게이들은 전화로 린의 안부를 물어왔고, 린은 전화기를 붙잡고 몇 시간을 떠들다가 잠자리에 들었다. 어느 날 린이, 자신의 긴 전화통화에 불평을 늘어놓은 그녀의 룸메이트에게 수도에서의 일들을 이야기해주자 그녀의 룸메이트가 말했다. 언니, 난 파티가 정말 싫어. 린이 룸메이트의 눈을 똑바로 쳐다보며 대답했다. 파티를 직접 열어본 사람만이 그 말을 할 자격이 있어. 넌 진짜 파티에 대해 아무것도 모르는데 어떻게 그걸 싫다고 할 수 있니? 룸메이트는 브래지어를 벗고 침대에 누워 헤드폰을 꺼버렸다.

목태수마가 기록한 첫 꿈은 목장이었다. 그는 초원에서 양떼를 몰았다. 그는 숫자 자체는 믿지 않았지만, 가끔 숫자들이 데리고 오는 무언가를 믿었다. 완전하지 않은 감상들, 미래적이라기에는 낡아 있고, 과거적이라기에는 앞서 있는, 투명함에도 감히 속을 들여다볼 용기가 나지 않는 기시감들. 그는 양의 숫자를 셌다. 서른둘, 서른셋, 서른넷. 그것이 첫 꿈의 전부였다. 두번째 꿈은 카니발이었다. 그는 처음 보는 사람들, 혹은 기억하지 못하는 사람들과 함께 피에로를 구타했다. 구타한 많은 사람들 중에서, 피에로가 꼭 그에게만 보복하러 올 것 같다는 생각에 칼을 찾아 축제장 이곳저곳을 떠돌았다. 이동 화장실, 거울의 방, 인형극단. 칼은 어디에나 있었으나, 칼날이 모두 그를 향해 있었다. 피에로는 저 한쪽 구석에서 구타당하고 있는데, 멀리서도 목테수마는 주먹질을 멈출 수 없었다. 결국 공중그네에서 웃으며 추락하는 사람들을 보고 나서야 꿈에서 깼다. 세번째 꿈은 텐트였다. 그는 텐트 안에서 보이스카우트 옷을 입고, 배신한 버스 기사들과 함께 자위를 하고 있었다. 모닥불이 텐트 위로 유방과 자지가 둘 다 달린 한 사람의 그림자를 거대하게 일렁이게 했다. 네번째 꿈은 어릴 적 부모와 함께 살던 옛집이었다. 꿈에서도 그는 집안으로 들어갈 용기를 내지 못했다. 마당의 그네에 앉아 안개 낀 거리를 바라보다가, 그네 옆에 놓인 항아리를 열어보니 신원을 알 수 없는 시체가 들어 있었다. 다섯번째 꿈에서 그는 동창회에 참석했다. 가끔 어울렸던 몇 친구들과, 당시 말은 한 번도 안 났지만, 얼굴은 스쳐갔던 아이들이 학생인 채로 그를 맞이했다. 그는 그 시절을 한 번도 그리워하지 않았는데, 이상한 일이라고 생각했다. 그리고 그들의 대화가 물속에서처럼 전혀 전달되지 않는 것을 보면서, 여전히 아무도 그립지 않다고 되뇌었다. 여섯번째 꿈은 장례식장이었다. 누구의 장례식인지는 알 수 없으나, 추모객들이 장송곡으로 프린스의 〈퍼플 레인〉을 합창했다. 목테수마는 보랏빛으로 물드는 동네 가운데서 아주 오랜만에 슬픔을 느꼈다. 일곱번째 꿈에서 목테수마는 경찰 배지를 차고 살인마를 취조했다. 살인마는 얼굴에 붕대를 감고 있었다. 목테수마가 자꾸 살인마에게 커피를 마시겠냐고 물었고, 살인마는 대답하지 않았다. 어느새 목테수마는 살인마 앞에 앉아 두 손을 모으고는 독일어로 이야기하기 시작했다. 당신의 살인법에 큰 감명을 받았어요. 특히 손가락과 혀를 이어둔 리본은 정말 아름다웠죠. 사실 저는 당신의 팬이에요. 어떻게 들릴지 모르겠지만, 우리의 삶이 조금 닮아 있을지도 모르겠네요. 목테수마는 꿈속에서 비굴하게 굴고 있는 자신을 죽여버리고 싶었다. 여덟번째 꿈에서 가스레인지 불꽃에 칼끝을 달군 목테수마는 바지를 벗어 자신의 왼쪽 엉덩이에 '8'이라는 숫자를 문신했다. 교도소 독방에서 허리를 숙여 바퀴벌레를 잡아먹고 있는 니콜라스 케이지를 목격한 건 아홉번째 꿈에서였다. 열번째 꿈은 익숙한 술집이었다. 블루스주자가 보더콜리의 머리를 쓰다듬으며 기타를 연주했고, 애꾸눈 조합장이 테이블을 돌 때마다, 버스 기사들은 구호를 외치며 술을 마셨다. 그곳에서 목테수마는 구석의 의자에 앉아 일기를 읽고 있었다. '첫 문장을 쓸 때는 아주 기분좋은 꿈을 꾼다. 하지만 문장이 쌓일수록 꿈은 흩어져만 간다. 이제 그것은 끔찍한 형태로 실재하게 됨으로.' 목테수마는 깜짝 놀라 침대에서 눈을 떴다. 라디오에 어느 명배우가 자택에서 죽은 채로 발견됐다는 뉴스가 보도되었다. 니콜라스 케이지는 아니었다. 목테수마는 여전히 버스를 몰았다. 몇 번 문을 열어놓은 채로 운행해 노인들을 버스 밖으로 떨어뜨릴 뻔했지만, 보육원에서 토끼 탈을 쓰고 아이들에게 자신의 일기를 읽어주다 해고당했지만, 그는 스스로를 멀쩡하다고 여겼다. 정거장에서, 노동조합 식당에서, 찻집 앞에서, 세탁소에서, 예전처럼 모든 꿈을 기록하지는 않았지만, 일기를 쓰고 읽는 일은 계속했다. 그러나 꿈이 기록되지 않은 일기는 예전처럼 다시 무엇인가 새어나가고 있었다. 사물들을 하루종일 읽어봐도 그것들은 비어 있는 것 같았고, 시간들은 어쩐지 믿을 수 없었다. 새벽녘, 근무 교대를 위해, 시장가에 할머니들을 내려주고, 승객 없이 혼자 차고지로 돌아올 때, 도로 한가운데서 버스가 멈춰 섰다. 버스에서 내리지 않고, 키를 돌려 시동을 껐다 켜던 목테수마는 자신을 둘러싼 것들이 자신을 배신하기 위해 모두 고장나고 있다고 생각했다. 그날 밤, 목테수마는 버스노동조합원들이 모이는 술집의 구석에 앉아, 일기를 읽을지 말지 고민했다. 꿈에서 내가 이곳에 앉아 일기를 읽고 있었어. 목테수마가 말하자, 옆에 앉아 있던 동지가 답했다. 나도 매일 꿈을 꿔. 그러곤 입을 가리고 속삭였다. 비밀인데, 그곳에서 나는 택시를 운전하고 있어. 꿈꾸는 내내 낮아진 시야로 골목길만을 헤매는 거야. 아무리 돌아다녀봐도 손님은 없고, 아침은 돌아오지도 않지. 동지는 말하다 말고 고개를 저었다. 옘병, 도대체 뭐가 잘못된 건지 모르겠군. 붉게 충혈된 눈의 동지들은 맥주를 마시기 바쁘다가도, 조합장이 테이블에 들르면 맥주잔을 머리 위로 들고, 거리로 나가 택시기사들을 사냥하자고 고함쳤다. 목테수마는 일기를 펼쳐 자신이 기록해놓은 꿈의 장을 읽었다. 그곳에서 그는 이주노동자들을 태우고 서부공단을 향하고 있었다. 운전석 밑으로 물줄기가 흘러들어왔다. 운전석 뒤에서 이주노동자들이 빵 포장지를 벗기는 소리가 들려올 때마다, 물줄기는 거세지며 그의 발밑에 웅덩이처럼 고여가는데, 끝내 신발 밑창이 축축해지자, 그는 이 웅덩이가 결국에는 자신을 익사하게 만들 거라는 생각에, 버스 밖으로 뛰쳐나가버렸고, 공단 근처의 벌판을 걸어다니며 웅덩이가 의미하는 바가 무엇인지 걱정했다. 두려움, 무엇에 대해서? 불안감, 무엇에 대해서? 상실감, 무엇에 대해서? 찌르레기가 어떻게 생겼는지도 모르는데, 벌판에 찌르레기 울음이 퍼졌다. 목태수마는 누군가 문을 두들기는 소리에 눈을 떴다. 그는 이 도시에 오자마자 구매했던, 리넨 침대보가 덮인 바닥 위에 누워 있었다. 문밖에서 익숙한 목소리가 들려왔다. 동지. 동지에게 무슨 사정이 있는지는 모르겠지만, 우리는 버스만큼은 버려서는 안 된다네. 그걸 길가에다 씨팔 승객들과 함께 버려둘 수는 없는 걸세. 동지가 문 밑으로 버스 키를 넣어줄 동안, 목태수마는 일기장을 펼쳐 어제 자 일기를 읽었다. 그곳에는 술집의 구석에서 일기를 읽고 있는 그가 적혀 있었다.

변기 밑에 사람이 산다. 나는 물을 퍼내는 난쟁이들과 변기 물을 받아 마시는 벌거벗은 거인을 상상했다. 그럴 리가. 변기 밑에는 그냥 인간들이 앉아 사색하고 있을 것이다. 변기 안에 손을 넣어 그, 혹은 그녀에게 악수를 청해봤지만, 아무도 내 손을 잡아주지 않았다. 그들은 그들끼리만 견디는 걸까. 포옹하고 혀를 움직이면서? 화장실 밖에서도 어떤 남녀가 키스하고 있었다. 내가 한 명을 대신해주겠노라 제의하는 건 굉장한 참견일까? 역사 가운데에는 몸통 전체가 금빛 자개로 꾸며진 거대한 시계탑이 놓여 있는데, 사람들은 그 밑에서 자신의 손목시계만을 바라봤다. 시계 앞에서 나는 절도범처럼 역사를 걸어 다녔다. 로커빌리의 시대를 떠올리면서. 욕망을 숨겨두지 않았던 시대를 소환하기 위해 애쓰면서. 이봐, 시끄럽다고. 내가 가판대에서 담배꽁초를 주워, 주머니 속에 챙기고 있을 때, 석간을 읽던 남자가 말했다. 저요? 제가 시끄럽나요? 내가 물었다. 맞아, 바로 너. 남자가 중절모 챙 밑으로 나를 쏘아봤다. 저는 아무 말도 안 했는데요? 내가 그에게 성큼성큼 다가가자, 남자가 신문을 접고는 고개를 저으며 말했다. 제발 내 앞에서 그 빌어먹을 상상력 좀 닥쳐주시지그래? 나는 시계탑으로 되돌아가 편지를 읽었다.

　내 오랜 벗, 수리공에게.
　안녕하신가. 어제 목로주점에 갔다네. 자네도 와본 적 있었지. 정신병자들이 병뚜껑을 가지고 와서 계산하는 술집 말일세. 어제도 거구의 블루스 주자가 대기하고 있더군. 그가 진짜 맹인인지 맹인 흉내를 내는 블루스 주자인지는 아직 아무도 밝혀내지 못했지. 물론 블루스를 흉내내는 맹인일 가능성도 있다네. 그는 항상 옆에 개 한 마리를 끌고 나타났어. 정신병자들이 말하길 그 개의 종을 보더콜리라 한다더군. 개는 블루스 주자 옆에 엎드려 눈을 뜨고 있었지. 술을 마시지 않고 집에 돌아와 뉴스를 시청하는 모든 노동자들처럼 말일세. 블루스 주자는 당연히 블루스를 연주했네. 존 메이올이 아니라 조지아풍의 블루스를. 도망가는 시간을 애써 붙잡아두려는 듯이 끊임없이 끙끙거리더군. 그렇게 세 곡을 부르고 나니, 몇 정신병자들은 욕설을 하며 의자를 집어던졌고, 몇은 마찬가지로 욕설을 하며 제자리에서 눈물을 쏟아냈네. 나는 눈알이 네 개 달린 남자에 대해서 생각했지. 누군가 두 눈을 잃었다면, 누군가는 두 눈을 더 가졌을 것이 아닌가. 유동 가능한 두 개의 눈알을 어딘가에 붙여놓고, 언제든지 대상을 감시할 수 있는 남자를 생각했다네. 하나의 눈알은 우주선에 붙여놓고, 다른 하나는 잠수함에 붙여놓은 남자를. 우울해질 때면 눈을 감고, 저 먼 우주에서 대기와 구름을 뚫고 오롯이 색을 발하는 지구를 지켜보다가, 자신 기분에 자신이 취해 들뜨게 되면 눈을 감고, 심해의 기적 같은 공포를 느끼며 감정의 균형을 찾는 남자를 말일세. 여하간, 내가 그런 상상을 하고 있을 때, 블루스 주자가 가방에서 책을 꺼내더군. 그건 점자책이 아니었네. 이보게, 내 확신하는데, 그 책은 마우리츠 코르넬리스 에셔의 판화집이었어. 그 책을 알아보지는 못했지만 정신 병자들은, 여태껏 장님 행세를 한 것이냐며 그에게 술병을 던지고 침을 뱉었지. 그런데도 블루스 주자는 여전히 단 한마디도 반박하지 않더군. 그저 천천히. 아주 천천히─모르겠네. 그 순간, 그가 천천히 움직였던 것인지, 그의 주변이 너무 빨리 움직였던 것인지, 지금도 알 수가 없어─그가 커다란 몸을 움직여 그 책을 그의 개 앞에 펼쳐놓더군. 그러자, 여태껏 이 모든 상황을 관조했던 그의 개가, 주인이 별 이유 없이 짓밟히고, 정신병자들이 근거 없는 광기에 사로잡혀 있는 것을 흐리멍덩한 눈으로 쳐다보던 개가, 두 눈을 거의 영원할 것만치 지그시 감고는, 펼쳐진 책의 한가운데, 바로 기하학적으로 불가능한 양식의 건축물의 한가운데에 자신의 앞발을 올려두는 것이 아니겠는가. 수리공 양반, 나의 벗이여. 만일 자네가 나 대신 목로주점에 있었다면, 싸구려 나무의자에 앉아 정신병자들의 머리통 사이로 블루스 주자와 그의 개를 보았다면, 고개를 숙여 개의 귀에 무언가를 속삭이고 눈을 감고 주인에게 고개를 끄덕이는 그들의 대화를 들었다면, 분명 연주되지 않고 있는 기타 리프가 별이 쏟아지는 소리처럼 전방위에서 자네를 엄습해오는데, 아무것도 보이지 않는 사람의 미소와 아무 말도 할 수 없는 개의 지성에서, 질투와 증오, 그리고 소외감을 느꼈다면, 자네는 자기 자신을 제정신이라 여길 수 있겠는가?

플랫폼의 사람들을 지켜봤다. 뛰어내리기 위해 줄 서 있는 사람들을 구경하는 것이 역사에서 내게 주어진 일이다. 사명감이 필요하고, 모른 체할 줄 아는 양심도 요구된다. 멀리서 기관차가 달려왔다. 기관차는 정말 엄청나다. 물론 누구도 뛰어내리지 않았다. 그들은 코트 깃을 여미거나, 헛기침을 하거나, 등에 매달린 가방을 확인해보거나, 멀뚱히 천정을 바라보곤 기관차의 열린 문 안으로 걸어들어갔다. 기관차가 다시 굉장한 소리를 내며 출발할 때, 플랫폼에는 아무 일도 없었다는 듯이, 역사의 창 안으로 잠입해온 햇빛만이 남아 있었다. 나는 뛰어내린 사람들을 구경했다. 마치 뛰어내리지 않은 척, 점잖게 기관차 안으로 걸어들어간 사람들을. 미련 없이 육체를 기관차에 버려둔 사람들을. 그들은 뛰어내리기 위해 줄을 서고 있는 햇빛처럼 레일 위에서 산산조각난 채로 빛나고 있었다. 똑, 똑, 똑, 나는 역시의 물품보관함에 가, 노크했다. 양복을 입은 남자 난쟁이가 문을 열어줬다. 할 말이 있는데요. 됐어요. 난쟁이가 문을 닫아버렸다. 똑, 똑, 똑. 바로 옆 칸에 노크했다. 이번에는 여자 난쟁이가 문을 열어줬다. 다니는 교회 있어요. 문이 닫혔다. 똑, 똑, 똑. 저기, 이야기 좀 합시다. 술 취한 난쟁이는 문 앞에서 졸고 있었다. 똑, 똑, 똑. 비닐봉지 타는 냄새가 나는 문은 열리지 않았다. 똑, 똑, 똑. 신문 안 봐요. 여자는 문을 열어주지 않았다. 신문사 아니에요. 문이 열렸다. 결혼해주세요. 내가 고백하자, 파자마를 입은 난쟁이는 곧장 문을 닫았다. 문 안에서, 어머 진짜 별꼴이야. 세상이 정말 미쳤나봐! 웃음소리가 들려왔다. 똑, 똑, 똑. 마지막 칸. 자, 들어오시죠. 소설가 난쟁이가 나를 맞았다. 나는 문을 닫아버렸다.

목테수마는 『관념의 모험』에 어떤 문장이 쓰여 있었는지 생각해봤다. 그에게는 그저 화이트헤드를 읽었다는 기억만 남아 있었다. 당시에 무슨 꿈을 꿨었는지. 그 책이 정말 좋은 책이었다면 분명 악몽을 꿨을 것이라고. 국경 옆에 버스를 세워두고 목테수마는 잠에 들었다. 형광색 청소부 옷을 입은 목테수마가 바닥에 떨어진 목장갑 한 짝을 줍다 말고 뒷짐지었다. 왜 매번 한 짝씩일까. 목테수마가 궁금해했다. 연쇄살인마에게는 한 번에 두 명을 살해할 힘이 없소. 목장갑이 말했다. 당신은 살해당한 건가? 목테수마가 심각하게 물었다. 아니요. 옆에서 살해당한 친구의 피가 묻었을 뿐이오. 목장갑이 자리에서 일어날 때, 목테수마가 꼬챙이로 목장갑을 뚫어버리고는 쓰레기통에 집어넣었다. 국경경비대의 사이렌 소리에 목테수마는 눈을 뜨고 시동을 켰다. 도시로 돌아온 목테수마는 스낵바에서 햄버거와 딸기셰이크를 주문했다. 웨이트리스가 반으로 커팅된 햄버거를 들고 오자, 그는 한쪽을 집어 모서리에 나초 치즈를 찍어 먹었다. 그럼에도 당신에게서는 고아 냄새가 안 나요. 웨이트리스가 말하고 떠났다. 목테수마는 고아의 반대말이 무엇인지 떠올려내지 못한 채로, 거리를 내다봤다. 시위대가 가두행진하고 있었다. 그는 진압복을 입은 경찰들 사이에서 나부끼는 머플러를 지켜봤다. 머플러를 통해 목테수마는 미소짓는 자신을 느낄 수 있었다. 동시에, 자신의 얼굴 위로 흘러내리는 부드러움에 취해갔다. 입술과 콧잔등 위로 퍼지는 옅은 녹색의 물결과 하얗게 이어지는 바람의 무늬들. 그리고 누군가 가느다란 손을 오므려, 그의 표정을 집어가버렸다. 목테수마가 눈을 떴을 때, 그는 버스 안이었다. 캄캄한 차고지에서 그는 그의 얼굴을 쓰다듬어봤다. 손가락을 버스처럼 주행하던 그는, 움직일수록 넓어지는 그의 얼굴에서 고립되어 갔고 아무리 헤매봐도 누구였는지, 창문을 열고 칼을 들이듯 남의 꿈속에 들어와, 그의 표정을 훔쳐가버린 사람에 대해서는 알아내지 못했다. 할 수 있을 만큼, 집중을 더 집중해야겠어. 목테수마가 다짐하던 날, 몰래 택시 영업을 하던 버스노동조합원들이 대량으로 적발됐다. 사창가, 점집, 등대, 공동묘지 등, 그들은 도심의 골목길, 혹은 도시 뒤편에서 발견됐는데, 전에 배신자를 발견한 버스 기사들이 새로 발각된 배신자 그룹 안에 전부 포함되어 있었다. 그들도, 그들이 발견했던 배신자들처럼 택시 안에서 전조등을 깜빡이며 딸딸이를 치고 있었고, 택시를 향해 달려오는 조합원들을 향해 입을 뻥끗거리며 들리지 않는 혼잣말을 중얼거렸다는 이야기가 전해졌다. 배신자들의 처벌 방식 발표를 대기하며, 술집에서 조합원들은 말이 없었다. 단순히 분노로 받아칠 수 없을 만큼의 인원이 적발되었기 때문에, 그들은 여느 때처럼 술도 마시지 못했다. 그저 나타날 기미가 보이지 않는 애꾸눈 조합장을 기다리면서, 이제 배신자가 된 옛 동지들과 함께 어깨동무하고 노래했던 순간들을 떠올릴 뿐이었다. 목테수마는 동지에게 물었다. 동지도 꿈속에서 다른 이를 느껴본 적이 있나? 글쎄. 그런 이야기를 할 때가 아닌 것 같군. 동지가 대답했다. 나는 요새 내가 꾸는 꿈이 진짜 내 꿈인 것인지 모르겠어. 다시 목테수마가 말하자, 저게 누구지? 동지가 술집 문을 향해 손가락질했다. 곧 문이 열리고, 얼굴이 반쯤 함몰된 남자가 술집 바닥으로 내팽개쳐졌다. 이어 피 묻은 살점이 덜렁거리는 몽키 스패너를 한쪽 손에 든 조합원 동지가 씩씩거리며 들어와 소리쳤다. 도저히 참을 수 없었네. 본래는 죽여버린 뒤에, 버스에 묶어 끌고 다니려 했으나, 그전에 우리가 이 개새끼들에게 직접 이야기를 들어봐야 한다고 생각했어. 바닥에 내팽개쳐진 남자는 이번 사건에 연루된 배신자 중 하나였다. 그리고 그 두 사람이 택시 연합이 버스노동조합 건물에 들이닥쳤을 당시, 선봉에 서서 택시를 해체했던 전설의 2인조였음을 모두가 눈치챘다. 동지들이 누워 있는 배신자를 일으켜 의자에 앉혔다. 한 동지가 그의 앞에 서서 물었다. 왜 우리를 배신했지? 여기까지 왔으니 솔직해지자고. 배신자가 입안에서 핏덩이를 뱉으며 중얼거렸다. 운전수들. 뭐? 심문하던 동지가 배신자의 얼굴에 맥주를 들이부었다. 이게 엊그제 당신이 집어던진 당신의 영광에 대한 우리의 마지막 예우야. 배신자가 왼쪽의 입술만을 움직이며 물었다. 자네들은 비행기 운전수에 대해 어떻게 생각하나. 바에 앉아 있던 동지가 대답했다. 위선자들이지. 깜찍한 수작들만 볼 줄 알면서 개폼이나 잡고 살려는 것들이야. 그 새끼들은 아마 그 새끼들이 진짜 위에서 살고 있다고 믿을걸. 구름에서 시궁창 냄새가 나는 것도 모르면서 말이지. 배신자는 왼쪽 입술을 씰룩이며 또다시 물었다. 선장들은? 이번에는 포켓볼 공을 들고 있던 동지가 대답했다. 비열한 사기꾼들이지. 이미 길이 있는 곳을 길이 없는 곳인 것마냥 돌아다니잖아. 수염을 기르고 뒷짐을 지고선. 마도로스 좆밥새끼들. 배신자가 거의 졸듯이 눈을 깜빡이며 물었다. 우주 비행사는? 다트를 던지던 동지가 대답했다. 단지 유명해지고 싶어하는 머저리들이야. 반쪽 연예인 같은 거지. 기차 기장은? 잠시 술집이 고요해졌다. 그러다 누군가 말했다. 그들에 대해서는 말할 필요가 없어. 왜냐하면, 그들은 그냥 기차 안에 있을 뿐이고, 운전수를 흉내내지만, 운전수도, 풍경도, 뭣도 아무것도 아니거든. 동지가·입을 다물고는 다시 덧붙였다. 그래도 그들이 슬퍼 보이는 것은 인정해. 어쩌면 우리보다 더. 이번에는 배신자도 고개를 끄덕였다. 그러면 자네들은? 동지들이 대답하기 전에, 배신자가 말했다. 내 생각에 자네들은 송장에 불과해. 그를 끌고 온 동지가 몽키 스패너를 들고 달려들었으나, 다른 동지들이 붙잡아 말렸다. 나도 버스 운전수였지. 배신자가 웅얼거렸다. 내가 바로 자네들 그 자체였지. 술에 취해 도서관 거리를 지나갈 때면, 길을 걷는 사람들이 미래의 벗들처럼 보일 때가 있었지, 내 등뒤에 앉아, 나에게 제각각의 눈빛을 기대오는 생동성들을 그때는 정복할 수 있었지, 그때 나는 나를 도시의 점거자라 생각했던 거지. 배신자는 계속 웅얼거렸다. 사실은 그 새끼들이 계속 내 등골을 파먹고 있다는 것을 눈치채지 못했던 거지. 유치원생, 젊은이, 개, 노인들까지. 차고지에 들어설 때마다 생각해봤지. 하느님! 내가 잘못했어요! 제발 사람들 좀 그만 죽이세요! 내가 하는 혼잣말이 과연 나의 혼잣말일까. 아니, 우리는 매일 너무 많은 생을 지고 다녔고, 이제 그들은 모든 순간에 있어. 그들은 우리가 감지할 수도 없는 모든 순간에 모여 앉아, 우리를 노려보고 있어. 그래. 그들이 우리를 실종되게끔 만든 거지. 그래서 버스가 우리 대신 꿈을 꾸기 시작해버린 거야. 동지들이 배신자의 말에 귀를 기울일 때, 누군가 술병으로 배신자의 머리통을 박살냈다. 버스 운전수가 진짜 운전수다. 버스 운전수만이 이 세상에 유일하게 남은 진짜 운전수라는 말이다. 씨팔놈들아. 깨진 술병을 들고 목테수마가 서 있었다. 목테수마는 꿈에서 깨어나기 위해 술집을 나섰다.

자네는 드디어 자네에 대해 생각하기 시작했군. '차양 밑의 여자들'이라는 주제의 리포트를 받아들고, 노강사가 린에게 말했다. 린은 집으로 돌아오면서 주택가에서 고무줄놀이를 하는 아이들을 지켜보다 눈물을 흘렸다. 집에 돌아오자, 무슨 일인지 룸메이트가 물었고, 린은 아이들에게서 떨어져 보도블록에 혼자 앉아 있던 소녀에 대해 이야기해줬다. 소녀는 밤마다 의붓아버지에게 성폭행을 당하고 있다고. 그 일이 끝나면, 불 꺼진 방안에 남아, 아버지의 성기를 물었던 이로 곰 인형의 배를 찢고 있을 것이라고. 이야기를 듣던 룸메이트는 고개도 젓지 않고 대답했다. 닥쳐 언니. 그건 그 아이가 아니라, 언니가 만들어낸 아이일 뿐이야. 두 여자의 마지막 대화였다. 룸메이트가 짐을 빼기 전날 밤, 생각을 하기 위해 거실에 나와 있던 린은, 룸메이트가 방안에서 그녀의 남자친구와 통화하는 내용을 들을 수 있었다. 끔찍해. 야간학교에 다니더니 언니는 점점 인문학적 미친년이 되어가고 있는 것 같아. 집의 반쪽이 비어 있고, 게이들은 전화를 받지 않는 날들이 연속됐다. 린은 섹스중에도 생각을 멈출 수 없었다. 일을 하고 나서, 처음으로 침대 위의 손님들이 실재한다고 느껴졌다. 이전에도 두려움을 느낀 적이 있었으나 이미 오래전에 단념했던, 익숙함이 잊게 만들어버린 그런 차원의 감정과는 달랐다. 물질적이고, 열량 있는, 이제 그녀는 자신의 골반을 부여잡고 있는 것이 아주 거대한 인간들임을 알 수 있었고, 그녀와 함께 과거와 현재 그리고 미래를 관통하고 있는 삶들이 그녀에게 혀를 들이미는 것을 느꼈다. 현기증이 돈 그녀가 창문을 열고 잠시 쉬자고 청했을 때, 패션잡지 에디터라던 손님이 말했다. 힘들지. 이해해. 나도 알아. 사실 이래서는 안

되는데. 그녀는 창문 밖에 얼굴을 내밀어 한 시간가량 토사물을 쏟아 버리고는, 그래도 귓가에 떠도는 남자의 말에, 이해라는 말이 불러일으킨, 도무지 상상해본 적도 없는 어마어마한 역겨움에 일주일간 밥을 먹지 못했다. 일을 관둔 린은 한동안 집에서 나오지 않았다. 사람들의 걸음걸이가 그녀를 더 미치게 할까 두려웠기 때문이었다. 오랜만에 걸려온 미술가의 전화도 받지 않고, 커튼을 쳐놓은 채, 빈백에 앉아 꺼진 TV 화면을 지켜봤다. 그러고 있으면, 그녀의 생각이 값싼 유선방송을 통해 낚시채널 로고를 달고 방영이라도 된다는 듯이, 같이 일하던 언니들과 아이스링크장에 놀러갔다가 넘어져 손톱이 다 깨졌던 일이 가장 먼저 떠올랐다. 브라운관을 지켜보던 린은 아직도 속상해했다. 교복 입은 남자애들 몇몇이 집 앞에서 그녀를 기다리고 있던 적도 있었다. 가게에 갈 돈이 없다며, 돈 대신 자전거와 게임기를 받아주겠냐고 물었었다. 그녀는 실장을 부르는 대신 직접 애들 정강이를 걷어차버리곤 울면서 가게로 향했다. 내가 왜 울었을까. 울만한 일도 아니고, 애들 다리를 걷어찰 만한 일도 아니었어. 키스라도 해줄 걸 그랬지. 린은 혼잣말하며 채널을 돌려갔다. 에릭 클랩튼 사진이 붙여진 기타를 옆에 두고 한 남자가 린의 교복 블라우스를 벗겼을 때는, 손에 턱을 기대고 지켜보다 미소지었다. 그때는 모든 걸 아는 사람 같았는데. 지금의 나보다도 열 살이나 어리잖아. 그리고 원피스를 입은 어린 그녀가, 한낮에 자전거를 타고 호숫가의 다리를 건너는 것을 보곤, 잠시 눈을 내리깔고 머리칼을 매만졌다. 그녀는 꿈을 자주 꾸는 사람도, 꿈을 기억하는 사람도 아니었지만, 보조바퀴 달린 자전거를 타고, 차임벨 소리가 자신의 품안으로 봄을 가져다

줄 것이라 믿지만, 다른 이들이 자신을 이상한 아이라 생각할까. 수줍게 차임벨을 까닥이기만 하며 다리를 건너가는 아이가, 정말 그녀의 과거인지, 아니면 언젠가 꿈에서 본 풍경인지 확신할 수 없었다. 그런데 이런 것들도 생각일까. 조명 없는 집안에서, 그녀는 방금 자신이 돌이켜봤던 모든 일들, 그리고 심지어 지금 생각을 하고 있는 것이 진짜 그녀인지도 확신할 수 없었다. 그런 생각을 하는 중에도 그녀의 휴대폰으로 스무 통째 전화가 걸려오고 있었다. 야간학교 사무처였다.

린은 캐시미어 코트와 슬랙스를 입고 집을 나섰다. 사람들은 모두 기뻐. 기쁜 사람들. 즐거운 사람들! 그녀는 사람들의 그림자를 피해가며 걸었다. 보도블록에 찬 어둠이 그녀에게 조금이라도 스친다면, 그녀가 보도블록에 빨려들어가 그녀의 그림자가 되어버릴 것 같았기 때문에. 바닥에는 징그러운 생각, 심각한 사람들이 걸어다닌다고. 부티크가 일렬로 놓인 길거리에서 그녀 앞으로 승용차 몇 대가 지나갔다. 그녀는 승용차의 그림자를 쉽게 피할 수 있었지만, 버스가 지나갈 때면 제자리에 주저앉고 싶어졌다. 버스는 지나가고 나서도 모퉁이에 그녀를 붙잡아두었다. 가끔 즐거운 남자들이 불어주는 휘파람과, 노점 카페에서 출렁이는 식탁보의 몸짓 덕에 그녀는 무사히 야간학교에 도착할 수 있었다. 길을 잃었나. 빈 강의실에서 노강사가 물었다. 린은 노강사의 벗어진 머리와 소매에 달린 주사위 무늬 커프스를 바라봤다. 나에 대해 생각할 필요는 없네. 노강사가 린의 두 눈을 마주하며 말했다. 생각이라는 것이 제멋대로 길을 잃곤 하지. 그게 자네가 강의에 안 나오는 이유인가. 린은 의자에 앉으며 말했다.

난 이제 내 숨소리도 역겨워요. 생각이 나를 후회하게 만들고, 후회가 나를 파괴하고 있어요. 노강사가 물었다. 자네가 미쳤다고 생각하는가? 린이 대답을 하지 않자, 자네는 미친 게 아니야. 단지 헷갈리는 걸세. 생각을 하다보니, 사람들이 끔찍했고, 그다음에는 끔찍한 것이 자기 자신인 걸 알았고, 결국 자기 자신이 누군지도 잊게 된 거지. 그러나 생각이 있다면, 자네가 누구인지 뭐가 중요한가? 생각이 이미 다른 모든 것들보다 뛰어난데 말이야. 노강사가 말했다. 린은 조용히 고개를 저었다. 책상 위로 눈물이 떨어졌다. 이 말이 가능한 말인지 모르겠으나, 어쩌면 자네는 천재가 되어가는 것일지도 모르네. 린은 눈썹을 추켜올리며 천장을 쳐다봤다. 오, 씨발…… 눈물이 마스카라 진액에 섞여 흐르는데, 린은 자리에서 일어나, 맙소사, 씨발, 맙소사, 씨발, 씨발…… 계속 같은 자리를 빙빙 돌았다. 자네 괜찮은가? 노강사가 린의 어깨에 손을 올리려 할 때, 린이 팔을 휘둘러 노강사의 손을 뿌리쳤다. 그러고는 노강사를 쳐다보지도 않고, 팔을 뻗어 노강사와의 간격을 유지했다. 가까이 오지 마. 린은 숨을 고르더니, 손을 말아 쥐어 노강사의 안면 앞에 갖다대었다. 죽여버릴 거야. 린이 두 손을 모아 노강사에게 장풍을 쏘는 시늉을 했다. 괜찮네, 괜찮아. 노강사가 린의 손을 붙잡으려 했다. 제발 그 더러운 걸로 날 건들지 말란 말이야. 린은 소리치며 양손의 가운뎃손가락을 펴고 노강사에게서 멀어졌다. 엿 먹어. 좆 까고 엿이나 처먹어. 더이상 나를 훔쳐가게 두지 않을 거야. 뒷걸음치던 린은 발이 엉킨 채로 자빠졌고, 행정원들에게 붙잡혀 끌려나갔다. 빈 강의실에서, 노강사는 짧은 궐련 하나를 입에 물고 강의실 창문 앞에 섰다. 붉은 단풍나무 밑에 수위 하나가 비질을 하고 있는 것이 보였다. 노강사는 수위의 얼굴이 보고 싶었으나, 수위는 고개를 들지 않았다. 노강사는 퀼런에 불을 붙이는 대신 붉은 단풍나무를 응시했다. 골목에서 미군 두 명에게 겁탈당하고 나오는 고아가 보였다. 고아는 거리에서 아코디언을 연주하던 남자와 눈을 마주쳤다. 제목 모를 유랑곡 앞에서 고아가 말했다. 내가 불편한가요? 연주자는 연주를 멈추지 않으면서도 고아와 눈을 맞춰줬다. 알아요. 나도 가끔 내가 불편한걸요. 어째서 연주자는 내 앞에서도 저리 행복한 표정을 지을 수 있는 걸까. 음계에 따라 연주자의 표정이, 고갯짓이 변해갔다. 애정이 샘솟는 눈빛으로, 슬픔이 가득한 눈빛으로, 은총을 기다리는 눈빛으로, 외로움을 거두어내는 눈빛으로, 겸손하게 먼 곳을 바라보는 눈빛으로, 연주자는 고아의 눈을 한순간도 피하지 않고 아코디언을 연주했다. 고아는 발가벗고 미군들이 모이는 술집에 들어갔다. 아코디언 연주에 비하면 비루하기 그지없는 음악이 술집을 흔들고 있었다. 신경쓰지 않는 척, 선의를 베풀고 싶은 척, 눈치를 보던 미군들 중, 술 취한 소령이 고아를 화장실에 데려갔을 때, 고아는 양 주먹 안에 숨겨둔 유리 조각을, 하나는 소령의 입속에 집어넣고, 소령이 비명을 아끼며 바닥에 무릎을 꿇자, 나머지 하나를 소령의 후장 깊숙이 집어넣고 자신의 작은 성기도 박아 흔들었다. 포승줄에 묶여 경찰에 연행되는 길에, 좀 전의 아코디언 연주가 들려왔다. 폐허를 감싸안아주는, 보이지 않는 하느님의 표정처럼. 고아는 거리를 지나가며, 연주자가 다시, 이 순간이 마지막이라도 좋으니 한 번만 더 자신을 바라봐주길 기다렸지만, 연주자는 다른 사람들과 함께 고아에게 돌을 집어던졌다. 붉게 흔들리는 나무. 수위가 노강사를 올려다봤다. 노강사는 허리를 세운 채, 위에서 내려다보았다. 계속. 자신을 꿈처럼 바라보는 수위가 자신의 아래에서 고개를 숙이고, 빗자루에 몸을 의지하여 다시 악몽 속으로 완전히 사라져버리기 전까지.

누군가 내 꿈을 관음하고 있어. 목태수마는 일주일간 잠도 자지 않고, 이십사 시간 버스를 운전했다. 버스노동조합은 반쯤 와해 상태였지만, 회사는 아직 조합의 영향력을 의식하느라 근무시간 외에도 버스를 운전하는 목태수마를 제재하지 못했다. 목태수마에게 정거장은 차고지 하나였다. 출발지가 곧 도착지였고, 원하는 아무 곳이나 들렀다가 하루 네 번씩만 차고지로 돌아와, 다시 다른 아무 곳으로 출발했다. 첫날, 그리고 셋째 날까지, 목태수마는 도심의 행정구역과 교외의 기지촌, 컨테이너박스 쌓여 있는 부둣가, 영화촬영세트장이 지어지는 벌판에 들러 차고지로 돌아올 동안, 식사가 필요할 때면 버스를 세워두고 근처의 스낵바에 들어갔고, 소변이 마려울 때면 마찬가지로 버스를 세운 후 내려 일을 봤다. 그러나 넷째 날부터, 그는 단한 번도 버스에서 내리지 않았다. 물만 마셨고, 소변은 창문을 열어두고 갈겼다. 다섯째 날, 바닷속으로 가라앉는 해군 잠수함을 지켜보며 해안가를 달리던 목태수마는, 일기도 쓰지 않고, 잠도 자지 않는 그가 비로소 버스 운전수가 됐다고, 이제 완전히 버스를 통제할 수 있다 자신했다. 아침, 저멀리 아직 소등되지 않은 가로등 불빛이 일렁이는 차고지 셔터가 보였다. 저곳을 지나면 나는 다시 멀쩡해지는 거야. 목태수마는 차고지를 지나 환락가로 향했다. 됐어. 목태수마는 버스를 천천히 몰아, 카지노 앞의 정거장에서 손님 세 명을 태우고선, 본래 근무노선을 따라 주택가, 성당, 시민회관 정거장에 들러 손님들을 차례차례 내려줬다. 세번째 손님이 인사 없이 버스를 내렸을 때, 목테수마는 세번째 손님을 쫓아가 머리통부터 발끝까지 깔아뭉개버리려는 버스의 움직임을 느낄 수 있었다. 법원에 들른 목테수마는 더이상 손님을 태우지 않고, 자수할까 생각했다. 하지만 자수할 일이 없었다. 그러면 기소를 할까 생각했지만, 누구를 기소해야 하는지 알 수 없었다. 여섯째 날, 다시 차고지. 어두운 길가에서 차고지의 셔터가 떨리고 있는 것을 본 목테수마는 버스를 돌려 반대방향으로 질주했다. 낙엽들, 도로에 그려진 선들을 피하면서. 징후들이 그를 포위하고 있다고, 그가 방심하는 순간 한 치의 망설임도 없이 죽음이 찾아올 것이라며. 공동묘지에 버스를 정차한 후, 목테수마는 불 꺼진 버스 안을 서성였다. 언젠가 냉장고 안에 머리를 집어넣고 있던 그의 아버지가 말했다. "집중을 해야 한단다. 그건 상상력보다 위대하지. 만일 네가 바나나가 되고 싶으면 바나나만을 바라보면 된단다. 그러면 집중력이 네 밖에 있던 너의 감각을 불러내 너를 바나나로 만들어줄 거야." 묘지에서 귀뚜라미 소리가 들려왔다. 귀뚜라미는 속삭이지 않았다. 정확한 어휘를 전달해왔다. 의미, 의미, 의미, 의미, 의미, 의미. 결국 목테수마는 의미가 무슨 말인지 잊어버렸다. 어쩌면, 냄새가 들려온 것일지도 몰라. 그러니까, 의미, 의미, 의미, 의미, 의미, 의미. 살아 있는 시체들의 입냄새. 운전석 밑을 뒤적거리던 목테수마는 빨간 날의 소방 도끼를 꺼내들었다. 그리고 두 팔로 도끼를 들어 버스 의자들을 찢어버리기 시작했다. 하나씩, 하나씩. 시트가 터지면서 곰팡이 핀 솜이 내장처럼 흘러나왔다. 자신의 머릿속에서부터 어떤 말도 새어나가지 않게, 이로 아랫입술을 물며 도끼질하던 목테수마는, 아무리 의자를 찢어발겨봐도, 똑같은 간격으로 들려오는 묘지의 소리에, 도끼를 내던지고 식칼을 꺼내 고함치고, 욕설을 뱉어가며 의자를 난도질했다. 운전석 뒤에서, 호시탐탐 자신의 생을 노리던 이들을. 꿈 밖에서 꿈 안으로 오염된 분위기들을 몰고 오는 이들을 토막내버리기 위해. 땀으로 뒤범벅된 목테수마가 계기판에 주저앉았다. 의자들이 하얀 이를 드러내놓고는, 비웃듯 목테수마를 구경하고 있었다.

조합장의 아내는 성당에서 미사를 보던 중, 어떤 목소리를 들었다. 목소리는 그녀를 부르고 있었으나, 그녀는 눈을 감고 사도신경에 집중했다. 나는 그분의 독생자 우리 주 예수그리스도를 믿으오니, ······부활하셨고, 하늘에 오르시어, 전능하신 하느님 아버지의 우편에 앉아 계시는데, 그리로부터 산 자들과 죽은 자들을 심판하러 오실 것입니다. 목소리가 다시 한번 더 그녀를 불렀다. 그녀는 눈을 감고 있는데 계단이 보였다. 계단은 빛에 휩싸여 있었고, 목소리는 그 너머에서 들려오는 듯했다. '이건 신의 부름이야.' 그녀는 계단을 따라 걸어올라갔다. 함께 교리 공부를 하던 여자가 성지순례에 다녀와서 해줬던 이야기가 기억났다. 평생 위염에 시달려 항상 가방에 약봉지를 한가득 꼭 챙기고 다녔던 여자였는데, 성지순례 길에 기적의 계단이라 불리는 곳에서, 건강하게 해주시옵소서, 빌었더니 그날 이후로, 위병이 거짓말처럼 싹 나았다는 이야기였다. 아무리 신앙심이 투철하다지만,

그 이야기는 믿을 수 없어 그 여자의 가방을 확인해보니 정말 단 하나의 약봉지도 없었다. 조합장의 아내는 계단을 걸어올라가며 소원을 빌기 시작했다. 교도소에 수감된 첫째가 두 번 다시 범죄를 저지르지 않기를, 발달장애가 있는 둘째가 더이상 따돌림을 당하지 않기를, 고향에 계신 노모의 건강을, 마지막으로 남편이 제발 처음 만났을 때처럼 제정신을 차리기를. 조합장의 아내는 어느덧 눈물을 흘리고 있었다. 계단이 끝나자 황금색 뱀이 둘러진 문이 나타났다. 목소리가 그녀에게 문을 열고 들어오라 전했다. 문을 열기 전, 그녀는 한번 더, 조금 전의 소원을 입 밖에 내어 중얼거렸다. 기다렸습니다. 문 안에서 거대한 빛이 그녀를 향해 말을 걸고 있었다. 그녀는 눈물을 쏟아내면서 무릎 꿇고 성호를 그었다. 빛이 말했다. 다행이에요. 많은 티켓을 드릴 수 있겠어요. 조합장의 아내는 감히 아무 말도 내뱉지 못하고선 기도문만을 외웠다. 모두 에베릴다의 신앙심 덕분이에요. 그녀는 고개도 들지 못한 채 연신, 감사합니다. 감사합니다. 읊조렸다. 자, 이걸 받으세요. 빛이 사람 이름이 쓰인 종이를 한 장씩 조합장 아내에게 건네줬다. 첫째 아들, 둘째 아들, 어머니, 얼굴도 기억 안 나는 고모, 조카들, 한 번도 만나보지 않은 조카의 아이들까지. 일가친척의 이름이 적힌 종이를 두 손으로 받아들고선, 조합장 아내가 처음으로 고개를 들고 물었다. 제 남편은요? 빛은 대답하지 않았다. 무언가 착오가 있는 것 같아요. 제 남편은요? 조합장의 아내가 되물었지만, 빛은 여전히 대답하지 않았다. 성당에 나오지는 않지만 제가 그이를 대신해서 얼마나 많은 기도를 드렸는데요. 제 남편은요? 조합장의 아내는 자리에서 일어나 빛을 붙잡으려 했지만, 빛은 잡히지 않았다. 그 사람은, 저로서도 어쩔 수가 없어요. 빛이 말했다. 그게 무슨 말씀이시죠? 에베릴다. 어쩔 수 없어요. 정말. 어쩔 수 없는 일들, 어쩔 수 없는 사람들이 있어요. 에베릴다. 그걸 이해하셔야 해요. 에베릴다의 세상에는 어쩔 수 없게 만드는 것들이 있다는 것을요. 빛이 목소리와 함께 그녀에게서 멀어져갔다.

도서관 길을 걷는데, 발등에 참새가 걸어차였다. 나는 훌륭한 일이라 생각했다. 길바닥에 자빠진 채 몸을 떨고 있는 참새를 향해 나는 엎드려 절을 했다. 미안해. 고의가 아니었어. 그리고 다시 참새를 발로 걸어차버렸다. 개자식. 감히. 호숫가에 흰 오리들이 떠다니는데, 그들 중 누구도 책을 읽지 않았다. 나는 도서관에서 빌린 책들을 호숫가에 집어넣었다. 여러분. 이것들 좀 읽어보세요. 우리에게 존댓말을 하며. 여러분은 어떻게 생각하시나요. 공손한 어투는 중독성이 있다. 책 근처로 다가온 오리가 말했다. 쓰레기를 버리지 마시오. 뒤따라온 새끼 오리들이 책에 다가가려 하자, 아빠 오리가 꽥꽥거리며 고개를 저었다. 오리님은 이 책을 읽어보시지도 않았잖아요. 내 조부가 책을 읽었었소. 아빠 오리가 말했다. 좋은 오리셨군요. 내가 대답했다. 조부는 오리에 대해 생각하기 시작했소. 오리는 왜 오리인가. 철학자 오리셨군요. 아니요. 내가 물었다. 아니라고요? 조부는 결코 철학자가 아니었소. 아빠 오리가 생각하듯 노란 주둥이를 다물었다. 조부는 오리가 언어라고 하셨소. 나는 아빠 오리에게 박수를 쳐줬다. 그래서요? 그렇기에 아무도 오리를 믿으면 안 된다고 하셨소. 이제 나는 거의 엎드려 아빠 오리의 말을 경청했다. 그냥 미친 오리였지. 결국 하수구에 머리를 박고 자살했소. 오리는 버려져야만 오리가 된다며. 새끼 오리들이 자꾸 책 근처에 가 주둥이로 페이지를 넘기려 했다. 됐소, 더이상 시간 낭비하고 싶지 않소. 아빠 오리는 새끼 오리들의 엉덩이를 차며 뒤돌았다. 하나만 더 물을게요. 나는 아빠 오리를 붙잡았다. 당신도 문학을 하십니까? 꽥꽥. 아빠 오리가 요동쳤다. 당신도 문학 오리죠! 아빠 오리가 소리쳤다. 아니요! 나는 절대 문학 하는 오리가 아니오! 아니요! 나는 오리의 목을 붙잡아 세웠다. 부탁이오. 제발 라이터로 날 불태워 죽여주시오. 꿱꿱. 나는 아빠 오리를 내려두고 편지를 읽었다.

내 하나뿐인 친구, 시인에게.
친구. 어제도 꿈을 꿨어. 네가 걱정하는 걸 잘 알아. 나도 널 걱정하고 있으니까. 그곳에서 나는 익숙한 현관에 서 있었어. 내가 보이지 않을 정도로 어두웠지만, 그곳이 오래전, 내가 작은 두 발로 아장아장 걸어올라갔던 계단이 있는 현관임은 쉽게 알 수 있었어. 계단을 올라가는 일이 스스로의 욕망을 세어볼 수 있는 유일한 일이라, 말한 적 있었지. 그래. 어둠 속에서 그 계단을 걸어올라가며 나는 초라해졌던 거야. 마지막 층계참을 밟았을 때 나타나는 민무늬의 쇠문과 낡은 초인종을 상상하며, 그리고 식탁에서 나를 기다리고 있을 남자와 여자에 대해 걱정하며 나는 비굴해졌지. 문에는 십자가가 달려 있었어. 이전에는 없었던 건데, 이상하지. 그럼 안에도 이전과 같은 사람들이 없는 것은 아닐까. 이상할 것도 없지. 내가 그 집을 떠난 건 벌써 오래전 일이니까. 초인종을 누르고 기다렸어. 벨소리는 변하지 않았더군. 그런데 도대체 이상하다는 건 무슨 말일까. 마침내 문이 열리고 늙은 여자가 나타났어. 안녕하세요? 청어 냄새. 오븐용 장갑을 끼고 있던 늙은 여자가 나를 껴안고 주저앉기 시작했어. 무너져내리는 여자를 잡아줬어야 했는데, 나는 그저 서 있었지. 안녕하세요, 라고 인사를 되풀이하면서, 내가 설마 그 말이 모든 것을 되돌릴 수 있다고 생각했던 것은 아닐까. 아니겠지. 뒤늦게 늙은 남자가 나타났어. 너에게 불쌍한 과일장수에 대해서 내가 이야기했던 적이 있을 거야. 그 불쌍한 과일장수가 늙은 여자의 뒤에서 더 불쌍해진 모습으로 나를 바라봤어. 안녕하세요. 우리는 식탁에 둘러앉았지. 늙은 여자는 두 손으로 내 오른손을 꼭 잡은 채 놓지 않았고, 불쌍한 과일장수는 말없이 냉장고에서 과일을 꺼내오고, 나는 거실에서 여전히 출렁이고 있는 커튼을 지켜봤던 것이 기억나. 우리는 많은 이야기를 나누지 않았어. 단지 식탁을 두고 오래 둘러앉아 있었지. 친구. 꿈속의 꿈에 대해서 생각해봤어? 꿈속의 꿈속의 꿈에 대해서는, 꿈속의 꿈속의 꿈속의 꿈에 대해서는? 그렇게 꿈을 자승하다보면, 꿈이 다시 현실이 될 수 있을까. 아니면 그건 계속 꿈인 것일. 차를 마신 후, 늙은 부부를 식탁에 남겨두고 화장실에 갔을 때, 나는 거울 속에서 여자를 발견했어, 물이 쏟아지는 세면대 위로 거울을 바라보고 있는 여자를. 나는 손을 들어 내 얼굴을 쓰다듬어봤지. 맞아. 여자도 손을 들어 여자의 얼굴을 쓰다듬었어. 믿기지 않는다는 표정으로. 자신이 누군지 모르겠다는 표정으로. 여자는 여자를 바라보고, 나는 여자를 바라보는 여자를 바라보며, 우리는 똑같은 이름을 되뇌었지. 페르시아. 페르시아. 친구. 나는 점점 더 모르겠어. 늙은 부부는, 초인종 소리에 문을 열어줬을 때 누구를 본 것일까. 누구를 안아주고, 누구를 식탁에 앉혀주고 누구의 손을 잡아주고, 누구의 표정에 눈물을 흘렸던 것일까. 친구. 화장실을 나와 집밖을 뛰쳐나갔던 것은 누구지? 대로변에서 비명을 지르며 뛰어다니던 건 누구지? 이 모든 것이 꿈일까? 어디서부터 어디까지가 꿈이지? 폐차된 버스에서 눈을 뜨고, 도끼날로 성기를 잘라버린 것도 꿈일까? 도대체 꿈은 누구지?

나는 호수에 빠뜨린 책들을 주워 주머니에 챙겨넣었다. 주머니가 축축해져서 팔짱을 끼고 고개를 숙였다. 폭풍이 오고 있다. 나를 고향으로 데려가기 위한 미친 바람들이 몰려오고 있다. 고향 없는 것들이 나를 시기하러 오고 있다. 나는 어린 학도병이 되어 그들에게 방아쇠를 당기고 싶으나, 나는 한 번도 군인인 적이 없었고, 전쟁도 겪지 못했으며, 고향은 죄 많다. 주머니는 얼지도 않고 물방울을 투욱 툭 흘려대는데 참새들이 내 주위를 떠나가고 있었다. 수치스러움이 오고 있다. 나를 고향으로 데려가기 위한 슬픔들이 몰려오고 있다. 고향 없는 것들이 나를 시기하러……

아내의 장례식을 마친 조합장은, 아들이 수감되어 있는 교도소를 찾아갔다. 나를 비난해도 좋다. 내가 네 어머니를 그렇게 만든 것일지도 모르니. 철창을 사이에 두고 걸으며 아들이 대답했다. 아니요. 당신이 하지 않았으면 내가 했을지도 몰라요. 당분간 그들은 대화 없이 걸었다. 조합장은 철망 안이 밖보다 온전하지 않을까 생각했다. 아들은 기지개를 켜며 멈춰 섰다. 아들의 팔등에 자해한 흔적이 보였다. 동생은 잘 지내고 있다. 식장에서도 의연하게 자리를 지켰어. 다시 걸으며 아들이 말했다. 아니요. 우리들은 저주받았어요. 조합장은 철망 없이 아들을 보고 싶었다. 아들의 눈은 자신과 달리 너무나 맑은데, 철망이 아들을 균열시키고 있었다. 누굴 탓하지는 않아요. 아들이 말했다. 당신은 당신이 밖에 있다고 생각하겠지만, 나는 오래전부터 당신이 안에 있는 것처럼 보이니까. 조합장은 대답하지 않았다. 바람은 부는데 흔들릴 것이 없었다. 조합장은 철망 구멍 안쪽으로 아들에게 지폐뭉치를 건네줬다. 미리 돈을 쥐여둔 교도원이 앞으로 십 분 남았다 예고했다. 십 분간 부자는 말없이 걷기만 했다. 저 뒤에서 교도원의 발걸음 소리만이 시계초침처럼 그들을 따라왔다. 조합장은 며칠 전 신부로부터 걸려온 전화에 대해 생각했다. 에베릴다가 신의 부름을 받았다는 전화. 성당에 작은 불이 났고, 모두가 밖으로 대피했는데, 그의 아내만이 옥상에 올라가 종 앞에서 혼잣말을 중얼거리며 성스럽게 불타 죽었다는 전언. 배신한 동지들의 목록을 살펴보던 조합장은 전화를 끊고 사무실 안을 서성였다. 벽에 걸린, 시市에서 준 상장들과 한 장뿐인 가족사진, 창밖에서 커피잔을 들고 떠들던 버스 운전수들의 그림자가 버스로 돌아가는 것을 보았을 때, 조합장은 어떤 거대한 재앙이 자신을 휩쓸고 지나가는 소리를 들었다. 이름 모를 재앙이 오직 조합장만을 남겨둔 채, 조합장이 아닌 모든 것들을 의미 없게 만들었고, 음성들이 잿더미가 된 세계 가운데서 조합장은 이제 자신이 다른 누군가에게 전화를 해야 한다는 사실을 깨달았다. 침묵과 죽음을 전달하기 위해서. 그러나 조합장은 누구에게 전화를 걸어야 할지 알 수 없었다. 헤어지기 전에 아들이 말했다. 확실히 하시죠. 조합장이 아들을 향해 뒤돌았다. 나머지 눈을 박든가 빼든가. 눈알 하나로는 울 수도 웃을 수도 없어요. 아들은 고개를 흔들며 교도소 식당 안으로 들어갔다. 빌딩으로 돌아온 조합장은 책상에 앉아 버스노동조합 궐기대회에서 읽을 연설문을 썼다. '동지 여러분. 밤은 무한히 뚫려가고 있습니다.' 지우고 다시. '동지 여러분. 우리는 도시를 막아내야 합니다.' 지우고 또. '동지 여러분. 미로는 복잡해지고만 있습니다.' 지우고 조합장은 책장에서 책 한 권을 꺼내 읽었다. 선대 조합장이 집필한 '고장난 버스 수리하기' 매뉴얼이었다. '버스는 언제든 고장날 위험이 있다. 강령. 운전수들은 버스를 고칠 생각을 하지 말 것. 운전수는 고장난 버스를 고장난 채로 몰고 가야 할 책임이 있으므로. 이 책은 자살하려는 버스를 어떻게 다독일 것인지에 대한 기술서다.' 조합장은 서문을 정독하고, 책을 덮었다. 그는 의자에서 일어나 테라스로 나가 전조등에 잠긴 도로를 내다봤다. 아니야. 버스가 아니라 운전수들이 고장나고 있어. 혼자 섹스하는 버스 운전수, 강도질하는 버스 운전수, 승객과 사랑에 빠지는 버스 운전수, 혼잣말하는 버스 운전수, 알약을 섭취하는 버스 운전수, 국경 너머로 버스를 훔쳐가는 버스 운전수, 실종된 아내를 찾는 버스 운전수, 마약을 운반하는 버스 운전수, 언제라도 자살할 준비가 되어 있는 버스 운전수. 운전수들이 버스를 사랑하고 있어. 너는 어떻지? 테라스 문을 열고 조합장이 들어왔다. 그는 조합장과 반대쪽 눈에 안대를 차고 있었다. 너는 어떻지? 조합장이 되물었다. 네가 사는 세계에서 너는 어떻게 하고 있지? 조합장이 대답했다. 나는 늘 너의 반대로 하고 있지. 둘은 테라스 기둥에 팔을 기대고는 줄지어 선 버스들과 택시들을 내다봤다. 내가 이 밤을 지킬 수 있다고 믿어왔는데. 조합장이 말했다. 너의 운전수들이 도시를 넓혀버린 거야. 조합장이 말했다. 너의 운전수들이 도시를 돌 때마다, 도시는 버스 뒤를 쫓으며 밤을 삼켜갔던 거지. 조합장이 말했다. 버스 운전수들은 죄가 없어. 조합장이 말했다. 아니. 그들이 가장 잘 알고 있었지. 조합장이 말했다. 우리들은 밤의 실마리야. 너의 운전수들은 그동안 뭘 하고 있었지? 조합장이 물었다. 우리 운전수들은 여전히 골목에 있어. 도시의 감시를 피해 있지. 조합장이 읊조렸다. 비겁한 새끼들. 조합장은 웃었다. 우리들은 밤에게 버림받았지만, 여전히 도시를 막아낼 수 있지. 조합장이 읊조렸다. 약골 새끼들. 조합장이 조합장의 어깨에 손을 올리며 말했다. 괜찮아. 언젠가 우리는 다시 하나가 될 테니까. 조합장은 테라스 기둥 모서리에 이마를 박으며 혼자 중얼거렸다. 그럴 수는 없어. 절대로 그럴 수는 없어. 그 누구도 모두가 되어서는 안 돼. 그것이 우리를, 우리가 모두를 파멸시키게 만들고 있다고.

일주일 뒤, 갑작스런 미술가의 초대에 린은, 자신의 상태를 확인해볼 겸 해변의 별장에서 열리는 파티에 참석했다. 늙어서 수도를 떠난 지식인들과 지역 자치장의 부인들, 그리고 극소수의 젊은 예술가들이 함께했다. 대부분 린이 누군지 알지 못했지만, 알아본 이들도 린에게 알은 척하지는 못했다. 다들 불타 무너져버린 성당에 대한 소문을 만들어내고 있기에, 린은 서재에서 은퇴한 수학자가 해주는 영혼에 대한 이야기를 주의깊게 들었다. 그 이야기가 영혼이 자신에게 있는지 없는지 확인하는 방법은 살인을 해보는 수밖에 없다는 결론으로 끝이 났을 때, 린은 정말 그 방법밖에 없는 것인지, 당신은 그걸 해본 적이 있느냐 물었고, 수학자는 젊을 적, 자기는 전쟁터에서 그걸 수도 없이 해봤고, 비밀이지만 최근에도 노숙자를 살해한 적 있다고, 용기 가 없다면 꿈을 통해서라도 살인을 해봐야 한다고 못을 박았다. 같이 듣고 있던 요코스카에서 온 시인이 물었다. 반대의 경우는 어쩌지. 린 은 요코스카에서 온 시인의 말에 귀를 기울였다. 나는 살해당해봤어. 린이 손바닥으로 그의 뺨을 때렸다. 당신은 살아 있어요. 요코스카에 서 온 시인이 린의 팔목을 붙잡고 말했다. 맞아. 지금은 살아 있어. 그 러고는 다시 고개를 숙였다. 하지만 조만간 다시 살해당할 거야. 린 은 왜인지, 자신도 모르게 두 손으로 요코스카에서 온 시인의 손을 포 개 감싸주며 물었다. 누가 당신을 살해하는데요? 요코스카에서 온 시 인의 눈은 초점이 없었고, 마치 눈동자가 녹아내리고 있는 것처럼 눈 밑이 심하게 어두웠다. 모르겠어. 나도 살인범을 찾아내기 위해 벌써 서른네 번이나 살해당해봤지만, 범인의 정체를 알아낼 수 없었어. 늙 은 수학자가 혀를 차며 서재를 나가버렸다. 린은 손을 들어 요코스카 에서 온 시인의 헝클어진 머리카락을 넘겨줬다. 천천히 이야기해봐 요. 어떻게 서른네 번씩이나 살해당하고도 살아 있을 수 있는 거죠. 요코스카에서 온 시인이 대답했다. 잘은 모르겠지만, 사람은 살해당 할 경우 기회를 얻게 되는 것 같아. 자신이 원하는 순간으로 돌아갈 수 있는 기회, 왜냐하면, 내가 살해당했다고 느낀 순간, 나는 항상 아 무 일도 없었다는 듯이, 이 도시의 도서관에서 친구와 함께 시집을 읽 고 있거든. 요코스카에서 온 시인은 긴 숨을 내뱉고 말을 이었다. 그 렇게 살해당하기 전까지 이전과 똑같은 삶을 살아가는 거야. 린은 요코스카에서 온 시인을 찬찬히 훑어봤다. 그는 미친 게 확실하지만, 거짓말을 하고 있는 것 같지 않았다. 그 말이 사실이라면 당신에겐 수많은 선택권이 있었을 거 아니에요. 다시 시작하면 시작할수록 그 선택권은 더 많아졌을 거고요. 그런데도 계속 같은 삶을 살며 결국 살해당한다고요? 요코스카에서 온 시인이 처음으로 린의 눈을 마주하며 미소지었다. 아니. 아무런 선택권이 없어. 매일 시를 읽고 시를 쓰는 그 순간들이 얼마나 기쁜데 내가 어떻게 감히 다른 결정을 내릴 수 있겠어. 고작, 내가 어쩌겠어. 그 거대한 기쁨 앞에서. 영원히 같은 구간을 반복하며 살해당하는 수밖에. 린은 요코스카에서 온 시인의 눈을 마주하곤, 그가 시에게 살해당한 것임을 눈치챘다. 린이 서재 밖으로 나왔을 때, 팔에 털이 수북한 남자가 린의 어깨를 붙잡았다. 린. 한참 찾았잖아. 왜 저런 미친놈의 이야기를 늘어주고 있는 서시? 린은 어깨에서 미술가의 손을 내려놓으며 말했다. 사람은 누구든 미칠 수 있어요. 이전보다 콧수염이 두 배가량 길어진 미술가가 담배를 물었다. 진정한 예술가들은 선택을 받아야 해. 선택된 자들만 올바르게 미칠 수 있지. 저놈은 작품을 망친 뒤, 고작 그 슬픔에 미친 것에 불과해. 미술가의 입에서 담배연기가 삐져나왔다. 린은 구역질이 올라왔지만 잘 참아내고. 미술가에게 등을 돌렸다. 어디 가. 나 드디어 이혼했어. 린이 미술가를 남겨두고 별장의 긴 복도를 걸어갔다. 난 이제 자유의 몸이라고! 곧 게이도 되어볼 거야! 내가 바로 진짜 좆나 예술가다! 등뒤에서 미술가가 멀어질수록 린은 그녀의 안에서 보잘것없이 작아져가는 그의 존재감을 느꼈다. 또한 자신의 중심부에 똬리를 틀고 온몸에 퍼져가던 불온한 기운들까지. 그녀의 몸에 전과 다른, 그 이전과도 다른, 그 이전의 이전과도 또다른 그녀가 들어온 것만 같았고, 걸어가는 그녀의 모습에서, 새로운 몸짓이 생겨났다고까지 느껴졌다. 이제 다시 게이들에게 전화할 수 있지 않을까. 기쁜 이야기들에, 질 좋은 농담을 섞어가며, 웃음이 끊이지 않는 통화를 할 수 있지 않을까. 어쩌면, 전보다 더 좋은 대화를 할 수 있지 않을까. 린은 휴대폰을 들고 게이들의 전화번호를 들척이다가, 웃음이 많았던 뉴욕대 출신의 게이에게 전화를 걸었다. 두 번은 그의 휴대폰에, 한 번은 그가 인턴으로 일하던 사무실에 걸었지만 모두 받지 않았다. 린은 휴대폰을 끄고 해변을 거닐었다. 별장의 휘황한 불빛이 해변가까지 와 닿았다. 야상 지퍼를 끝까지 채워올린 몇몇이 바다로 걸어들어갔다가 다시 뛰어나오곤 했고, 그들이 소형 라디오로 틀어놓은 뉴 오더가 파도 소리와 섞여 백사장으로 밀려들어오기도 빠져나가기도 했다. 차마 백사장까지는 들어가지 못하고, 백사장으로 이어지는 돌담길을 걷던 린은, 뉴욕대 게이가 일했던 사무실에서 걸려온 전화를 받았다. 수화기 너머로 게이 대신, 몇 번 대화를 나눴던 접수원 여자의 목소리가 들려왔다. 그녀는 그가 결혼식을 위해 며칠 전 비행기를 타고 도시를 떠났고, 아마 지금쯤 결혼 전 마지막 리허설을 준비하고 있을 것이라 전했다. 린이 한 번도 타보지 못한 비행기와 한 번도 들어보지 못한 동네를 머릿속으로 그려볼 때, 접수원은 친절하게도 린에게 그가 묵는 호텔의 연락처를 알려주며 덧붙였다. 행복한 게이들이 오랫동안 당신을 기다렸어요. 린은 감사하다는 인사와 함께 전화를 끊었다. 백사장에서 놀던 이들이 술병을 들고 올라와 린의 곁을 지나갔다. 린은 심호흡하며 걸었다. '그들이 나를 잊지 않았구나. 그들이 나를 사랑했구나.' 백사장으로 내려가는 계단에 걸터앉아 그녀는 휴대폰을 들고, 호텔 전화번호를 하나씩 천천히 눌러갔다. 처음 듣는 지명을 읊조리며, 그곳이 어디에 있는지, 그 동네 사람들이 어떤 말투로 농담하고, 어떤 옷을 입고 다니는지 짐작도 되지 않지만, 통화음이 이어질 동안 린은 벨소리가 울리고 있을 호텔 방을 상상했다. 우선은 고전적인 전화기의 모습을. 두툼한 이불이 얹혀 있는 커다란 침대를, 벽에 단정히 걸려 있는 두 벌의 레몬빛 샤워가운, 흔들리는 커튼, 커튼을 적셔오는 햇빛들. 창문 너머로 새하얀 백사장이 보였다. 낮은 파도가 입장해오고 가끔 몇 갈매기들이 하늘을 날아드는 해변. 흰 천이 깔린 의자에 앉아 웃고 있는 사람들, 즐거운 창녀들과 예술가들이 타악기를 연주하는 악사에게 박수쳐줄 때, 몸이 까맣게 그을린 동네 꼬마들의 손을 잡고 턱시도 입은 행복한 게이들이 걸어왔다. 선서가 끝나자 공중으로 흩뿌려지는 꽃잎. 바람이 불면, 약속한 듯이 다 함께 어깨를 움츠리고 바람의 방향대로 미소를 일그러뜨리는 모든 사람들을 상상할 동안 그 어느 곳에도 린은 없었다. 여보세요? 린은 캄캄한 해변 앞에서 아무 말도 대답할 수 없었다. 누구시죠? 그녀는, 끝이 보이지 않는 어둠의 수평선 속으로 그녀 안에서 그녀가 애써 돌려놓았던, 그녀의 정상적인 시간들이 빨려나가고 있음을 느낄 수 있었다. 그녀는 속절없이 비어갔고, 수화기 너머로 들려오는 알 수 없는 언어처럼, 그녀는 그녀를 감싸안고 있던 공기가, 그리고 그녀 그 자체마저 낯설어져갔다. 휴대폰을 떨어뜨린 린이, 입을 벌린 채, 쓰레기들이 널린 백사장으로 걸어들어갔을 때, 방금 그녀가 생각으로 그녀의 또하나의 미래를 소진해버렸다는 것을, 그녀가 더이상 미래를 생각하며 살아갈 수 없다는 사실을 온몸으로 감지해냈을 때. 그녀는 저멀리 그녀의 반대편에서부터 어느 커다란 사람이 자신을 향해 터덜거리며 걸어오고 있는 것을 보았다. 저멀리, 백사장에 버려진 술병 조각들에 발바닥이 베이며, 바다 너머에서 불어오는 해풍에 만신창이가 된 몸을 휘청거리며, 누군가가 간신히, 한 발짝 한 발짝 옮겨오고 있었다. 린은 백사장 한가운데 멈춰 서서, 그 커다란 사람이 자신의 앞까지 도착하기를 기다렸다. 그 혹은 그녀가 자신을 심판해주길 기도하면서. 얼마 지나지 않아 어둠 속에서 그녀 앞으로, 조명이 고장나, 곧 터질 듯 내부를 깜빡이는 버스 한 대가 다가왔다.

눈은 구체적으로 내릴 것이다. 그래서 누구한테 그리 열심히 편지를 쓰시는 건가요? 검시관이 물었다. 나는 편지지 위에 볼펜을 내려놓고 물었다. 밖에 눈이 내리고 있을까요? 검시관은 눈썹을 긁으며 대답했다. 모르죠. 신경쓰면 그들에게 지는 거예요. 진다고요? 눈들에게요? 내가 묻자, 네. 검시관이 딱 잘라 대답했다. 나는 편지지를 정리해 외투 안주머니에 집어넣고, 손을 모아 입김을 불어넣었다. 제 물음에는 아직 대답하지 않으셨는데요. 검시관이 손가락 사이로 부검용 칼을 돌리며 말했다. 내가 자리에서 일어나, 부검실의 벽면을 따라 걸을 때, 검시관이 한번 더 물었다. 편지를 누구한테 쓰시는 거죠. 내가 손바닥을 펼쳐 벽에 갖다대며 대답했다. 불멸자들이에요. 손바닥 안으로 벽 밖의 눈보라 소리가 들려왔다. 냉소적이며 분열적인. 등뒤에서, 잠시 말이 없던 검시관의 낮은 목소리가 울려왔다. 알아요. 그게 무슨 말인지. 내가 검시관을 향해 뒤돌아 물었다. 당신이 안다고

182

요? 검시관이 고개를 끄덕거리며 대답했다. 그럼요. 내 안에도 수많은 씹새끼들이 살거든요. 나는 다시 스툴에 앉아 입을 다물었다. 검시관은 서서, 우리 가운데에 놓여 있는 악몽을 칼로 그어버렸다. 완전히 베어지지는 않았지만, 그걸로 악몽이 비명을 지르지 못한다는 사실은 알 수 있었다. 그럼 이건…… 손에 장갑을 끼던 검시관이 말끝을 흐렸다. 맞아요. 그저 그들 중 하나일 뿐이죠. 내가 덧붙여 물었다. 사인은 자살인가요? 검시관은 고개를 갸웃거리며 톱과 대검을 꺼내들었다. 열어보면 알겠죠. 그런데 그거 아세요? 내가 악몽의 한 귀퉁이를 톱으로 잘라내는 검시관을 올려다보며 물었다. 무엇을요? 이마에 땀이 흥건해진 검시관이 대답했다. 오직 선량한 사람만이 자살할 수 있어요. 악몽은 이제 머리와 팔다리로 추정되는 부위가 모두 잘려나가 바닥에 굴러다니고 있었다. 그렇군요. 나는 내 발 주위로 꿈틀거리며 다가오는 악몽들을 피하기 위해 자리에서 일어나야만 했다. 생각 속에서는 이런 걸 본 적이 없나봐요? 검시관은 이제 나를 오랜 친구처럼 여기고 있는 것 같다. 내가 대답하지 않자, 몸뚱이만 남은 악몽 한가운데에 대검의 날이 깊숙이 들어갔다. 자, 이게 내가 제일 좋아하는 부분이에요. 검시관이 양손으로 대검 손잡이를 잡고 악몽의 한가운데를 갈라버리기 시작했다. 나는 배를 붙잡고 주저앉아 목구멍으로 넘어오는 토사물들을 다시 목구멍 안으로 집어삼켰다. 만만치 않아요. 검시관이 말했다. 역시 그 누구도 만만치 않아요. 검시관은 까치발을 세워 힘점을 높인 후, 대검을 더 깊숙이 찔러넣었다. 그후 테이블 위로, 악몽이 내는 것인지 검시관이 내는 것인지 모를 신음이 끊임없이 이어졌고, 한참 후에야 사람 목소리가 들려왔다. 와.

이것 좀 보세요. 고개를 들자, 검시관이 악몽 안에 얼굴을 파묻고 있는 것이 보였다. 이리 좀 와봐요. 나는 떨리는 두 다리를 잡고 물었다. 사인은 밝혀졌나요. 검시관은 여전히 악몽 속에 얼굴을 파묻고 나에게 말을 걸었다. 우와. 깜찍한데요? 당신이 직접 확인해보세요. 나는 점점 이 짓거리가 참기 힘들었지만, 내 발은 이미 내 의지와 상관없이 움직이고 있었다. 내가 내 발에 이끌려 악몽 가까이에 갔을 때, 악몽 밖으로 얼굴을 빼낸 검시관이 말했다. 놓치면 후회하실 거예요. 피인지, 약품인지 모를 액체가 잔뜩 묻어 얼굴을 식별할 수 없게 된 검시관이, 어서 당신 친구 좀 봐보라니까요! 두 손으로 내 뒤통수를 잡고는 대검에 베여 갈라진 악몽 한가운데로 내 얼굴을 박아 넣었다.

버스에 올라탄 린은 도끼와 식칼로 도륙된 버스를 둘러봤다. 그곳에서 무슨 일이 있었는지, 린은 반쯤은 알 것도 같았으나, 더이상 생각하려 들지 않았다. 목테수마는 버스 핸들에 머리를 박은 채 린을 쳐다보지도 않았고, 린은 운전석에서 가장 가까운 자리에 앉아 물었다. 이 버스는 어디로 가는 거죠. 운전석에서 목테수마가 대답했다. 모르겠어요. 버스 전등이 경련하듯 깜빡였다. 린은 그녀의 무릎 위에 두 손을 올려두었다. 예전에 버스 운전수와 잔 적이 있어요. 린이 한 손으로 자신의 다른 손을 쓰다듬으며 말을 이었다. 그 사람은 그 사람이 왜 버스 운전수가 됐는지 이야기해줬죠. 목테수마는 여전히 핸들에 이마를 박은 채, 혼잣말처럼 대답했다. 그렇군요. 그런데, 그때 그 사람이 뭐라 했었는지 아무리 생각해봐도 기억해낼 수 없어요. 목테수마는 핸들에서 이마를 떼곤 룸미러로 린을 살펴봤다. 자그마한 룸미러 안에서, 린의 좁은 어깨가 그녀의 숨소리에 맞춰 위아래로 움직이는 것이 보였다. 이곳에 왜 들어오셨나요. 목테수마가 묻자, 모르겠어요. 린이 손바닥으로 그녀의 얼굴을 쓸어내리며 대답했다. 갈 곳 없이 버스에 타는 사람들을 알아요. 린이 룸미러를 쳐다보자, 목테수마는 그녀의 눈을 피하고는 말을 이었다. 하지만, 당신은 그들과도 다르네요. 버스 안에, 끼익 전구의 소리만 맴돌았다. 혹시. 뜸을 들이던 목테수마가 물었다. 당신은 버스인가요? 린은 손가락으로 의자에서 흘러나온 솜뭉치를 휘저으며 대답했다. 그게 무슨 헛소리죠? 목테수마는 다시 룸미러를 흘겼다. 그건 아니군요. 그러고는 난 그저. 설명하려다 자신의 물음과 린의 대답을 돌이키곤 입을 다물었다. 무슨 소리예요? 린이 물었고, 아니요. 목테수마는 대답하지 않으려 했지만, 린의 시선을 느끼곤 말을 이었다. 그러니까, 난 당신이, 버스가 사람이 되어 내 앞에 나타난 건 아닐까 생각했어요. 린이 대답했다. 미친 소리네요. 맞아요. 목테수마는 고개를 저었다. 그는 자신이 마지막으로 웃었던 것이 언제인지 떠올리려 했으나 아득했다. 찢어져 발가벗겨진 버스의 복도를 거닐며 린이 물었다. 설마 버스와 섹스도 하셨나요. 목테수마는 그의 얼굴근육이 움직이고 있는 걸 느꼈지만 그게 어떤 표정인지는 기억해내지 못했다. 이건 그냥 꿈일 뿐이에요. 박살난 창문 사이로 들어온 바람이 복도를 헤매다 반대편 창가 쪽으로 빠져나갔다. 린은 이 안에서는 바람도 깨져버리고 있다고 생각했다. 어디 가고 싶은 곳이 있나요. 목테수마가 룸미러를 살피지 않고 물었다. 어디든 갈 수 있는 건가요. 네. 그게 버스 운전수의 유일한 장점이거든요. 린이 말했다. 멋진 일이네요. 멋진 일. 목테수마는 혼자 작게 중얼거렸다. 그래도 저는 가고 싶은 곳이 없어요. 린이 창문 커튼을 치며 말했다. 그렇게 시작하는 거죠. 네? 목테수마의 말에 린이 되물었다. 창밖을 보지 않고 상상하는 것에서부터 시작하는 거예요. 목테수마가 버튼을 누르자, 버스 창가에 블라인드가 내려갔다. 그리고 집중하는 거죠. 밖에 대해서. 계절도 상관없고, 국적도 상관없어요. 모스크바의 설원일 수도 있고, 칠레의 광장일 수도 있는 거죠. 린은 목테수마의 뒷모습을 지켜봤다. 목테수마가 다시 커튼을 거뒀을 때, 그의 등이 수축되듯 작아지는 것이 보였다. 영원히 초라한 일이죠. 순간 린은 비어 있던 자신의 안에서 무언가 샘솟는 것을 느꼈으나, 그것이 다시 사라질까 두려워 모른 체했다. 나는 이제 다시는 아무것도 이해하려 하지 않을 거예요. 린의 말에, 목테수마는 뒤를 돌아보고 싶었으나, 그래요. 그 무엇도 설명할 필요도 없는 거죠. 반시동으로 놔두었던 버스의 시동을 켰다. 집까지 데려다드릴게요. 룸미러의 린이 고개를 저었다. 아까 이곳이 당신의 꿈이라 하셨죠. 목테수마는 대답하지 않았다. 정말 이게 당신의 꿈이라면 날 데리고 바닷속으로 들어가주세요. 이번에는 목테수마가 고개를 저었다. 어리석은 짓이에요. 린이 목테수마의 어깨에 손을 올리며 말했다. 날 똑바로 봐요. 목테수마가 고개 돌려 그녀의 얼굴을 마주했다. 린의 어깨가 흔들리고 있었다. 버려진 새처럼. 우리는 악몽 속에 있는 거예요. 이게 우리의 악몽인지 다른 누군가의 악몽인지는 중요하지 않아요. 우리가 어떻게 악몽에서 깨어날 것인지가 중요한 거죠. 목테수마가 서 있는 린을 올려다보며 물었다. 집을 잃은 개처럼.

깨어나도 똑같다면요. 린이 목테수마의 어깨에서 손을 내려놓으며 대답했다. 그래도 우리는 끝까지 갈 시도는 해본 거잖아요. 그들의 앞에 하나의 바다가 놓여 있었다. 하나의 밤, 하나의 그림자, 하나의 종말론이 아닌, 하나의 단지 바다일 뿐인 바다. 바람이 아닌, 바다가 버스를 흔들고 있다고. 목테수마는 자리에서 일어나 린을 들어 안았다. 목테수마의 팔에 안겨 린이 발버둥쳤다. 뭐하는 짓이에요. 버스 문을 열며, 목테수마가 말했다. 모두가 끝까지 갈 필요는 없어요. 버스 문 밖으로 린을 던져버린 목테수마는 버스 문을 닫은 뒤, 방금 전 그의 품안에서 날뛰었던 가능성을 돌이켜봤다. 그의 품 밖으로 질주하듯 도망치려 했던 긴장감에 대해. 순수한 척 포옹해오려는 불행의 징후들. 버스 문이 덜컹거렸다. 날 데려가주세요! 큰일날 뻔했어, 날 두고 가지 마세요! 악몽이 나를 학습하고 있잖아. 덜컹덜컹. 야 이 개새끼야! 미친년들까지 나를 흉내내고 있는 거야. 목테수마는 액셀 위에 발을 올렸다. 자정이었다. 도시는 불빛을 보내오는데, 버스는 조명을 꺼뜨리고 서서히 앞으로 나아갔다. 비틀거리며, 가끔 정지하여 몸을 추스르고, 다시 비틀거리며. 백사장에 긴 발자국을 남기면서 파도 가까이로. 린은 가라앉는 버스를 보았다. 스스로부터 실종되려는 듯이, 도시를 벗어난 한 대의 버스가 네발을 절룩거리며, 모래 위에 기다란 문장들을 휘갈겨 남겨놓은 채, 무한한 어둠 속으로 걸어들어가고 있었다. 목테수마는 하늘을 올려다봤다. 어둠 속에서 빛나는 별이 보였다, 별을 계속 올려다보고 있자, 목테수마는 별을 올려다보는 자신을 볼 수 있었다. 바다와 하늘의 경계가 없는 곳에서, 별인지, 윤슬인지 모를, 반짝이는 구멍 같은 빛들을 보고 있는 자신의 뒷모습을. 그러나 빛을 올려다보는 자신의 뒷모습을 바라보고 있는 것이 누구인지 알 수 없었다.

---

* 다무라 류이치의 시 「사천의 날과 밤」 중에서.

나방, 평행

가능성. 우리는 함께 도형을 그린다. 유리창 너머 고가도로의 곡선들을. 유리창에 비치는 우리와, 물이 어항을 지나간다. 코너를 돌면 사라지는 위상공간들을. 언젠가 내가 나를 지나버렸듯이. 히가시 마이즈루 역에서, 해안가로부터 술 취한 해상자위대의 노래가 들려오는 골목에 들어서면, 우리는 전갱이덮밥집 뒷문에서 서로를 마주했고, 아마 우리는 서로의 근황에 대해 이야기했다. 혼자 여행 온 사람들은 살인마처럼 걸어다녔지. 나는 기하학적인 꿈에 관하여, 나는 숭례문에 관하여. 그것이 아직도 불타오르고 있냐고. 훌륭히 복원되었다는 나의 대답에, 나는 한번 불에게 선택받았던 것은 영원히 불의 그리움 속에서 살게 된다며. 골목에서는 화창한 봄날의 대낮임에도, 불타오르는 소리를 흉내내며, 단지 나방 한 마리가 돌아다니고 있었고, 나는 나방을 지나 들어온 골목의 반대편 입구를 향해 걸어갔는데, 전갱이덮밥집을 지나니 다시금 해상자위대의 노랫소리가 들려왔고, 마침내 내가 골목을 빠져나왔을 때, 저멀리, 마치 또다른 바다에서 벌어지고 있는 사건처럼, 나에게로 수평이 다가왔음을. 위성도시. 지하철 플랫폼에서는, 책을 들고 서 있는 사람들이 쏟아졌고, 우리는 잠시 덜컹거리며 분류되었고, 바로크, 누보로망, 고아가 된 컬트로. 초저녁, 고개를 들어 관람차를 구경하는데, 관람차는 죄책감의 숭배자처럼 회전했고, 우리는 공중 밖에서, 공중 속으로 기어 돌아가는 노을에 표정을 물들여가며 해변 유원지를 걸었고, 비키니를 입은 몇 뚱뚱보들을 지나칠 수 있었고, 키다리 광대와 나란히 서 있다가, 롤러블레이드를 타고 다니는 아이들을 피해 온 청년은 손가락이 없는 손을 내밀면서 자신이 아무 죄가 없다 말했고, 우리가 수영장에 들어가 수면 위에 얼굴을 그리자, 배영으로 나아가는 얼굴들에게서는 표정이 보이지 않았고, 지하철 플랫폼에서는, 역무원이 아무도 뛰어내리지 않은 철로를 향해 말을 걸고 있었고, 거지들은 신문으로 얼굴을 가리고선 아직 마주하지 못한 불빛에 관해 심각한 척했고, 비에 젖으면 극장에 들어가 캄캄해진 채, 여장 남자들이 스테이지 위에 올라와 마츠다 세이코 노래를 부르는 것을 구경했고, 그들은 교토 성에서 갑옷을 입고 서 있었고, 노란색 유치원 봉고차에 타 있었고, 기요미즈데라를 지나가며, 지구인들의 주머니들이 모두 이어져 있으면 좋겠다고 택시 기사가 이야기했고, 가끔 낮의 대책 없는 환함, 그 기만 가득한 행포에 질려 무의식적으로 불빛을 중얼거리는 가로등처럼. 나는 교복을 입고 교실의 맨 뒤 책상에 앉아, 점심시간에 매점에서 사먹을 카레빵을 생각했다. 그러자 우리 학교에 매점이 없다는 사실을 깨닫게 되었는데, 짝꿍이 나에게 교내의 레즈비언 동아리에 대해 알고 있느냐고 물어왔다. 관객 앞에서, 검은 천을 펼쳐 자신을 사라지게 만들어버린 뒤, 한 세기 동안 실종되어버리는 마술사만큼 사랑해, 그 이유는 그녀들이 소년기의 깨끗한 남자아이들과 닮았기 때문이야. 짝꿍은 나에게 더러운 페도필리아라며 두 번 다시 자신에게 말도 붙이지 말라 경고했다. 창밖에서 목련꽃이 궁륭을 침투한 햇빛처럼 멸망하고 있었다. 운동장은 환히 드러나고 있었으나, 나는 비 내리는 칠판 속으로 걸어 들어갔다. 우산 없이, 주머니에 손을 찔러넣고 걸어가는 나의 묘사가 이미 역겨웠다. 나는 어둔 녹색의 시가지를 모두가 바라보고 있다는 듯 스스로를 의식하지 않으려 애쓰며 가로질러갔고, 종종 침을 뱉으며 짐작하고 있었다. 내가 방정식이 쌓여 있는 시장가의 한구석에서 시체로 놓여 있을 산문을 발견하게 되리라는 것을. 아직은, 그러지 않았다. 대신 레인코트를 입은 시경들이 부러 웅덩이들을 짓밟으며 나를 지나갈 때나, 음성 없는 소매치기들이 행상인들의 시계를 훔쳐갈 때, 나는 그들이 남겨두고 간 분위기, 독백의 그림자를 향해 일찍이 나의 항변을 중얼거렸다. 우리가 모두 유목민이었기 때문에. 게으른 절름발이도 있었겠으나, 어린양과 유성우를 향해 자위하는 선지자들도 있었겠으나, 우리는 언제나 걸었고, 나와, 네가 각자의 국가로서, 정지된 사막에서도, 나체의 호수에서도, 걸음을 쏟아내며, 우리는 우리의 온 감각이 영원히 걸어야만 하는 줄 알았기에, 내가 지금 커튼이 묶여 있는 교실 한편에 앉아서도 반쯤 열린 사물함에서 새어나오는 허기 위를, 미래적으로 걸어가야만 한다 생각하고 있다고. 그래서 이 칠판, 단색의 간결한 세계로 도망쳐 와, 이차원이 되어 입방체의 공허함을 유린하고 있으니, 잠시 나를 내버려두어달라. 이제 곧 여름이라는 발가벗은 강간마가 나를 찾아와, 직선으로 나아가는 나의 거리와, 수직으로 상승하는 나의 꿈을, 이윽고 한 쌍의 원으로 엉켜지고 있는 나의 질환까지도, 매미가 우는 소리를 질러대며 겁탈해버릴 터이니 부탁건대 그때까지만. 내가 네모나게 젖어갈 동안, 선생님은 말씀하셨다. 교외는 이미지다. 나는 홀로 비를 추적했다. 좇으면 좇을수록 무수해지는 무력감의 중독자처럼. 연약한 척 휘날리고 있는 이 심연의 투명한 암살자들만이, 내가 이 세계에서 말을 섞을 수 있는 유일한 동행자인 것마냥. 놀랍게도 짝꿍은 나를 눈치채고 있었다. 내가 나 몰래 나를 소외시키려 드는 비의 꼬리를 붙잡기 위해 애쓰듯, 짝꿍의 눈길 또한 집요하게 나의 모서리에 닿아지고 있었고, 결국 나의 귀퉁이와 이어져버린 그 길 위로. 낡은 나룻배 한 척이 빗물을 양 갈래로 갈라놓으며 짝꿍을 나의 세계로 마중해오고야 말았는데, 짝꿍은 불타오르지 않는 어선 위에 서서, 가라앉지 않고 있었다. 짝꿍은 술병들이 굴러다니는 광장 가로등 불 밑에서, 흔들리는 만국기를 지켜보는, 동성애자 왕자가 되어 오층 창문가에 서 있었다. 그러나 나로서는 도저히 이해가 안되고, 흡사 저주의 형태라 생각되는, 바다에 떠 있는 어선의 모습. 도대체가 나는 그것이 불가능에 가까운 일이라 느껴지지만, 확실히 사실적인 형태로, 물위에 커다란 사물이 떠 있으며, 커다란 사물 위에 짝꿍이 서 있는 정방형의 장면만이 내 앞에 실재하는 것 같았고, 선생님이 다시 한번 말씀하셨다. 교외는 발생하고, 환각된다. 몰려오는 그늘. 목련나무, 구령대, 달리기 트랙, 창밖에서 나의 첫사랑들이 봄을 따돌리고 조퇴하고 있었다. 짝꿍은 선생님에게 불려나가 칠판지우개를 들었으나, 적혀 있지 않은 것들은 지울 수 없었다. 내가 나에게 말해주기를, 나는 아직 무한해. 우리는 생각했다. 어쩌면 시간은 공백이고, 공백은 무늬일지도 모른다고. 내가 나에게 짝꿍에 대해 말해주기를, 나는 어떤 형태로든 계속 그이를 경험하게 될 거야. 격자무늬의 타일들. 나아가고 간섭되다 사각의 형태로 고정되어버리고야마는 선위로, 군홧발이 행진했다. 미군들이 속삭이듯 담뱃불을 붙였고, 명동성당 앞의 나무들은 오르간 음계처럼 풍성했다. 그들의 몸짓이 스스로가 순결한 복음인 척 구는 것과 같이, 나뭇가지에 걸린 파란 풍선은 꼬리를 흔들거리며 예언가 행세를 하고 있었으나, 수녀들은 자기 머리보다 높은 곳을 쳐다보지 않았다. 우리는 자전거를 타고 지나갔다. 교자집을 지나, 에이랜드를 지나, 고개를 숙인 채 빌딩 뒤로 사라져버리는 잿빛 신부들과, 슈트를 빼입고 쏘다니는 회사원 무리를 지나, 풍선이 예지하듯, 곧 몰려올 태풍을 마중하기 위해, 그들이 매미들을 입막음하여 나무의 소란스러움을 박탈해버리듯, 이 도시를 묶어두고 있는 비겁함을 쫓아내버리길 고대하며. 조선호텔을 지나, 낙원상가를 지나, 수많은 게이가 모여 앉아 다리를 꼬고 있는 커피숍을 지나, 우리는 자전거의 속력을 통해 나무 아래를 체험했는데, 나는 동인도회사 술집 거리에서 쏟아지는 별을 보았고, 나는 시류궁에서 서태후를 시중했고, 나는 맨발로 잭슨빌의 코너를 돌아, 술에 취해 모래 해변에서 토했다. 우리가 통과해온 수평의 나무 시선 틈에서, 지금 그들도 우리를 지나가고 있음을 우리는 겪을 수 있었다. 인사동에서는 노숙자 옆에 쭈그린 개 한 마리를 보며, 동물들이 음란해지고 있다는 생각이, 이제 모든 인류가 개에게 강간당할 것이라는 두려움이 몰려왔고, 간송미술관을 지나, 교복 입은 초등학생들이 줄 서서 단체 사진을 찍

고 있는 경복궁 앞에서는, 교장으로 보이는 노인이 카메라의 타임셔
터를 누르고선 초등학생들 무리로 뛰어 돌아오고 있었고, 우리는 아
무것도 바라지도, 기도하지도 않았지만, 뒤뚱거리며 달려오던 노인의
중절모가 바람에 날아갔고, 모자는 구름을 향해 회전하며 솟아올라가
는데, 아이들의 웃음소리가 모자가 날아올라간 곳에서부터 경복궁 안
으로 쏟아지는 듯했다. 나는 마당의 늙은 여자를 노려보았다. 노인은
마치 자신이 처음부터 노인이었던 것처럼, 신에게 노인인 채로 낙태
당해버린 기분으로 낯익은 주택가를 배회하는 것 같았고, 나는 노인
을 향해 침을 뱉으며, 미친년은 꺼지라고, 내가 어머니를 붙잡고 말하
기를. 어서 당장 저 정신병자를 내쫓아버려달라, 제발, 그래야만 내가
다시, 가끔은 위태롭지만 전반적으로 평화로운 나의 세계를 이어갈
수 있을 것 같다 사정했다. 어머니는, 노인들을 그렇게 대하면 안 된
다고. 설령 저분이 정말 정신 나간 사람일지라도, 우리가 선량함을 가
장하여서라도, 우리가 우리의 선의를 역겨워함을 누군가에게 들킬 것
만 같더라도, 우리는 저 사람을 도와줘야 한다며, 나를 나무랐으나,
갑자기 나는 이상하게도 정말 내가 늙은 미친년인 것마냥 괴성을 내
뱉었다. 메이유, 메이유. 나도 내가 무슨 소리를 내고 있는 것인지 알
수 없으나, 메이유, 메이유. 머리에 작살을 맞은 캥거루가 안식을 찾
아 배회하듯. 이미 죽은 상태의 귀신이 자살하며 죽음을 전복하듯이.
언어가 통째로 나에게서 벗겨져나간 것처럼 소리질렀다. 대낮이었다.
빛에 강간당하고 있는 사물들이 각자의 자리에 멈춰 서 수치심을 견
뎌내고 있었다. 소녀는 겁에 질려, 마당에 죽은 척 자빠져 있는 화초
의 그림자 속에 숨어들었지만, 나는 소녀를 바라보며, 소리가 늘 어둠

을 초월해왔다는 것을 기억해냈고. 노인은 소녀일 적을, 소녀는 노인일 적을 기억 못하고, 소녀는 노인이, 노인은 소녀가, 우리는 수치스러움 그 자체가 되어 자전거 페달을 밟았다. 저멀리, 사직터널 안에서부터 한 떼의 자전거 무리가 우리에게로 쏟아져 오는데, 원으로 운동하는 것은 박자가 없고, 수치스러움의 음악은 영원할 것 같았다. 내가 나에게 말해주기를, 나는 아직 무한해. 내가 대답하기를, 아니. 나의 선형만이 무한해. 우리는 휘파람을 불어 마차를 세웠다. 마차 기수는 별을 보며, 우리는 묘지를 지나며 우리가 우리에게 질리지 않기를 기도했고, 마차 기수가 말하길, 저곳에서 피아노를 연주하는 자신이 보인다고. 우리는 물었다. 비극입니까? 마차 기수가 대답하길, 모르겠습니다. 저곳에서 나는 피아노 앞에 앉을 때면 이곳의 나를 바라보고 있습니다. 우리가 별을 올려다볼 때, 말들은 고개를 주억거리며 걸음을 멈추지 않았고, 우리는 겸손해지지 않으면 자살할 것만 같았다. 저곳들은 비워지지 않아요, 반드시 메꿔지죠. 우리는 물었다. 연쇄살인 사건처럼 말입니까? 마차 기수가 대답하지 않았다. 공포처럼 말입니까? 마차 기수가 대답하지 않았다. 가족처럼 말입니까? 마차 기수가 대답하지 않았다. 들판에서 바닷소리가 들려왔다. 임산부가 벤치에 앉아 있었고, 잔바람과 같이 열대어들이 헤엄쳐 왔다. 물결, 맑은 움직임, 비치볼. 나는, 가끔 비가 오는 것 같다. 각막 안에서 비는 제자리를 나타내고 있는데, 밖에서는 무엇도 젖고 있지 않다. 손을 뻗으면, 손이 내 뒤에서 뻗어올 것이라는 감각으로 걷는 일. 오솔길, 리어카를 끄는 노인이라든가, 테니스 라켓을 들고 걷는 여자라든가, 책가방을 열어놓고 걷는 아이라든가. 반대로 나는 그들을 그들과 다른 장면에서 볼 수 있는데, 각막 안의 길은 비어 있고, 밖에서 그들은 걸음마다 분절되며, 나타났다 사라지고, 사라진 곳의 맞은편에서부터 나타나며 내 주위를 배회했다. 덤프트럭 뒤로 걸어간 여대생이 다시 덤프트럭 밖으로 걸어나올 때 대머리 꼽추가 되어 있거나, 오토바이 없이 택배 기사가 내 뒤에서 질주해오는 감각들. 밤, 횡단보도가 걸어다닌다. 키 큰 횡단보도가 고개 숙여 말해주길, 네가 너의 무수함을 깨우치려는 듯, 그들도 너를 발견해내고 있단다. 나는 내가 나를 노리고 있다는 것을 알아채고, 그러나 나는 길이 안전하다고, 적어도 이 오솔길. 푸르고, 활발하게 어지러운, 언제든 통속에게 범해질 것만 같은 이 길이, 매 순간 혼잣말을 중얼거리게 만드는 방보다는 안전할 것이라고, 마차 기수가 말하길, 저곳에서 내가 창가에 서서 이곳의 나를 응시하고 있어요. 바다에서 들판 소리가 들려왔다. 꿈속에 등장하는 사람들이 점점 줄어들듯이. 두 손을 배 위에 올려둔 임산부가 벤치에 앉아 고개를 숙였고 열대어들은 자가증식했으며 우리 밑에서는 만국기가 나부끼고 있었다. 축제가 끝난 광장, 주황빛 등불들, 카페 문을 열고 나온 비밀경찰이 암호처럼 걸어다녔다. 아편 대신 찢어진 선언문을 품속에 간직한 채 교수대를 향해, 까마귀와 개의 그림자들이 비밀경찰과 함께했다. 선언문에 쓰여 있기를, 우리는 우리보다 먼저 살해되리라. 한 명의 걸인이 리어카에 누워 비밀경찰을 올려다봤다. 나도 네가 될 수 있었다. 비밀경찰이 걸인의 눈동자 속에서, 한낮의 술집 문이 열리는 순간과, 순간을 틈타 폭동처럼 술집 안으로 들이닥쳐오는 새하얀 빛들을 떠올렸기에, 교수대에 매달린 신자들의 머리통 사이로, 저 먼 곳에서 보이는 금빛 시계탑이 자신에게로 도래하고 있음을 깨달을 수 있었고, 효수된 신자들이 까마귀에게 속삭이니, 까마귀가 비밀경찰에게 말을 전했다. 이제 우리에게는 문장들만이 일어나고 있다. 오솔길, 야간열차가 나를 지나간다. 나는 내가 태어난 시각을 헤아려봤다. 러닝하는 사람들. 그들이 달려간 방향을 바라보면, 베란다가 펼쳐져 있고, 이불을 펄럭이는 여자들이 서 있고, 내 방 밖에서 내가 여럿이서 걸어가는 것이 보인다. 우리들은 술을 마시며 움직이고, 꿈속에서, 꿈은 취해 있고, 물속에서, 휘어지며 늘어나고, 우리들은 육교를 올라간다. 더 깊은 곳. 뛰어가는 사람들이 사라진 곳에서 걸어나온 사람들이 들여다봐야 할 곳을 향해 개의 그림자들이 지나가고 있었다. 그들이 비밀경찰에게 속삭이길, 안개는 공허의 학살자다. 분수대에 앉아 있던 비둘기들이 속삭이길, 이제 아침은 새들만의 영감이다. 날개 달린 망자들을 지나 비밀경찰이 잡화점 거리를 지나가지 않았더라면, 음독 소리가 들려오던 장화가게의 지하계단으로 내려가지 않았더라면, 선언문을 낭독하는 신자들을 발견하지 않았다면, 오후에 의미심장하지 않았더라면, 발로 오망성을 그리는 버릇이 없었더라면, 비밀스러움이 형식이 아니었다면, 해수욕장을 걷지 않았다면, 남자아이와 여자아이가 비치볼을 들고 다투지 않았다면, 소년의 뚱뚱함이 우울함을 포함한다고 생각하지 않았다면, 어머니가 비치볼을 빼앗아 손톱으로 구멍내지 않았다면, 비치볼이 납작해져 모래사장에 떨어지지 않았다면, 오른쪽 얼굴을 편애하지 않았더라면, 카페의 맞은편으로 건너가보지 않았더라면, 노천의 빈 의자들에서 기도 말이 들려오지 않았더라면, 이층 창가 밖을 밟아가지 않았다면, 커튼을 통과하여 테라스를 넘어, 심야를 걸어 내려가지 않았더라면, 피아노 앞에 앉아 고개 들면 음계보다 앞서 펼쳐지던, 수용소의 입구로 들어서지 않았더라면, 돌멩이를 주워 드는 사람들을 따라가지 않았더라면, 물방울처럼 번져가는 표정을 잃어버리지 않았다면, 빛이 벽만큼 충실했다면, 밀실, 나무 내음, 바깥이 체험되어오지 않았다면, 마차, 수레바퀴 소리, 원근법이 새벽을 돌이키지 않았다면, 바퀴벌레로 계절의 둘레를 가늠해보지 않았다면, 영영, 이곳이 가본 곳인지 가게 될 곳인지 모르지 않았다면, 떠나갔다고 생각한 것들이 속력의 껍질로 남겨져 있다는 것을 모르지 않았다면, 손을 펴보면 손가락은 다섯 개인데 손가락 사이가 네 개인 것이 이해되지 않았다면, 임산부가 벤치에서 열대어들을 세어보지 않았다면, 비치볼이 동그랗지 않았다면, 우리는 우리만을 위한 불가능을 작곡하지 않았을 것이고, 눈앞에서 밀려오는 수평의 순례자들을 살해할 수 있었을 것이라고. 마차 기수가 말했다. 내가 저곳들을 엿볼 때마다, 저곳들이 나를 앗아가고 있어요. 나는 교통사고처럼 육교에서 아침을 겪는다. 달이 제자리에서 밤의 시늉을 하지 않았고, 우리는 착각되어지고 있었다. 내가 앨버커키로 가는 기차 안에 몸을 누이고 있을 때, 그것은 골목에서 들려오는 종소리와도 같았다. 업타운과 인디언 그리고 선인장. 총잡이들은 가벼운 발걸음을 상상하며 입안에 총구를 집어넣은 채 잠들었다. 언덕에서 우리는 생각한다. 올라오는 총잡이와 내려가는 인디언. 균형에 대해서 우리들은 도지고 있다고. 우리는 우리의 이해심 때문에 울었다. 우는 도중에 울음이 기쁨이 되리라 소망했다. 그러나 황금 같은 것들이 눈앞에 나타나면, 권총으로 쏘아버렸다. 웃는 얼굴들이 눈앞에 나타나면, 권총으로 쏘아버렸다. 행복이라는 단어가 입가에 머물 때면, 권총으로

200

쏘아버렸다. 황무지에 햇빛이 드리우면, 두 눈알을 쏘아버렸다. 배신이 두려운 고아처럼. 우리는 초원을 사냥하기 위해 얼굴에 늑대 피를 바른 후, 초원을 기어다녔고, 마른풀들에서 여자 배꼽 냄새가 풍겨왔고, 그것은 어떤 날의 거실에 펼쳐진 이불보와 같았고, 나는 잠시 자동차극장에서 라디오 주파수를 찾아야 했고, 노이즈 사이로 얼음이 녹아내리는 소리가 흘러갔고, 난쟁이는 캔디숍에 들어갔고, 볼링공이 피켓 펜스를 만든 뒤 사라졌고, 일 달러에 영가를 파는 흑인은 웃어버렸고, 밤의 초원은 끝에서 조경을 잃어갔다. 술렁임은 아주 조금씩의 초원 너머를 보여주며 우리를 덮쳐왔고, 슬쩍슬쩍 보이는 너머에서는, 총잡이들을 태운 기관차가 폭포 밑으로 떨어지고 있었다. 별빛이 소년 소녀들에게로 새빨간 계단을 만들어주고 있었다. 당나귀가 강물 위를 달려다니고 있었다. 우리는 작살을 내려두고 다가갔다. 펄럭이는 초원의 너머가 우리를 기다렸으므로. 곡면은 영원처럼 구부러지는데, 그곳에서는 매 장면이 끝없는 공감각, 한없는 투명함으로 살펴졌으므로. 우리는 다시 작살을 쥐어들고 걸어들어갔다. 그 모든 것을 포함하는 유연한 공포를 마주하기 위해. 내가 앨버커키로 가는 기차 안에 몸을 누이고 있을 때, 그것은 히로시마를 폭격하는 원자폭탄과 같았다. 총잡이들이 술집 문을 연다. 총잡이들이 쏜다. 욕망이란 얼마나 근사한 일인지. 술집이 더러워질 때마다 분노는 유행된다. 총잡이들이 금고를 연다. 총잡이들이 금고 안에 들어간다. 총잡이들이 숨어들 때마다 망상은 전염된다. 초원 너머, 그곳에서 우리는 폭설이 되어 무너지고 있었다. 우리에게는 박살나는 행위만이 존재되고 있었다. 나는 세발자전거로 누워 있는 외할아버지 몸을 밟고 지나갔다. 미군 부대 출신 외할아버지는 돌아가셨다. 장례식 도중 잠든 나는 꿈속에서 백 텀블링을 했다. 외할아버지는 누워 계신다. 움직이는 것 안에서 잠들기 위해 나는 그랬다. 둥근 터널 속으로, 동시에 아스러지는 빛들의 바깥으로 통과하는 일. 그리고 그곳에서 우리는 폭설이었다. 소리없이 우리는 회개하는 기호였다. 아내가 수목원을 거닐다 아내가 됐다. 아내가 수목원을 거닐다 유산했다. 아내가 수목원을 거닐다 유방암에 걸렸다. 연못에 조그만 물고기들이 살고 있었고, 장미원에는 가시넝쿨이, 고산수枯山水 정원에서는 절벽이 바다를 흘리고 있었다. 나는 수목원을 혼자 걸었다. 연못에 조그만 물고기들이 살고 있었고, 장미원에는 가시넝쿨이, 고산수 정원에서는 모래알 위에 바위가 서 있었다. 아내가 떠났다. 나는 수목원이 완성되었다고 생각했다. 폭설, 우리는 우리를 정복하려, 우리가 무너져내린 곳이 우리에게 포함되기를 바라며, 우리가 우리를 잊어버릴 만큼 휘날렸다. 외과 의사가 말하기를, 나의 뇌를 열어본 결과 그곳에는 어떤 미지가 숨을 쉬고 있었는데, 종양은 아니었고, 단지 미지라고 부를 수밖에 없는 어떤 미지가 나의 뇌에서 영토를 넓히고 있다고. 혹시나 싶어, 나를 위해 그곳에 염산을 부어봤지만, 염산은 미지 너머로 사라져버렸고, 외과 의사가 너머라는 불명확한 말을 써서 죄송하지만, 그래도 그곳은 너머라고밖에 설명할 수 없다는 점을 이해해달라며, 사실 염산뿐 아니라 그곳을 향해 십자드라이버도 찔러넣어봤고, 해머드릴도 쑤셔넣어봤고, 결국 서랍 밑에서 토가레프를 꺼내 장전된 여덟 발을 모두 쏴버리기도 했다고, 외과 의사가 잠시 숨을 고르더니 다시 말하기를, 믿을지 모르겠지만, 자신은 지금 그곳에 들어와 있다고, 외과 의사가 말을 잇기를, 분명한 사실이라며, 나는 지금 당신의 뇌 속에서 당신에게 말을 걸고 있는 것이라고. 이곳은 자신이 딱 생각한 만큼 넓다며, 아마 더 넓다고 생각했다면 또 딱 그만큼 넓었을 것 같다며, 그러나 더 넓음을 감당하고 싶지는 않다고, 이 투명함을 가장하는 불행들에게 린치당하고 싶지 않다 뇌까렸다. 우리는 폭설이고, 솟아오르려는 탈락자들이었다. 우리는 우리가 흐르는 꿈을 꾼다. 비, 우리가 우리를 연산해내는 환상. 우산 없이 온몸으로 우리를 받아늘이는 중학생들은 왜 이리도 아름다운지. 우리는 그들을 지나가지 못하고, 그들은 모든 것을 지나간다. 공원, 야구장, 아이스링크, 전철. 우리는 영역을 빌려 그들을 지나간다. 거의 발작에 가까운 모습으로 샘솟고 있는 미의 예고편을, 피투성이가 된 채 발가벗고 옷장 밖으로 달려나가는 아이들처럼, 스스로를 돌파하려는 움직임 속에서, 우리는 밀레나, 스토야, 나나미, 포르노 배우들의 초경이 되기도, 캐치볼, 철봉, 달리기 운동의 꼭짓점이 되기도, 훔친 자동차, 농담, 입맞춤. 유적지를 질주하며 그치지 않는 웃음이 되기도, 체리콜라, 하이웨이스트, 트라클. 취향들은 우리가 쏟아지는 것만큼 우리가 지칠 것임을 몰랐고, 그럼에도 우리는 쏟아지며, 우리의 결을 이어나가는 수밖에, 슈. 슈. 슈. 우리는 깨지고 있을지도, 그들이 우리의 성질을 넘치고 있음을, 우리는 내리는 모습을 변화하며, 대각선으로, 직선으로, 조증, 석류, 분노, 커브로, 우리가 깨지는 것은 우리가 허기이기 때문임을, 그들은 음악을 모른 채 변성기를 지나가는데, 우리는 그들에게 전해지는 귓속말이 되기 위해, 아니 오로지 점의 형태가 되기 위해, 우리는 우리의 역사를 춤춰나갔고, 최초의 한 방울을 누군가 목격한 적 있고, 그것이 마지막까지의 전체라고 깨달은 누군가가 초원에서 잠이 들었을 때, 풍광은 비어 있었고, 빈 곳의 한가운데, 이유 없이 서 있는 나무처럼, 빈 곳의 저멀리 어떤 흐릿한 점이, 조금씩 윤곽을 드러내며 가까워져오는 하나의 점이, 이 텅 빈 방심의 세계를 흔들며, 어쩌면 가만히 무한함을 만들고 있을지도 모르는 하나의 점이, 빈 곳을 더이상 빈 곳이라 부를 수 없게 만들어버린 단지 하나의 점을, 총잡이는 쏜다. 초원은 흑백이 되었다. 종소리. 우리는 하나의 울림이었고, 우리가 초원으로 돌아왔을 때, 그곳은 앨버커키로 가는 기차 안이었다. 우리는 미리 창밖을 불지른다. 나는 기차 안에서 눈을 감았고. 그것은 화장터를 가리키며 짖고 있는 개의 냄새와 같았다. 내가 나에게 말해주기를, 아무리 기다려봐도 내가 기억하는 기온에 다다를 수가 없어. 내가 나에게 말해주기를, 기다림이란 사라지는 것이고, 그 사라짐이 우리를 기다리는 걸지도 몰라. 나는 딸의 결혼식에 초대받지 못했다. 내가 나에게 말해주기를, 그녀는 캐딜락을 타고 신혼여행을 갔지. 뒷좌석에는 나의 죽은 이모부가 초록빛 개구리를 들고 있었어. 그녀는 그녀의 남편과 말다툼을 하고 있는데, 대머리 이모부는 반쯤 흐렸고, 개구리는 선명했지. 다운♪타운♪ 이모부가 지역라디오 방송에서 흘러나오는 페툴라 클락의 노래를 따라 불렀어. 조수석에서 딸이 남편의 뺨을 때리자, 남편은 나에 대해서 이야기했지. 애비도 없는 년아. 내가 알기로, 나는 이모부를 세 번 정도 본 적 있고, 딸은 나의 이모부를 한 번도 만나보지 못했는데, 그건 그녀가 태어나기도 전에 나의 이모부가 하수구에 빠져 죽어버렸기 때문이야. 다운♪타운♪ 이모부가 노래하면 말이지, 개구리가 이모부의 손바닥 위에서 팔짝팔짝 뛰어다녔어. 딸은 생 로랑의 옷을 좋아하고,

야간 수영을 끝낸 뒤 화장 없이 밤거리를 걷길 즐기는 걸 알지? 남편이 차를 세우고 딸에게 사과했어. 이모부는 졸고 있었고. 차창 밖으로 개구리가 뛰어나갔지. 도로에서 개구리는 자동차가 지나가면 공중제비를 돌았어. 딸이 조수석 문을 열고 나왔을 때도, 이모부는 졸고 있었지. 내 생각에 이모부는 자신이 죽은 줄 모르고 있는 것 같아. 나는 왜 초대받지 못했을까. 생각하며 다리를 건넜다. 보트에 탄 관람객들이 나를 향해 손을 흔들었다. 나도 손을 뻗어 인사했다. 내 팔이 내 눈앞에 펼쳐지는 것이 보였다. 종탑 저편으로 떠나가는 빛의 길이로. 우리가 바닷가 언덕의 요양원으로 돌아오자, 어떤 간병인이 유니폼에서 자지를 내놓은 채 자전거를 타고 다니고 있었다. 요양원 정원의 빨랫줄에 흰 침대보들이 널려 있었고, 우리는 휠체어에 앉아 침대보를 감상했다. 딸과 남편이 손을 잡고 눈길을 걸어간다. 거리에서 풍겨오는 술향. 도시의 새들은 전단지처럼 굴러다녔다. 구청 앞에 멈춰 선 트랩문이 열리고, 기적 소리와 함께 한 무리 겨울옷을 입은 사람들이 내렸다. 딸과 남편은 잠시 군중 속을 걸었고, 이내 눈발이 부부 밖으로 흩어졌다. 우리는 휠체어를 굴려 정원의 침대보를 마주 지나간다. 주름이 방향 모르게 우리의 얼굴을 휘감았고, 내가 나에게 말해주기를, 부부는 미술관에 들어갔다. 하얀 장막으로 사방을 막아놓은 로비를 서성이다 장막 뒤편으로 보이는, 검은, 어딘가로 이어져 보이는 눈동자 같은 통로로 들어섰을 때, 그곳에는 조명 없는 복도가 있었고 기다란, 어둠, 때때로 속삭임, 일기예보 같은 손길. 꿈을 꿔보기 전에 상상해보았을 꿈의 형태를 부부는 손을 잡은 채 서로를 놓쳐가며 걸어갔고, 각자의 영역으로. 그들이 의도치 않게 얻어왔던 기억, 어느 장례식장에서 본 신부와 수녀라든가, 배영하면 보이던 수영장 천장, 벽을 향한 철제 의자에 앉아 있는 남자의 뒤통수, 이별, 새벽 공원의 모퉁이마다 모여 있는 사람들, 봉고차에서 뛰어내리고 있는 초록빛 개구리떼. 결국 딸은 혼자 미술관 밖으로 나왔어. 알다시피, 두 개의 불가능은 겹쳐지지 않으니까. 눈길에 자그마한 발자국들이 놓여 있었는데, 그것의 정체를 그녀는 알 수 없었지. 사실 그것은 아무도 신경쓰지 않았으므로. 가만히 우체통 위에 앉아 그녀를 바라보고 있던 부랑자가 말하더군. 기다렸어요. 내가 당신의 아들이에요. 그는 죽은 나의 이모부였다. 내 생각에 그녀는 자신이 살아 있는 줄 모르는 것 같아. 우리는 노란 오줌이 묻어 있는 침대보 앞에 멈췄다. 그 네모난 것은 펄럭이지도 않고, 냄새도 나지 않았다. 차라리 음악이라 부를, 정원과 노인을 정지시키고 있는 사각형을 우리는 지켜봤다. 그리고 얼룩. 버스가 미끄러진다. 내가 나에게 묻기를, 첫차가 비어 있는 것을 본 적이 있어? 아니. 하지만 늘 비어 있는 것 같았다. 보트가 다리 밑으로 사라지고, 강이 노을빛으로 물들었다. 나는 야구방망이를 들고 기찻길을 건너갔다. 아빠가 방학 선물로 사준 티는 목이 늘어나서 자꾸 젖꼭지까지 바람이 들어왔다. 함께 야구했던 친구들을 생각하자 산기슭이 떠올랐다. 우리집에는 행랑방이 있는데, 친구들은 행랑방이 무슨 말인지 알지 못했다. 나도 그랬다. 또 부비트랩, 대위법, 무지개라는 말. 그래도 홍학은 좋아한다. 실제로 홍학을 본 적은 없지만, 실제로 홍학을 본 것 같다. 오한기라는 친구가 말해주길, 홍학은 너의 것이 아니야. 한기는 장래 희망에 홍학이라 적어낼 정도로 홍학을 좋아하지만, 내가 그럼 홍학은 한기 네 거야? 라고 물었을 때, 한기가 대답하기를, 아니. 나도 늦었어. 늦는다는 말이 무슨 뜻일까? 그럼 누구 건데? 그루지아의 미친 남자. 비록 공을 무서워하지만 한기는 최고의 외야수다. 나는 한 번도 제대로 공을 잡아본 적 없는 한기를 좋아하지만, 가끔 한기는 정신병자 같다. 이상하게도 나는 걷다가 야구방망이를 놓칠 뻔했다. 아빠랑 엄마가 보고 싶다. 카레요리 여왕 할머니도. 귀여운 까망이도! 나도 모르게 슈퍼마켓 앞에서 소리치고는 혼자 웃었다. 이제 조금만 더 걸어가면 모두 모여 있는 우리집이 나타날 테니까! 그리고 주차장에서 야구방망이를 집어던지고 울었다. 왠지, 다 죽은 것 같았다. 모조리. 한 명 한 명 어떻게 죽었는지 다 알 것 같았다. 나는 스트라스부르 생드니라는 말을 들어본 적도 없는데, 한기가 스트라스부르 생드니에서 살게 될 것이라는 것도 알 것 같았고, 내가 아직 한기를 만나본 적 없다는 것도 알 것 같았다. 내가 어떤 여자를 좋아하게 될 것인지도, 그 바람이 어떻게 날 망하게 할 것인지도, 사라지는 사람들이 사라지기 전에 혼자 있는 모습도, 사라진 사람들이 가끔 나를 찾아오리라는 것도. 그때마다 나는 홀로 남겨질 것이고, 결국 기쁨이 날 멸망시키리라는 것도. 놀이터에서 담배를 태우던 고등학생 형이 나에게 말을 걸어왔다. 무슨 일이니? 내가 대답했다. 모르겠어요. 그래. 형은 놀이터로 돌아갔다. 자동차 밑에 들어가 잠을 자던 애꾸눈 아저씨도 물어왔다. 무슨 일이지? 몰라요. 그래. 애꾸눈 아저씨도 다시 잠이 들었다. 무슨 일이야? 가로등 밑에서 고양이들에게 침을 뱉던 형이 물어왔다. 모르겠어요. 형이 나에게 허리 숙여주며 말했다. 긴장감이 생겼나보구나. 형은 가로등 밑에서 벗어나지 못했다. 꿈을 꿨는데 말이야. 아파트 경비 할아버지다. 꿈에서 말이지. 엄마가 말해주기를, 경비 할아버지는 경비일을 천년쯤 한 것 같다고 했다. 경비 할아버지가 말했다. 내 몸이 터져버렸단다. 나는 울음을 멈췄다. 꿈에서 너를 지키고 있는데, 그냥, 아무 신호도 없이 내 몸이 갑자기 터져버렸어. 경비 할아버지는 실제로 터져버렸다. 나는 피투성이가 되어 주위를 둘러봤다. 경비 할아버지가 흩어져 있었고, 나는 흐렸다. 그러니까 모두 다 알 것 같았다. 우리는 정원에서 짝꿍의 손을 잡고 왈츠를 추는 노인들을 지켜본다. 바람 불면, 팔랑이는 하얀 침대보들 사이로, 바람개비와, 항구로 들어오는 유람선들과, 망명객들이 자라난 고아원 옥상이, 마주보는 척, 서로의 저편을 노려보는 노인들의 동공을 채웠고, 우리는 노란 오줌이 묻은 침대보 앞에 있다. 노천카페에서 커피를 쏟아버린 외다리 여자. 우리는 노란 오줌이 묻은 침대보 앞에 있다. 빗길을 달리는 인력거꾼. 우리는 노란 오줌이 묻은 침대보 앞에 있다. 짝꿍의 손을 잡고 왈츠를 추는 젊은이들. 환상이 남겨놓은 자국 앞에서, 이름만 바꿔 찾아오는 감정처럼. 노인들은 벌레를 피하지 못하고, 나는 동춘동의 빈집에서 일기장을 읽었다. 그곳에서 내가 모스크바의 동지들과 빵을 나누어 먹었다. 그곳에서 내가 세체니 온천에 숨어들어가 담배를 훔쳤다. 그곳에서 내가 후드티를 입고 앙드레 말로 미술관에 돌을 집어던지고 있었다. 나는 일기의 나열을 벗어나기 위해 열차를 탄다. 짐칸의 사람들이 고개의 각도만으로 노동력을 표현하고 있다. 어째서 철로는 이어진다. 나는 장문의 통로를 걸어간다. 요일들은 불타 증기로 뿜어지고, 앞으로 혹은 뒤로, 속력은 지나가고, 다가오고, 지나가고, 다가오는, 흔들거리는 반복의 지루함으로 위치를 알 수 없게 만들고, 내가 결국 앞인지, 뒤인지 모를 열차의 마지막

칸에 서서 창밖을 내다볼 때, 바람의 방향이 하나로 모여들었고, 그 언저리에서 소독약 냄새가, 잠에서 별안간 깨어났을 때 즐겨 찾던 응급실의 경치가, 가족인 척 환자들 사이를 배회하는 나의 모습이, 피어오르는 간절한 숨소리들이, 걸어다니며 타인의 핏자국들을 보곤 안도하는 나와, 동시에 어느 단독 병실 간이의자에 나는 앉아 있고, 누군가가 내 손을 잡았고, 환자복의 패턴은 주술 같았고. 병원 밖에 바다는 없는데, 커튼 속으로 돌고래들의 실루엣이 솟아올랐고, 나는 기도하며, 함께 침대에 누워, 책을 읽고, 농담을 들어주고, 웃고, 참회를 들어주고, 아무도 울지 않았고, 삭발했고, 교복을 버렸고, 잠을 재우고, 커튼 밖을 다시 보니, 왜가리 한 마리가 날개를 펼치고 있었고, 잠시 눈을 감으니, 창턱에 담배 한 개비가 고고하게 서 있었고, 나는 창밖으로 고개를 내밀며 나의 절망을 짓밟히고 싶을 때 즐겨 찾던 응급실을 떠올리고, 열차 밖, 속력이 뒤섞어놓는, 단 한 점의 풍경 위로 거대한 검은 불꽃이 낙하하고 있었다. 압도적인 범위의, 종을 삼켜내 망각시킬. 오직 어둠으로 불타고 있는 행성. 어떤 폐름기 그리고 그곳에 자신의 죽음을 남겨두고 돌아온 자의 기록. 페이지를 넘기면 일기는 비어지고 벽의 흔적들이 생겨났다. 사진, 말, 음악, 뉘앙스, 날씨, 사랑, 영원, 자꾸, 내가 가만히 있어도 벽의 흔적들은 생겨났다. 유리창, 나방이 거대한 그림자를 펄럭이고, 우리는 시선을 돌린다. 무엇인가를 보지 않으면서 보고. 보면서 보지 않은 것들이 우리에게서 재현되도록. 영상, 새는 어디서든 날아다니고 있다. 우리가 알지 못하고 느끼지 못하는 곳에서도 새는 날아가고 있다. 그들 자체가 공간인 것처럼. 물이 어항을 지나간다. 택시 안에서. 우리는 함께 도형을 그린다.

창밖 거리의 코너에서, 청소부와 연인들이, 연인들이 헤어진 곳에서, 파출소가, 순경이 넘어뜨린 자전거에서, 도둑고양이가, 도둑고양이가 뛰어넘은 담벼락 뒤에서, 환락가가, 호스티스들이 비틀거리며 올려다본 공사장에서, 술 취한 인부가, 인부가 주저앉은 곳에서, 공수표 한 장이, 한 조각의 바다처럼 물결치듯 팔랑이는 공수표가, 선은 면으로, 면은 선으로 이어지는 지폐의 전방위에서, 택시가 언덕을 오르고, 오토바이 한 대와 스쿠터 한 대를 앞질렀고, 스쿠터에는 두 명의 여자가 함께 타 있었고, 뒷좌석의 여자가 잠들어 있었고, 부티크 담배 자판기, 파친코 앞 도랑에 토하는 불량배, 종종걸음 걷는 게이샤들, 백발의 가라오케 삐끼와 아케이드 입구에서 쫓겨나는 노숙자, 여학생 둘이 키스하고 있는, 찻집 창에 비치는 택시, 창의 한 부분을 이루고 있는 우리. 얼굴 위로 빛나는 교토타워. 그리고 가끔씩 발각되는 비, 혹은 눈. 때때로 나. 히가시 마이즈루 역에서, 내가 나를 지나가는 것이 보인다. 아내가 없는데, 아내를 잃고, 딸이 없는데, 딸의 결혼식에 초대받지 못한 내가 나를 지나간다. 시간은 자아의 환영이고, 나는 날갯짓한다. 영원보다 새로울 평행을 시늉하며.

벨보이의 햄버거에 손대지 마라

벨보이는 실직했다. 유진. 여자친구 집은 문이 잠겨 있었다. 벨보이는 오층 복도 창문을 열고 나가, 배기관을 딛고 외벽에 몸을 밀착했다. 초록 머리 동지! 운명을 조심하라구! 골목에서 불을 쬐고 있던 거지들의 응원 소리가 들려왔다. 벨보이는 발밑으로 담배 몇 개비를 던져주고는 무사히 화장실 창가까지 도착하여 창문을 열고 들어갔다. 말할 것도 없이, 벨보이는 전 여자친구의 집에 무단침입했다. 벨보이는 거실로 나오자마자 보일러를 켜고 코트를 벗은 뒤, 윌리엄 터너의 〈눈보라〉가 프린트돼 있는 싸구려 침대에 앉아 담배를 한 대 태웠다. 유진. 벨보이가 중얼거렸다. 오, 유진. 이 미친년아. 커피포트에 유진이 히스패닉 여자의 보지에 키스하고 있는 폴라로이드 사진이 붙어 있었다. 그러니까 발가벗은 여자 둘이 웃고 있었는데, 성함이 에르메스였는지 헤르페스였는지, 벨보이도 그 여자를 잘 알고 있었다. 유진이 나가는 알코올중독자 모임의 책임자였지. 내가 그때 그년도 분명

레즈비언이라고, 아마 토끼 귀를 보면서도 자위할 수 있을 거라고 말
했을 때 유진이 소리쳤었지. 닥쳐 개년아. 난 도움이 필요할 뿐이라
고! 벨보이는 담배를 끄고, 술잔에 커피를 따랐다. 벨보이는 커피를
마시지 않았다. 벨보이는 소파 밑에 떨어진 햄버거 쿠폰을 주워 바지
주머니 속에 넣고는 다시 화장실로 가 창문을 열고 건물 밖으로 나왔
다. 형광색 청소부가 탄 쓰레기차 한 대가 지나갔다. 벨보이는 유진의
집에 코트를 두고 왔다는 사실을 깨달았지만, 그저 침이나 한 번 뱉은
후 팔짱을 끼고 횡단보도를 건너갔다. 첸은 하이퍼 기타리스트가 되
고 싶었다네. 첸은 기타로 아버지를 때렸지. 하이퍼, 하이퍼, 하이퍼
기타스리트 첸. 첸은 기타로 여동생을 유산시켜버렸지. 하이퍼, 하이
퍼, 하이퍼 기타리스트 첸. 기타로 급진주의자들의 모가지를 잘라버
렸다네. 하이퍼, 하이퍼, 하이퍼 기타리스트 첸. 우주의 방랑자, 지옥
의 멋쟁이. 하이퍼, 하이퍼, 하이퍼 기타리스트 첸. 벨보이는 운하 다
리에서 노래하는 첸의 엉덩이를 걷어찼다. 벨보이! 켄이치 씨는. 보
트! 켄 아저씨! 하고 있어! 구원! 벨보이는 장발의 첸에게 담배 한 개
비를 던져주고 강둑을 향해 걸어갔다. 헤이, 초현실주의 거렁뱅이 양
반. 보트에 도착하니,
　—예. 예. 알겠습니다.
　거렁뱅이 켄이 손을 전화기 모양으로 만들고는 귀에 갖다붙인 채
통화하고 있었다. 벨보이가 보트 바닥의 노트를 주워 들자, 거렁뱅이
켄이 말했다. 벨보이, 오늘 네가 해고당한 이야기는 들었다. 벨보이가
대답했다. 그건 좆도 중요한 현상이 아니에요. 거렁뱅이 켄이 벨보이
의 손에서 노트를 빼앗아갔다. 켄 씨. 오늘 아침 출근길에 말이야. 그

래 거기, 히피 공원을 지나서 볼링장으로 빠져나오는 지하도. 모르겠
어. 오늘따라 매일 마주치던 버드맨 병신 새끼가 신경쓰이는 거야. 켄
씨도 알지? 그 무슨 미술대학 교수였다는 소문이 돌았던, 장님 대머
리 새끼. 벨보이가 새끼손가락 끝으로 눈머리를 훑으며 말을 이었다.
아무튼, 동정심이나 착해져야 할 것만 같은 기시감? 그딴 게 아니라.
그냥 오늘따라 그 새끼가 내게서 뭔가를 보는 것 같았어. 버드맨이 아
니라, 그 새끼 어깨에 앉아 있는 돼지 비둘기가 나를 뚫어지게 쳐다보
는데, 뭐랄까 그 새끼의, 글쎄, 마치 내가 온통 멍청함으로 가득한 그
비둘기 새끼의 눈알 속에서만 존재하는 것 같았다니까요. 그래서 내
가 지폐 한 장을 쥐여주며 물었죠. 이봐, 저능아. 네 친구가 내게서 뭘
보고 있는 거지? 그러니까, 버드맨이 대답하더군요. 거렁뱅이 켄이
반쯤 불에 그을린 담요를 던져줬다. 춥진 않지만, 고마워. 그래. 버드
맨이 대답했지. 아니야. 벨보이는 보트에 앉아 어깨를 웅크리고 고개
를 저었다. 그 새끼가 아니라, 비둘기가…… *너는 숲을 걸어간다. 잎
사귀 사이로 빛이 튄다. 흙이 발을 휘감고, 가끔씩 부딪쳐오는 벌레
들, 자그마한 수영장이 나타나고, 개 한 마리가 지나간다. 다리 한쪽
을 절룩이는 보더콜리. 파랗게 비치는 물결, 푸른색 타일 위로 휘어지
는 물빛의 그림자, 후드바이에어 셔츠, 빌리 뱅, 폭죽이 솟아오른다.
맥주 거품이 흘러내린다. 보더콜리가 다시 지나간다. 홀리오 이글라
시스. 유진이 수영장으로 걸어들어간다. 밤이 구조화된다.*
　—여름. 맞아. 단지 여름이라 말했지.
　순수를 잃어버린 개새끼들아! 거렁뱅이 켄이 소리쳤다. 다만, 어딘
가에 폭탄이 떨어지고 많은 이들이 영원히 목숨을 잃어버렸다. 벨보

이는 반복하여 같은 말을 중얼거렸다. 그러니까 무언가 좆도 반짝거리고 있어.

어제 스트립 클럽을 조졌다면서? 박살내버렸지. 물도 좀 빼고 오셨나? 거기 존나 추웠어. 아는 사람을 만나지는 않았어? 왜 내가 거기서 산타 옷을 입은 네 마누라도 봤을까봐? 아니. 수사과 시절에 사창가에서 장인어른을 본 기억이 나서. 미친 영감탱이가 고추를 세우기 위해 피가 날 때까지 여자 배꼽에 손가락을 쑤셔넣으며 발버둥치고 있었다니까. 글쎄, 손님 중 재밌는 놈을 하나 보긴 했지. 그래? 진술 좀 털어보시지. 잠깐, 저 새끼가 드디어 영원을 묘사하길 그만두려는 것 같군. 경위에게 연락하고 올 테니 십 분만 기다려봐. 십 분이면 농구 한 쿼터가 끝나는 시간이야 이 양반아. 그래봐야 고작 한 쿼터잖아. 스페이드 퀸을 보며 딸딸이라도 치고 있어. 젠장, 어떤 한 쿼터는 평생을 돌이킬 수 없게 만들어버린다고. 이런 저 새끼 다시 뻗었어. 잘됐군. 그래서 누군데 그 손님이. 생각해보니 별거 아닌데. 누군데. 샘 닐? 대니 트레조? 레이 리오타? 그냥 장님이었어. 장님? 그 새끼가 이빨간 거겠지. 지구가 동그란지도 모를 놈이 뭣하러 만질 수도 없는 좆을 위해 스트립 클럽에 오겠어? 우리도 처음에는 그런 줄 알았지. 그런데 진짜 맹인이었어. 누군가 맹인을 흉내내기로 마음먹었다면 그게 진짜인지 가짜인지 어떻게 판단할 수 있지? 확실해. 하지만 설명하긴 힘들군. 레이먼드 카버 따위의 이야기를 할 거라면 지금 주둥이를 닥칠 기회를 줄게. 어디서 유니클로를 입은 지진아의 냄새가 난다 했더니 바로 네 입에서였군. 그 이름을 입에 머금을 바에, 차라리 아가리에 기름을 부어넣고 불을 지르지그래? 아니면 됐어. 그래서 그가 장님인지 어떻게 알았지? 그놈 바지가 보이저호처럼 솟아올라 있더라고. 장님이 발기했다는 거야? 그러면 장님이 아니라는 거잖아 멍청아. 끝까지 들어봐. 그 새끼 좆이 이스라엘 새끼들처럼 폭격 준비를 마친 건 우리 귀염둥이들이 모두 연행되고 난 후였어. 맞아. 그놈은 보일러도 없는 그 엿같이 캄캄한 곳에 혼자 남아 있었지. 친구. 내게 이십 초만 줘봐. 나도 두 눈을 감으면 당장 발기할 수 있어. 말했다시피, 거기는 진짜 존나 추웠어. 미친, 그 새끼들 제정신이야? 어떻게 스트립 클럽이 추울 수가 있지? 열일곱 살짜리 젖을 구경하던 반장이 나에게 저기 계신 스티비 원더 선생을 끌어오라 명령했는데, 뭐 어쩌겠어. 나는 두 손을 비비며, 트리 밑에 둘 선물을 생각하며 걸어갔지. 기차 트랙, 어벤저스 세트, 내가 어릴 때는 글러브를 받았었지. 하키 채를 떠올리던 도중 아버지에게 하키 채로 뺨을 맞았던 내 모습도 함께 떠오르더군. 알아, 플레이스테이션. 아이를 가장 기쁘게 할 선물이 플레이스테이션이라는 건 나도 잘 알고 있지만 그래도. 빌어먹을. 여하간 불 꺼진 홀을 걸어가며, 우리집에서 나를 기다리고 있을 트리를 생각했지. 기억나? 얼마 전 내가 무단결근한 날? 사흘 동안 잠도 자지 않고 트럭을 몰고 고향에 가, 어머니에게 인사도 없이 앞마당에 있는 전나무를 뽑아 왔거든. 하! 난 자네가 성병에 걸렸다는 데 내기를 걸었었는데. 그 나무 한 그루가 우리 가족을 다시 엮어줬지. 모르지. 나만의 기분일지도. 그래도 그게 어디야. 나는 이제 멀리서도 내 가족을 느낄 수 있게 됐는데. 친구. 그런데 우리 지금 장님에 대해서 이야기하고 있는 거 맞지? 맞아. 그에게 가까워질수록 내 머릿속의 나무가 뚜렷해지더군. 더불어 그 추위도. 추위 속의 나무, 나무 속의 추위. 소란스러운 고요함. 씨팔 놈, 너 아까 나 몰래 혼자 약 빨았지? 어둠 속에서 내 정신은 온통 나무에게로만 집중되어갔지. 오로지 나무, 나무, 나무, 나무. 내 집 가운데서 살아 숨쉬고 있는, 그러다보니 내가 아는 사람들이 나무로 변해가더군, 좆같이도, 그들은 단 한 그루의 나무로 변해갔지. 전위적인 나뭇가지라든가, 유두처럼 건조한 껍질이라든가, 복잡한 뿌리라든가, 중학생 솜털같이 파릇한 잎사귀라든가. 그런데 어느 순간부터 그렇게 변한 한 그루의 나무가, 이제 내 집 한가운데서 나의 숨소리를 시늉하기 시작했어. 알아들어? 내가 숨을 뱉으면 나무가 움츠러지고, 숨을 들이켜면 나무가 들썩이는. 나 대신 샤워실의 아내를 껴안고, 나 대신 숙제하는 아이의 뒷모습을 응시하는 나무. 나무, 나무, 나무. 와, 약발 죽이나본데. 결국 나는 숨을 참고 손을 들어 내 것을 바라봤지. 나만의 것. 저멀리 휠체어에 앉은 장님은 보이는데, 내 손이 보이지 않았어. 대신 추위가 나에게로 미래를 불러왔지. 불타는 집, 무너지는 천장, 불길 속의 아내, 불길 속의 아이, 나무, 나무, 나무, 죽음, 죽음, 죽음. 아니, 미래가 아니라 바로 그 시각 나 대신 집을 지키고 있을 나무의 감각을. 스스로 재가 될 때까지 불타버려 소중히 하는 것들을 모조리 지옥 속으로 밀어버리고 싶어하는 나의 욕망을. 씨팔 놈이 무슨 말을 지껄이고 있는 거야. 정신을 차려보니 장님 새끼가 나를 지켜보며 휠체어에서 혼자 엉덩이를 들썩거리고 있었어. 뭐? 아직도 못 알아듣는군. 그 장님 새끼는 어둠 안에 자리잡고 앉아 그의 어둠으로 이 세계의 모든 어두움을 따먹고 있었던 거야.

시대는 변한다. 아니다. 변하지 않는다. 거리는 변하지. 높이, 소리, 창문의 모양, 거리의 사람들도 변하지. 높이, 소리, 눈동자의 냄새. 그러나 시대는 변하지 않는다. 처음 이 거리에 왔을 때가 생각난다. 메릴랜드에서 온 남자가 트럼펫을 연주하고 있었다. 아직 신문 배달부 꼬맹이들이 뛰어다니던 시절의 이야기다. 그 아이들은 나를 신경이나 썼을까. 아마 거리 바깥의 상상 속에서나. 지금쯤, 그 아이들 중 몇은 저택에서, 몇은 주택에서, 몇은 요양원, 전쟁 묘지, 몇은 여전히 거리에서 눈을 감은 채, 어느 날 기차역을 향해 휘날렸던 호외를 기억해내며 잠들고 있을 것이다. 마치 전생을 돌이키듯이. 아 그래, 메릴랜드에서 온 남자에 대해 이야기하던 중이었지. 놀랍게도 그 남자는 나를 연주해내고 있었다. 꼬맹이들이 사살된 베트콩 사진이 실린 신문을 돌리던 날, 눈이 내리던 한밤중에 내 어깨 위로 쌓여가던 투명함이 떠오른다. 어쩌면 나는 이 남자의 음률 속에서 태어난 것일지도 모른다는. 그의 주법이 나를 구성하고, 그와 포드 불빛이 만들어내는 앙상블이 눈보라를 미끄러뜨리며, 나를 오로지 나로 하여금 구체화시키는 데 성공하고 있다는 직감. 돌이켜보면 눈은 언제나 정밀하지 못했다. 영원히, 그들은 그들조차 수호하지 못하리라. 나는 연락을 기다리며 거리를 걸었다. 이발소 앞에서 노인을 한 명 만났다. 노인은 자신이 노인을 연기하고 있다 말했다. 경찰차가 노인을 짓밟고 지나갔다. 노인을 연기할 수 있는 사람은 없다. 노인도 노인을 연기할 수는 없다. 그러나 많은 이들이 이 거리를 혼자 걸어갈 때, 혹은 혼자 이 거리에 남겨졌을 때, 노인을 연기하려 든다. 저기 바퀴 없이 자빠져 있는 자전거처럼. 처음 이 거리에 왔을 때, 디아망 1호가 우주로 쏘아진 날이

기도 했다. 아칸소에서 온 남자는 동료들과 함께 파리로 떠났다. 그가
남겨둔 거리는 그 없이도 자라났다. 스탠더드하게. 공사장, 노동조합,
휘파람은 사라지고, 마천루, 베르사체 갱, 컬러텔레비전이 나타났다.
나는 여전히 마약중독자들과 함께 눈 속을 걸었다. 연락은 오지 않았
다. 파리로 떠난 남자가 나를 들른 적이 있다. 쿵, 쿵, 쿵. 그가 내 꿈
을 두드리던 소리를 잊을 수 없다. 쿵, 쿵, 쿵. 남자가 말했다. 거리는
실험을 포기했군요. 남자가 쓴 안경알 위로 눈사태가 거리를 집어삼
키는 모습이 비쳤다. 다음날 함께 거리에서 자던 내 친구 몇이 얼어죽
었다. 시청 직원들이 그들을 포대자루에 집어넣어 치웠다. 나는 그들
을 배웅하지 않았지만, 다녀온 친구들은 입이 얼어붙어 장송곡도 불
러주지 못했다 전했다. 가끔 길바닥에서 비명도 못 지르고 죽은 친구
들이 음계로 부활하는 영감을 마주한다. 이를테면 주인에게 얻어터진
개가 짖는 소리, 이발사 가위 밑으로 떨어지는 머리카락 소리, 영화가
시작되기 전 극장의 불이 꺼지는 소리. 그들은 나에게 안부를 묻고,
나는 수치스러움에 대답하지 않는다. 이발소는 아직 있다. 추위도 아
직 있다. 남아 있는 것들. 피자, 신호수, 사창가, 행커치프, 청소부, 햄
버거, 택시, 살인 청부업자, 비둘기. 내가 처음 이 거리에 왔을 때, 아
무도 그 사실을 인정하지 않았다. 이 거리가 노동자와 양아치들에게
가장 큰 빚을 지게 될 것이라는 사실을. 이제 눈보라마저 스탠더드하
군요. 이 거리의 전설이 될 남자가 말했다. 그러나 나는 더이상 신경
쓰지 않습니다. 드디어 그가 이 거리를 연주했을 때, 나는 예감했다.
이 거리에는 결국 슬픔만이 남게 될 것이라고. 오직, 슬픔. 이전에 분
노, 증오, 그리고 모조리 슬픔. 그것은 투명한 공간, 마치 곤충의 눈물

처럼 소리도 형태도 없이 나타나 이 거리를 천천히 가라앉힌 뒤, 터뜨려버릴 것이라고. 남자는 오래전에 죽었다. 거리에서, 신문이 펼쳐지는 소리가 한동안 그를 재현했지만, 신문 배달부 꼬맹이들이 사라진 지도 오래다.

벨보이는 달렸다. 이동 화장실을 지날 때, 꼬맹이들을 성추행하던 피에로들이 소리쳤다. 워커를 신은 동지! 인식을 조심하라구! 벨보이는 그들에게 담배를 던져주곤, 세탁소 앞에 세워진 자전거를 훔쳐 타 마천루로 둘러싸인 도로를 질주했다. 속력 안으로 미끄러져오는 도시, 불빛은 생명처럼 과장되고, 벨보이는 생각했다. 나는 불안하지 않다. 그러니 나는 지금 불행하다! 벨보이는 도로 한가운데에 멈춰 섰다. 관념론자 씨발 년아! 트럭 운전수 재키가 벨보이를 묵사발 내기 위해 차에서 내려 달려들었지만, 벨보이는 반짝이고 있었다. 벨보이가 길바닥에 자전거를 버려두고, 시체 안치소를 개조해 만든 카페로 들어갔을 때. 초록 머리 실직자다. 실직자 쓰레기가 돌아왔어.
—문 좀 닫고 다녀 실직자 개새끼야.
시체 수납장에 누워 커피를 마시던 힙스터들이 벨보이를 보고 수군거렸다. 입 닥쳐 좆물들아. 벨보이는 시체 샤워장에서 기타를 들고 프레드 프리스의 연주를 모방하고 있는 에르메스를 향해 걸어갔다. 힙하게 굴어, 벨보이. 벨보이는 가라테 펀치를 날려 에르메스의 콧등을 박살냈다, 고 생각했지만, *해바라기는 멀뚱히 너를 바라본다. 너는 평영한다. 무릎이 펴질 때마다 너는 확장된다. 착각 속으로 그림이 그려지는 소리가 들려온다. 너는 너의 밑으로 잠영하는 유진을 본*

다. 유진은 너를 지나간다. 너는 제자리에서 움츠러지고 유진은 사라진다. 너는 옥상에 올라가 폭죽을 쏘아 사람들을 맞춘다. 사람들이 고개 들면, 너는 폭죽을 한번 더 쏴 얼굴을 맞혀버린다. 네가 고개 들면, 유진이 서 있다. 너는 유진이 들고 있는 책을 보며 묻는다. 무슨 내용이지? 유진이 대답한다. 자위를 하면 범인의 얼굴이 보이는 레즈비언 형사의 일기야. 죽이는데. 너는 유진에게 손을 내민다. 로버트 애슐리가 미술관에 들어간다. 너는 치즈버거를 먹으며 말한다. 너에게서 편집증이 느껴져. 침대 위의 유진이 대답한다. 난 편집자야. 이런, 네가 미친년인 줄은 몰랐어. 너는 유진이 편집한 일기책을 펼친다. 유리창 안에서 알몸의 인간들이 대화하는 것이 보인다. 너는 프레이즈를 걷는다. 바람은 회로다. 뒹구는 비닐봉지가 전자적이다. 공산주의자는 비를 맞으며 여권을 읽는다. 노숙자들이 로버트 애슐리를 구타한다. 너는 너도 모르게 고개 젖혀, 날아오는 축구공을 피한다. 공중전화 박스 안에서 매미가 울고 있다. 너는 멈춰 서서 생각한다. 이럴 수가, 이 미친년이 내 머릿속에서 완벽해지고 있잖아. 에르메스가 벨보이의 후드티를 매만지며 말했다. 오, 불쌍한 벨보이. 너는 여전히 겨울에 도착하지 못했구나. 벨보이는 코팅진 주머니에 손을 찔러넣고 해변 유원지를 걸었다.

　─도착하고 있다.

　술병을 들고 회전목마에 타 있던 거렁뱅이 켄이 읊조렸다. 늙은이다! 시간을 퇴치하자! 패딩을 꼭 껴입은 아이들이 거렁뱅이 켄에게 눈덩이를 던지고 도망갔다. 호우! 호우! 호우! 거렁뱅이 켄은 소리쳤다. 그리고 다시 읊조렸다. 결국은 도착하고 말 것이다. 벨보이는 거렁뱅이 켄 옆의 목마에 올라탔다. 켄 씨, 뭔가 잘못된 것 같아. 거렁뱅이 켄이 잠든 듯 고개를 떨궜다. 사방에서 어제의 냄새가 나요. 그들의 목마가 구름의 방향을 따라 회전했다.

 —켄 씨, 냄새는 살아 있어. 그들이 나를 쫓아오는 것만 같아.

관람차 꼭대기에서 누군가 창문 밖으로 뛰어내렸다. 유언 대신 얼음 깨지는 소리가 날려왔다. 아직 도착하지 못했나. 거렁뱅이 켄이 고개 들어 주위를 두리번거렸다. 유원지가 조지 거슈윈 음악을 따라 회전했다. 이게 다 지구온난화 때문일까요? 브로호, 조금만 더 힘내라. 우리는 도착해야만 한단다. 거렁뱅이 켄이 목마의 이마에 키스했다. 켄 씨! 저것 봐요! 좆도 보라색 비가 내리고 있어! 벨보이는 팔을 벌려 회전목마 천장에서 뿜어져나오는 LED 불빛을 마주했다. 유진이 빈 핫도그 박스를 들고 올라온다. 너는 박스를 주차장 바닥에 깔아 유진과 함께 앉는다. 유진이 맥북을 열어 〈아쉬크 케립〉을 재생한다. 너와 유진의 얼굴 위로 헤드라이트 빛이 스쳐간다. 육각형, 팔각형, 물방울. 유진은 프란츠 파농의 책을 베고 잠든다. 옥상 난간 너머로 아파트가 보인다. 가로수들의 조증이 벽을 기어오른다. 볼링 핀 간판이 벼락 맞아 터져버린다. 컬러콘이 들판의 개처럼 굴러가고, 너는 비에 젖은 유진의 머리칼을 쓸며 기도한다. 이 친구의 새로움이 날 포기하지 않게 해주세요.

 —벨보이, 그 사실을 알고 있나?

벨보이가 거렁뱅이 켄을 바라봤다. 뭘요? 자지를 꺼내 목마에게 쑤셔대던 거렁뱅이 켄이 대답했다. 첸은 예수님이야. 해변은 은하수와 함께 회전했다. 술집 거리로 간 벨보이는 빨간 우체통 위에 앉아 피리를 불었다. 코가 예쁜 동지! 혼돈을 조심하라구! 재즈 클럽 뒷문을 빠져나온 좀도둑들이 소리쳤다. 벨보이가 그들에게 담배를 던져주자, 아아, 도둑맞아버렸어. 보라색 피코트를 입은 기도가 뒷짐지고 서성였다. 벨보이는 피리를 불었다. 어떻게 알았지? 맞아. 나는 자살을 도둑맞아버렸어. 벨보이가 고개 흔들며 피리를 불었다. 응. 크리스마스에 꼭 할머니를 산 채로 화장터에 넣어드릴 거야. 벨보이는 두 눈을 감고 피리를 불었다. 이런. 너는 너를 잃어버렸구나. 기도가 우체통에 손을 넣어 권총을 꺼내 건네줬다. 피리 대신 이걸 불어봐. 벨보이는 총구를 입에 물고 방아쇠를 당겼다. 봐, 우리는 혁명을 도둑맞아버렸어. 기도가 우체통에서 얼어붙은 비둘기 사체를 꺼내 하늘로 집어던졌다. 갑자기 다 지쳐버렸던 거야. 술 취한 경찰관 둘이 비틀거리며 걸어왔다. 희망, 사랑, 불안이 행복을 불러올 것이라는 0의 법칙마저도 전부 다. 저기 도둑이다. 여기 살인범이다. 저기 피상들이다. 여기 기조들이다. 거리의 형이상을 모두 소탕하라! 눈보라를 향해 뛰어가던 경찰관들이 빙판길에서 자빠졌다. 친구. 밤이 금속노조처럼 행진하고 있어. 그들은 하늘을 보고 누워, 뛰듯이 허우적거리던 동작을 멈추고는 몸을 떨었다. 벨보이는 허공에게 짓밟히는 그들을 지나쳤다. 얼굴이 생각나지 않을 때도 있었어. 방금 헤어졌는데, 눈꼬리가 생각나지 않아서 다시 쫓아가 종일 바라보았던 날도 있었는데. 벨보이가 출판사 창문에 돌을 던지며 중얼거렸다.

—누군진 몰라도 올라와 글쟁이 개새끼야! 네 졸작이 담긴 USB를 네 좆구멍에 쑤셔넣어주마!

야근하던 문학팀 편집장이 창문을 열고 고함질렀다. 몇 팀원들이 편집장을 말렸지만, 편집장은 창문 밖으로 허리까지 내놓은 채 날뛰었다. 그럼 평생 떡칠 때마다 네 좃이 네 좃같은 문장을 내뱉겠지! 모든 여자들이 네 대갈통에 오물을 쏟아낼 거고 결국 네 좃마저 너의 좃같은 재능을 외면하게 될 거다 씹새끼들아! 편집장이 팀원들에게 끌려들어갔다. 혹시 내가 나를 사랑한 것은 아닐까. 그러니까, 그녀가 나의 숨겨진 모습을 끌어냈고, 나는 내 안을 박살내고 탈주해버린 그런 신비함을 사랑했던 것은 아닐까. 벨보이가 다시 돌을 던져 창문을 깨뜨렸다. 아니야. 그것만으로는 불가능한 기쁨이었어.

─크리스마스에 저 새끼들 소설을 편집하느니 루돌프에게 눈을 짓밟히는 편이 낫겠어!

모르겠어. 어쨌든 유진 탓이야. 너는 출판사 건물 안으로 들어간다. 유진이 케이크 조각을 든 사람들에게 둘러싸여 있다. 회색빛 드레스 너는 너의 앞머리를 쓸어넘기고는 유진에게 다가간다. 왔네요. 이분이 벨보이의 일기를 쓴 벨보이예요. 유진이 주위 사람들에게 너를 소개한다. 부처처럼 생기셨네요. 저 그 책 샀어요. 아마 우리집 개가 읽고 있을 거예요. 기획이 훌륭했죠. 문학포비아들의 일기 선집이라니. 맞아요. 유진은 대단한 편집자예요. 저기 오늘의 주인공이 오네요! 문 안으로 오리 한 마리가 뒤뚱거리며 걸어온다. 오리의 일기의 오리예요! 오리를 지켜보던 시인들이 바지에 똥을 싼다. 너는 유진의 손목을 잡고 테라스로 나간다. 비행기 불빛. 입맞춘다. 비행기 불빛. 손을 놓친다. 비행기 불빛. 밀쳐진다. 비행기 불빛. 남겨진다. 드레스 주름. 구조가 보인다. 종횡. 원경. 비행기 불빛. 사라진다. 공중이 몰려온다. 너는 나에게 지옥을 처먹이고 있어. 귀뚜라미떼가 가득 멀어진다. 벨보이는 철거된 사무실 안에 멈춰 서 회색 벽을 마주했다. 웃음, 울음, 싱거움, 아우성, 손, 몸, 발목, 깍지. 실재가 우리를 우리가 지겹도록 만들었어.

청취자 여러분! 나는 첸! 안녕이에요! 나를 어머니는 유괴해왔어요. 별자리 점을 봐주겠다며 소작농의 집에 들어가 아이 안에 잠들어 있는 바구니 하나를 데려왔죠. 그게 나예요! 하이퍼 첸! 맞아요! 첸은 기억나요 그날의 어머니가! 나를 앉아 성당에 있었어요. 그 다정한 눈빛! 어머니는 바라봐주지! 한 번도 첸을 않았어요. 심지어 바로 앞의 성경책도! 전등만큼 둘러보았죠 눈빛으로 자꾸 따뜻한 주위를. 버려지길 기다리는 병아리처럼. 오, 그러나 그녀의 발가락을 첸은 발견했어요. 아기는 슈퍼 초능력자잖아요! 시선 없이도 노려볼 수 있는 것들이 있어요! 예를 들면, 전쟁! 우울증 탓에 자살하는 자연! 재해! 기타리스트가 느끼는 우주력! 피자 박스를 들고 걸어가는 사람의 미소! 혼자 이불을 덮고 불을 끄는 사람들의 숨소리! 아버지는 톱을 꺼내, 집으로 돌아온 어머니의 다리 한쪽을 잘라 첸과 함께 묻어버렸죠. 첸은 무덤 속에서 어머니의 발가락을 빨았어요. 그곳에서도 도면을 발가락은 그리고 여전히 있었거든요. 그녀가 꿈꾸던 집. 방 하나 없이 수많은 수도관들만이 가득 꼬여 있는 건축물! 첸은 발작을 어머니의 빨아먹고 선 거예요 부활한! 청취자 여러분, 참새들의 날갯짓을 구경해본 적 있나요? 언젠가 참새들은 별빛처럼 움직였어요. 갈색 빛 행운들. 이쪽에서 저쪽으로, 저쪽에서 그쪽으로 무리지어 쏟아져가던 갈색 별들이 기억나요. 언젠가 어머니는 아버지를 사랑했어요, 언젠가 아버지도 어머니를 사랑했어요. 첸은 아직도 그 일이 동시에 일어나는 꿈을 꿔요. 그렇게 완전히 다른 두 개의 사건이 한 치의 어긋남도 없이 한 줄의 시간 위로 겹쳐지는 꿈을요! 첸은 그곳에 없어요. 그래도 첸은 그곳에서 첸의 움직임을 느낄 수 있어요. 이쪽에서 저쪽으로, 저쪽에서 그쪽으로. 참새들이 공기 속에 숨겨진 이중 사슬을 찾아가듯. 첸의 소원대로. 결국 사랑이 물리를 뛰어넘어버렸어요. 오예! 위대한 사랑! 정신병원에 언젠가 감금되었고 어머니는 아버지는 항구의 떠돌이 개들에게 물려 죽었죠. 여러분! 첸은 궁금해요! 지구를 반으로 자르면 바다는 어떻게 되나요? 죽음은 무엇들이 엇갈렸을 때 창조되는 건가요? 좋아하는 사람들을 좋아해도 되는 걸까요! 마지막으로 산타 할아버지씨는 정말 루돌프의 빨간 코에 고추를 넣어주는 어린이에게만 선물을 주시나요?

재키는 운전중에 친구의 전화를 받았다. 친구는 자신이 지금 두 눈알을 인두로 지져버렸고, 이제 호두나무가 될 거라 전했다. 드디어 나에게 존 레넌 새끼한테도 쥐터질 법한 병신 친구가 생겼군. 재키가 통화 종료 버튼을 눌렀다. 재키는 미스터리하다. 미스터리 드라이버 재키. 동료들은 재키의 화물칸에 시체들이 쌓여 있을 거라 수군거리지만, 사실은 재키가 시체 그 자체였다. 재키는 십오 년 전 트럭을 세워두고 기찻길에서 담배를 문 채 오줌을 갈기다 야간열차에 치여 죽었다. 그러나 재키는 그따위 사소한 일에 신경쓰지 않았다. 그가 그의 죽음을 인지하지 않았으므로, 그의 자아가 자연의 이원성을 꿰뚫어버렸으므로, 그 누구도 재키의 육신을 의심하지 못했다. 청취자 여러분 그럼 다시 안녕! 재키가 지역 라디오를 꺼버리곤, 고아원에 전화를 걸었다. 잘못된 번호라는 안내 음성이 돌아왔을 때, 재키는 매년 그래왔듯 조수석에 챙겨둔 잭 다니엘을 꺼내 마셨다. 원장님. 저는 지금 해변으로 가고 있습니다. 아직 슈게이징처럼 눈보라가 휘날리는 도시를 지나가고 있지만, 해변에서 저를 기다리고 있는 사람들이 아주 많거든요. 원장님. 제가 원장님이 평생 공부해오신 측지학이 정확히 무엇인지는 모르겠으나, 지도에 그려진 파란 너비에 대해서는 상상해볼 수 있습니다. 잘못된 번호라는 안내 음성이 한번 더 흘러나왔다. 재키는 매버릭에 불을 붙이고 차창을 내렸다. 저 앞에, 흰 눈을 맞으며 경광봉을 흔드는 신호수가 보였다. 제가 〈스케이트보드의 제왕〉 다큐멘터리를 보고 나서 동네의 아이들을 끌고 다녔을 때를 기억하십니까? 원장님이 말씀하셨잖아요. 네가 해변 도시에서 태어났다면 독타운의 챔피언이 됐을 거라고. 재키, 네가 해변 도시에서 자라났다면 너와 함께 지구의 중력도 달라졌을 거야, 라고. 제가 미술시간에 캐딜락 오픈탑과 롤러블레이드를 탄 매춘부를 그렸던 것을 기억해요. 제가 운전석에 앉아 있고, 원장님이 데이토나 셔츠를 입고선 큐빅 박힌 선글라스를 매만지며 조수석에 서 있었잖아요. 우리 옆으로는 제가 한 번도 보지 못한 야자수와 해변이, 차바퀴 밑에는 수잔나, 그 뚱땡이 꼬마애가 피투성이가 되어 깔려 있었죠. 원장님에게 많이 혼났었는데. 그거 알아요? 최근에 수잔나를 본 적이 있어요. 일을 마치고 돌아오는 길에 스낵바를 들렀는데 그녀가 카운터를 보고 있었죠. 그녀는 예전만큼 뚱뚱하지 않아요. 두 번의 이혼 후 젖이 무슨 암에 걸렸다더군요. 모르겠어요. 어린 시절의 뚱뚱함. 그건 그녀가 일생 동안 겪을 수 있는 유일한 여유로움이었던 걸까요. 트럭 뒤로 사이렌을 켠 고속도로 순찰대가 쫓아왔다. 경고한다. 트럭을 세워라. 멈춰 서서 검문을 받아라. 잠깐 젠장, 저거 재키 아니야? 그게 누군데요? 다시 한번 경고. 멍청아 입 닥쳐. 네? 재키는 도로의 보호를 받아. 재키를 검문했던 우리의 수많은 동료들이 악마도 침을 뱉을 법한 사고를 당해 도로에서 돌아오지 못했지. 니미 씨발 아멘. 경찰차가 유턴하여 멀어졌다. 재키는 저 앞에서 또 한 명의 신호수가 경광봉을 흔들고 있는 것을 볼 수 있었다. 원장님. 지금은 단지, 반바지와 수평선을 생각합니다. 수평선을 자세히 살펴보면 지구가 둥그렇다는 것을 느낄 수 있게 된다 하셨죠. 그 신비로운 태가 저에게 뭘 불러다줄지 궁금합니다. 고아원을 도망칠 때 넘어뜨린 눈사람? 형무소 마당에서 읽었던 『티베트 사자의 서』? 처음 방을 얻었을 때 오랫동안 지켜봤던 욕조의 깊이? 욕조에서 걸어나오는 여자? 욕조에서 걸어나오는 두번째 여자? 욕조 안에서 노래를 부르는 여자와 여자아이. 뚜. 뚜. 뚜. 재키는 술병을 창밖에 던진 후, 고아원에 다시 전화를 걸었다. 유원지에서 내 어깨에 손을 올려두고 춤추던 두 여자가 생각날 거예요. 두 여자의 이마 위를 스쳐가던 빌어먹을 엘튼 존 목소리도요. 어쩌면 태어나서 처음으로 언어터져본 거대한 행복감에 무릎을 꿇고 만 내 모습도요. 술집, 지하 카지노, 경마장, 노숙자 보호시설, 개싸움 클럽. 그러다보면, 이층 버스를 타고 떠나는 두 여자가 떠오를 거예요, 현관문 밑으로 신문과 함께 들어오던 붉은 햇빛도. 빈 욕조. 계속 비어 있기만 한 욕조가. 욕조에서 장난치는 아이들이, 저를 들어 안아주던 원장님의 펜던트가 생각날지도 모르겠네요. 저는 여전히 해변에 가본 적 없어요. 원장님, 측지학은 한 사람의 인지능력에서 한 사람이, 한 사람이 속해 있거나 속해 있었던 모든 공간을 제거하는 방식들은 가르쳐주지 않습니까? 만에 하나 끝끝내 해변이 절 배신하지 않는다면, 제 안에서 뾰족해지고 있는 장면들이, 오로지 평면의 형태로 납작하게 넓어지며, 이 도로의 차선처럼 앞으로 나아갈수록 연쇄적으로 떠오르는 저의 장소들을 하나의 평형으로 만들어줄 수 있을까요. 얇고, 둥그런. 마치 제가 그것의 부드러움을 느낄 수 있고, 제가 그것의 바깥에 온전히 서 있을 수 있다는 듯이요. 또다시 또다른 신호수가 재키를 향해 경광봉을 흔들었다. 속력을 줄이며 재키는 신호수와 눈을 마주쳤다. 원장님. 저 눈 좀 보세요. 신호수 눈동자가 공사장에 걸쳐진 파란 천막으로 뒤덮여 있었다. 스케이트보드와 디스코 펑크. 비키니를 입은 우리 불쌍한 수잔나를요. 신호수는 눈빛이 없었다. 노동에 박제된 생물처럼. 재키가 흰 눈에 뒤덮이는 신호수를 노려보며 말을 이었다. 지금, 희망에게 갈기갈기 찢겨버린 천사들의 시체 조각이 나를 붙잡아두기 위해 안간힘을 쓰고 있어요. 백미러에서 신호수는 사라지고 경광봉만이 핏빛으로 흔들리고 있었다. 하지만, 저는 곧 해변에 도착할 겁니다. 두고보세요. 내 트럭으로 성탄을 뚫고 나갈 거예요. 내 트럭은 당신의 축적을 짓밟을 수 있고 당신이 일으키려는 신앙의 중력마저 깔아뭉갤 수 있으니까요. 뚜. 뚜. 뚜. 원장님. 제가 얼음송곳을 아버지의 뒤통수에 박아넣고 도망쳤을 때, 아버지의 시간은 어떤 비율을 가지고 있었을까요. 원장님께서 말씀하셨잖습니까. 사람들이 태어날 때 부여받는 시간은 같지만, 각자가 어떤 순간들을 통과하는지에 따라, 순간을 감싸고 있던 지형과 온도에 따라, 시간의 비율이 달라진다고. 그러면, 한 사람이, 다른 한 사람의 시간을 끝장냈을 때, 남은 사람의 시간은 어떻게 되는 겁니까. 영혼에게서 시간이 벗겨져버리게 되는 겁니까? 아니면, 제 몫을 다하기 위해 시체 위로 흘러가던 시간이 썩은 내 나는 불행과 함께 남은 사람에게로 옮겨넣게 되는 걸까요. 원장님. 제가 마침내 그곳에 도착하면, 아버지에게 절 버린 이유에 대해 설명할 수 있는 기회를 드릴 거예요. 그러고 나서 원장님. 제가 원장님 뒤통수에 꽂혀 있을 얼음송곳을 빼드린 뒤, 다시 당신의 입속에다 박아넣어드릴게요. 당신의 시간이 저승에서조차 좆물 냄새를 풍기지 못하도록 말입니다. 재키. 이웃집 개의 이름과 함께 초자아를 물려받은 미스터리 드라이버가 질주했다.

합! 합! 다리 밑. 도복 입은 가라테 마스터가 아들과 함께 정권을 지르고 있었다.
―뭐하시는 거죠?
벨보이가 물었다. 나는 윤간당하고 있다. 가라테 마스터가 정권을 지르며 대답했다. 나는 신자유주의다! 아들이 소리쳤다. 둘의 입안에서 하얀 김이 서려 나왔다. 벨보이가 가라테 마스터에게 담배를 던져주자, 가라테 마스터는 정권으로 담배를 터뜨려버렸다. 정보가 나의 낭만을 윤간하고 있다. 다리 위로 전철이 지나갔다. 권법, 섹스, 그리고 평화. 우리 모두의 낭만이었다. 덜컹거리는 전철 불빛 속에서, 벨보이는 눈물과 콧물을 쏟아내고 있는 가라테 마스터의 얼굴을 보았다. *너는 붉은 숲을 걸어간다. 나뭇가지. 빛이 빌리 뱅처럼 들려온다. 너는 걱정에 노출된다. 사람들이 죄다 일기를 출간하고 있어. 네가 말*

했을 때, 내가 꿈꾸던 거야. 이제 세계는 자아로 밝혀질 거야. 유진이 대답했다. 좃도. 사람들이 일기를 시늉하고 있잖아. 심지어 아직 쓰이지도 않은 일기까지도. 피곤하니까 꺼져, 벨보이. 너는 붉은 숲을 걸어간다. 제발 쌍년처럼 굴지 마. 숲이 너의 꼭대기를 헤맨다. 너는 숲에서 숲을 기억한다. 의심은 동작이 없고, 불안은 증인이 없다. 토하듯이 개 한 마리가 지나간다. 다리 한쪽을 절룩이는 보더콜리. 수영장에 까마귀들이 앉아 있다. 열세 마리의 후일담처럼. 벨보이는 자신이 눈을 감은 줄 알았다. 벨보이는 자신이 전철에 앉아 있는지 기차에 서 있는지 알 수 없었다. 자신이 유진의 치마 안에 얼굴을 들이밀었던, 야간 노동자들과 역무원이 힐끗힐끗 훔쳐보았던, 비상구 등에 휩싸이는 유진의 얼굴을 올려다보았던 곳이 어디였는지도. 휘파람 소리와 함께 맨몸에 가죽조끼를 입은 불량배들이 올라탔다. 그들이 주먹 혹은 못 박힌 야구배트로 전철 손잡이들을 툭툭 치며 말했다. 우리는 선진국이다. 혀끝에 피어싱을 한 불량배가 손잡이를 핥았다.

—이 훌륭한 노동자 새끼. 우리보다 더 파괴적이야.

이 새끼랑 잘 수만 있다면! 모히칸 머리가 손잡이 안에 손가락을 넣었다 뺐다 반복했다. 잠깐만 친구들. 천장이 열리더니 객실 안으로 레이벤 선글라스를 낀 불량배가 뛰어내렸다. 대장, 어디 갔다 온 거야? 불량배들이 웅성거렸다. 존 러스킨을 만나고 왔어. 우두머리가 대답하자 불량배들이 주먹을 치켜들고 환호성 질렀다. 우와 죽이는데! 역시 대장이야! 드디어 미래로 돌아갈 수 있겠어! 우두머리가 선글라스를 벗어 손잡이를 응시하며 말했다.

—그나저나 이 자식 정말 위대하군.

232

마치 에밀 졸라의 불알 같아. 역사를 전부 애무해주고 싶을 정도야. 전철이 터널을 지나갈 때, 우두머리는 손잡이에 유두를 비비적거렸고, 벨보이는 자신이 눈을 감은 줄 알았다. *덜컹이는 지평. 누군가 언덕을 내려온다. 너는 지팡이에게서 폼을 본다. 유진이 걸어온다. 패턴이 내린다. 소음이 비워진다. 여름이 분출된다. 할머니가 사라진다.* 미래에 뭐가 있지? 우두머리가 조끼를 벗고 벨보이를 노려봤다. 우두머리를 선두로 불량배들이 대흉근을 불룩이며 벨보이에게 다가갔다. 잘 들어 레즈비언. 미래에는 새로운 과거만 있다. 전철이 터널을 빠져나오자, 벨보이는 자신이 사라진 줄 알았다. *손바닥. 너는 그곳에서 공립묘지를 본다. 유진이 비술나무를 올려다본다. 단성론자들이 기도한다. 유진이 더 높이 고개 든다. 너는 너에게로 조롱된다. 잠영, 하수구. 표상을 떨고 있는 쥐새끼. 단성론자들의 수단이 흔들리고 너는 흔들거리는 것이 너의 표정에서 정지되길 바란다. 그러나 목련이 있고 태가 있다. 소낙비의 태, 매미 울음의 태, 커피향의 태, 버스 커튼의 태, 새떼의 태, 이불보의 태. 숨의 태. 너는 손바닥을 쥐어보고, 내가 나에게서 지워지고 있는 것 같아. 너는 읊조리고, 유진은 손바닥 밖에서 목을 매단다.* 아니, 그런 일은 없다. 벨보이가 의자에서 일어났을 때, 손잡이가 된 불량배들이 말했다. 동지. 우리를 잊지 마. 사람들은 우리를 붙잡아야만 해. 벨보이는 섹스중독자에게 쫓기던 고양이를 안아 들고 개찰구를 빠져나왔다. 두개골을 파버리자! 가난을 파는 놈을 죽여버리자! 백화점의 캐럴 리듬에 맞춰, 꼬마 아이들이 삽으로 구세군을 후려 패고 있었다. 탕자다. 실존의 탕자가 찰스 브론슨을 찾아왔어! 벨보이가 고양이를 건네주며 물었다. 이 고양이 이름이 찰스 브론

슨이라고? 연탄재로 콧수염을 그린 꼬마 아이가 대답했다. 그래 씹새
야. 그리고 찰스 브론슨은 고양이가 아니라 탐정이라구! 맞아 맞아!
병신 탕자! 맹꽁이 쪼다 새끼! 꼬마 아이들이 너도나도 욕설을 내뱉
었다.

　—그렇습니다요. 선생님.

　저는 언젠가 탐정이었습니다요. 소화전 위에 올라간 고양이가 벨
보이를 향해 고개 숙였다. 벨보이는 놀라 가라테 킥을 날릴 뻔했으나,
자세히 보니 눈더미에 누워 간질 발작을 일으키던 구세군이 중얼거리
고 있었다. 벽이 온통 내장 찌꺼기와 피로 물든 아교 공장이 기억납니
다요. 사랑을 좇는 의뢰는 언제나 그런 식으로 끝나기 마련입지요. 인
간들은 전부 해부중독자 같습니다요. 애인, 옆집 유부녀, 샌드위치 가
게 웨이트리스, 발칸식 서정. 해체, 해부, 해체, 해부, 창자, 시신경,
핏줄, 기억, 사후. 잭나이프로 자기 배때기까지 쑤셔가면서 이해를 자
신의 장악력 아래에 두고 싶어하는 것 같습니다요. 선생님, 아이고 선
생님. 저는 텔레비전이 보고 싶습니다요. 저에게는 제3의 자아, 저의
저와 저 밖의 제가 조우하게 되는 저급하게 화려하고 다분히 보편 하
향적인 명상 공간이 필요합니다요. 그곳에서 평생 세뇌당하며 살고
싶습니다요. 구세군이 백화점을 향해 기어갔다. 꼬마 아이 중 하나가
삽을 눕혀 구세군의 입속에 쑤셔넣었다. 옜다, 반기문의 좆이다. 벨보
이의 어깨에 올라탄 고양이, 찰스 브론슨은 벨보이에게 속삭였다. 겨
울에 누군가에게 기대어 걸어보고 싶었어. 그들은 눈보라가 깡통을
흔드는 골목을 걸었다. 찰스, 지금이 정말 겨울일까. 찰스가 대답했
다. 벨보이, 내 진짜 이름은 제시 새커리야. 찰스든 제시든 그건 오럴

과 모럴만큼 다르지만, 너에게는 별로 상관없겠지. 골목은 들어갈수록 어두워지고 바람은 하얗게 분해되었다.

—제시, 나는 지금 걷고 있어.

—나도 그래.

그들의 발자국은 어둠에 가려졌다. 제시, 내가 지금 걷고 있는 거 맞지? 맞아. 사람다워. 골목은 어제 혹은 내일 같았다. 깡통이 뒹구는 소리가 멎을 때면 벨보이가 물었다. 제시, 내가 지금 안 웃고 있는 거 맞지? 맞아. 제시, 내가 지금 안 울고 있는 거 맞지? 맞아. 제시, 너는 꼭 포경수술 같아. 그게 무슨 말이야? 모르겠어 제시. 깡통 소리는 그들에게 매번 일정한 거리감으로 들려왔다. 제시, 무슨 말이라도 해봐. 제시가 대답했다. 아니야. 네가 이야기할 차례야 벨보이. 눈보라가 벨보이의 무릎 언저리를 훑고 지나갔다. 모르겠어. 제시, 나는 처음부터 예감에 휩싸였고, 그건 어쩌면 내가 처음부터 포기했다는 뜻이 아니었을까 싶어. 제시가 물었다. 무엇을? 사랑을? *비가 내린다. 너는 팔짱을 낀 채 유진과 같은 방향으로 고개 돌린다. 네가 보는 것들이 보이는 순간 생겨나는 듯이, 너는 비를 본다. 빗속의 도로를 본다. 도로의 승용차를 본다. 승용차가 사라진다. 트럭을 본다. 짐칸의 돼지들을 본다. 돼지들이 사라진다. 승합차를 본다. 아이들이 내린다. 승합차가 사라진다. 아이들이 흩어진다. 나무를 본다. 가지가 가늘다. 잎사귀가 밭다. 나무는 사라지지 않는다. 나무에서 나무가 아닌 곳이 장소를 만든다. 여학생들이 그곳을 지나가고, 이사꾼들이, 비둘기들이, 우산과 비닐봉지가 그곳을 지나가고, 비는 그곳을 소유하려 한다. 그곳에서 너는 유진에게 닿는다. 네가 유진을 돌아볼 때 유진도 너를 돌아보고,*

각자 팔짱 낀 너와 유진은 마주 고개 숙여 웃고, 너는 다시 그곳을 바라보고, 비가 내리고, 너는 그곳에 있었고, 너는 그곳을 완성할 수 없음을 알게 된다. 벨보이가 걸음을 멈추고는 손을 펼쳐 손가락 사이로 빠져나가는 눈보라를 지켜보았다.

　—누군가 우리 뒤를 걸어오고 있어.

　누군지 알 것 같아? 아니. 누군지 알 것 같을 때도 있었지? 이상히도 그럴 때는 확신됐고 그들은 배신하지 않았어. 그래서 누군지 알 것 같아? 이제 조금은. 누군데? 벨보이는 눈을 감았다. 벨보이, 사실 너의 일기를 읽었어. 닥쳐 제시, 넌 고양이일 뿐이잖아. 쉿, 페도필리아 성가대 같은 빛이 너를 따라오고 있어. 그 빛은 네가 눈치도 못 챌 사이에 너의 시간을 하이재킹해서는 네가 반쯤은 이해하다 종내 포기할 피진어의 뉘앙스로 너의 현재를 침몰시켜버릴 거야. 제시, 너까지 쌍년처럼 굴 필요는 없어. *접시에 고인 빗물 냄새, 셔츠 소매가 접히는 소리, 터키 카펫 위 벗어둔 회색 드레스 너는 감은 두 눈 위로 이층 버스 창밖을 내려다본다. 남자가 한 손을 입가에 얹어두고 너를 올려다본다. 담배를 피우지 않는데 담배를 피우고 있는 것 같고, 표정이 없는데 모든 표정 같다. 버스는 나아가고, 남자가 뒤따라 걸어온다. 다리 한쪽을 절룩이며, 잎사귀에서, 날아가는 새에게로 시선을 잇는 개의 눈빛으로.* 벨보이의 감은 두 눈 위로 황혼 같은 종소리가 쏟아져왔다. 벨을 지켜, 벨보이.

　시대는 변하지 않는다. 껍질은 변하지. 그가 타고난 모든 것을 고백한 듯 사라져버린 후에, 신시사이저가 도시를 지배한 적이 있다. 미지를 향해 미끄러져나가는 음향 속에서, 사람들은 미래가 단순함으로 구성되리라는 사실을 지지했다. 전음과 배음 사이의 기시감이 노동과 환락 사이를 좁혀갔고, 그건 곧 기억과 예지가 한 꼭지의 순간으로 접히는 착각을 불러일으켰다. 돌이켜보면 그들은 놀라울 정도로 순수했다. 세계 평화를 외치며 섹스하고, 알몸으로 팬케이크를 먹으며 아프리카에 대해 걱정했다. 마치 관념에게 사면을 구하려는 듯이. 신스 웨이브. 그들이 엘에스디에 취해 전쟁 묘지에서 육군 시체를 꺼내 긴즈버그의 시를 낭송할 때, 그들은 미래를 감각하기보다 실제로 미래에 존재했던 것 같다. 각자의, 그리고 동시적으로 모두의 표상에 배어 있던 미래라는 기억 속에 말이다. 알다시피 그 시기는 오래가지 못했다. 노력이라는 환상이 순수함을 거둬버렸다. 작년 오늘, 이 도시에 남은 마지막 천사가 눈빛을 잃었다. 이발사가 바구니를 들고 빵집에서 걸어나온 순간에, 칼라 블레이 트리오가 악보 앞에서 잠시 눈을 감은 순간에, 경비원이 책을 펼쳐 손전등으로 문장을 비추던 순간에, 그들이 그들 자신이 이미 너무 오래 살아버렸다는 사실을 눈치챈 순간처럼, 마지막 천사도 자신이 누구도 모르게 죽음을 지나쳐버렸음을 알아챘고, 나는 그의 어깨에 손을 얹으며 말했다. 메리 크리스마스. 그가 권총을 꺼내 내 얼굴을 겨눴다. 메리 크리스마스. 그렇게 우리는 헤어졌다. 그날 저녁, 그는 배리 화이트 노래를 틀고 있는 경찰서에 들어가, 안내 데스크의 여경에게 키스하며 그곳에 권총을 쑤셔넣다 총살당했다. 나는 커다란 날개가 도시를 덮는 것을 보았다. 그리고 이내 도시를 떠나가는 모습을. 그 순간처럼 눈이 내린다. 천사가 모두 자살한 도시를 걸으며 생각한다. 한때는 이 거리도 미래였음을. 거리를 걷는 이들의 몸짓을 보며, 형편이 어쨌든 그들이, 각자가 원하던 분위기, 그들 스스로가 유년기에 막연히 탐했던 미래의 조형물에 가까워졌음을. 슈퍼마켓을 가는 길에 우연히 본 거울 속에서 그들은 기억이 불러온 미래의 그들을 마주하며 아무 표정도 짓지 못할 것이다. 무방비 상태로, 과거에게 독살당한 듯이. 메릴랜드, 아칸소, 파리, 지와타네호. 어제 드디어 연락을 받았다. 일을 시작하기 전에, 나는 꿈속에서 그를 찾으러 돌아다녀야 했다. 내가 선택한 나의 두번째 신앙. 베트남의 야전 막사에서 그가 나를 기다리고 있었다. 이곳에 와본 적 있나요. 아니요. 나도 한 번뿐이에요. 우리는 별을 올려다보았고, 나는 잔인할 정도로 평화로워 보이는 별 밑에서 깨어났다. 어느 장소는 우리를 돌아오게끔 만든다. 우연히든 필연히든. 우리가 그곳에 돌아왔을 때, 우리는 마침내 시간이 진화하고 있음을 깨닫는다. 그것은 우리보다 먼저 그 장소에 도착해 있고, 우리보다 먼저 그 장소를 흡수하고 있다. 우리는 그곳이 아니라 그것으로 들어가게 된다. 그리고 우리는 결국 기화된다. 사산당하듯이. 정신을 차리면, 그것은 이미 우리가 되어 걸어나가 있다. 우리는 그것의 잔해, 이를테면 해변의 어린이, 졸업 무도회장의 얼간이, 장례식장의 외아들이 되어 그곳에 남아 있고, 이제 우리는 다시 우리를 떠나버린 우리의 질감을 좇아가야 한다. 그가 죽음 속에서도 영원을 기억해내려는 것처럼. 아, 그래 천사들. 나는 사실 도시의 천사들에 대해 이야기하고 싶었다. 그러나 하지 않겠다. 대신 기록적인 폭설로 인해 도시가 마비됐던 날, 쓰레기차 짐칸에 꼿꼿이 서서 쓰레기봉투를 짊어지던 체드 씨가 남긴 말을 전하겠다. 일천억 대의 그랜드피아노가 동시에 리스트를 연주하듯, 선법적인 음계처럼 쏟아지는 눈송이들이 도시를 잠재우던 날, 새벽 다섯시 백색의 거리에 형광 조끼를 입고 등장한 청소부 체드 씨는 쓰레기봉투 사이를 홀로 거닐며 지휘자의 눈빛으로 읊조렸다. 보라, 관념은 현실이 된다. 나는 새떼를 보았다. 기적처럼 도시를 날아다니는 하얀 새떼를. 그리고 종種의 최후를 알리듯 그들의 무덤을 쓰레기차에 실어넣는 파수꾼의 뒷모습을. 그렇게 나는 종료되었다.

　그녀는 꿈속에서 남자가 됐네. 하지만 그녀는 좆을 끔찍해해
　그녀는 가라테를 동경했네. 하지만 그녀는 가라테를 배우지 않았어
　그녀는 어머니와 함께 아버지를 떠났지. 하지만 어머니는 그녀도
떠났어

　그녀는 수영장에서 한 여자를 만났어. 그녀들은 전생에도 레즈비언
이었지
　레즈비언 개년들, 헤이 헤이 길고양이들이 나가신다
　세상에는 다양한 쌍년들이 있군. 사람들이 수군거렸네
　복잡하게 사랑도 하는군. 사람들이 수군거렸네
　이건 사랑이 아니야. 둘 중 하나의 그녀가 소리쳤네
　이건 우리의 행위가 아니야. 둘 중 하나의 그녀가 소리쳤네
　그녀들은 여름이 지나면 바르샤바에 가자고 약속했네. 하지만 그녀
는 그녀를 떠났어

　그녀는 꿈속에서 엘리베이터에 탔네

승강 승강 승강
하강 하강 하강
러브 오브 엘리베이터
승강 승강 정전
정전 정전 추락
엘리베이터 오브 러브

그녀는 꿈속에서 그녀의 손목을 지켜봤네
그녀는 꿈속에서 그녀들의 혈관을 지켜봤네
엘리베이터 오브 우드
그녀는 꿈속에서 언제나 발견됐네
꿈에서 깨어나 벨보이. 숲에서 깨어나 벨보이!

벨보이는 눈을 떴다. 기타 소리가 들려왔다. 거의 보이다시피, 아침의 조도처럼. 바람에 뜯긴 벽보들이 골목을 빠져나가고 있었다. 눈부심에 자리에서 일어난 벨보이는 그들이 날아가는 방향을 따라 걸었다. 주머니에 손을 꽂아넣고 워커 발목까지 올라온 눈을 살펴보거나 부르튼 입술을 매만지며 고개 젖혀 굴뚝 연기를 좇다가는, 가끔은 뒤돌아보곤 아무 동작 없이 멈춰 서 있었다. 흐려지는 발자국과 자신이 잠들었던 곳으로부터 날아오는 벽보들을 마주하며. 언젠가는 그곳에서 익숙한 사람들이 달려왔다. 벨보이가 담배를 물고 불을 붙일 때, 사람들은 벨보이를 통과해 지나갔다. 담배연기가 보이지 않는 틈 속으로 사라져가고, 벨보이는 손에 입김을 불어넣으며 걸어갔다. 음계

안에 빛이 있는 건지 빛의 결이 음률을 만들어내는 건지, 벽보 날갯짓 사이로 쏟아져오는 햇빛에 눈살을 찌푸리며 벨보이는 생각했다. 좆도 삶은 단 하나의 사건일지도 몰라. 그리고 침을 뱉었다.

—벨보이!

벨보이가 거리로 나오자 기타를 멘 장발의 남자가 벨보이를 껴안았다. 첸. 여기서 뭐하는 거야. 생일이래 내 오늘이! 첸의 뒤에서 또 하나의 목소리가 들려왔다. 벨보이. 오늘 우리는 떠난다. 취직 축하해요 산타 호모 새끼씨. 벨보이가 산타 복장을 하고 나타난 거렁뱅이 켄의 수염을 쥐어뜯었다. 그들은 삼각형으로 모여 서서 켄의 대마초 한 대를 나눠 피웠다. 택시와 피자 배달부, 그리고 아이와 함께 옷을 맞춰 입은 가족들이 지나갔다. 어이 운좋은 양반. 그래서 어디 고아원에 고용된 거죠. 켄이 대마초를 건네주며 대답했다. 적어도 21세기는 아니지. 하, 돌아오는 길에 주머니나 채워오세요. 도라에몽 병신 양반. 벨보이가 대마초를 빨고는 제자리에서 발을 굴렀다. 춥구나! 벨보이! 벨보이는 첸의 엉덩이를 걷어찼다. 벨보이, 우리는 돌아오지 않을 걸세. 뭐요? 첸, 너도 저 정신병자 노친네를 따라가는 거야? 네가 페드로 엘 네그로인 거야? 켄이 벨보이의 어깨에 손을 얹고 속삭였다. 저분은 예수님이셔. 야호! 너희 엄마와 구강성교! 첸이 소리질렀다. 어쨌든 또라이 아저씨, 씨팔 난 얼어죽을 것 같아요. 벨보이가 바지 주머니에 손을 찔러넣곤 허리 숙여 비틀거렸다. 여전히 목청껏 노래하는 첸과, 벽에 기대 대마를 피우는 켄의 모습이 보였다. 작은, 아주 작은 눈송이들이 휘날리는데, 내리는 것 같지는 않았고 그저 날려오는 것 같았다. 어딘가로부터. 그곳은 실재하는 곳일까, 아니면 허상에서 실재가 날아오는 것일까. 생각하는 순간에도 약한 눈발이 도시 꼭대기의 마천루부터 거리의 밑바닥까지 휘날리고 있었는데, 잠시나마 벨보이는 기타를 지닌 예수와 대마를 빠는 산타를 본 것 같은 환각에 휩싸였다. 같이 갈 텐가? 벨보이는 고개 들어 산타의 눈을 노려봤다. 그곳에서 날개가 펼쳐지고 있었다. 벨보이의 등뒤에서 자라나고 있는 한 쌍의 하얀 날개가. 마음먹은 당장 이 도시를 버릴 수 있다는 듯 산타의 푸른 동공 가득 펄럭이고 있었다. 벨보이는 천천히 얼어붙은 입술을 떼어, 정밀하게 대답했다. 좆 까고 있네. 켄은 벨보이에게 거렁뱅이 코트를 걸쳐줬다. 물론 그래야지 벨보이. 켄이 택시를 잡듯 하늘을 향해 팔을 추켜올렸을 때, 벨보이는 생각했다. 불쌍한 아저씨. 저 양반은 너무 추상적이야. 완전히 돌아버렸어. 아니, 어쩌면 우리는 모두 평생 추상적으로 살아가는 것일지도 모르지. 좆도 기억, 좆도 희망, 좆도 벌, 좆도 죽음, 좆도 사랑, 좆도…… 젠장 저 양반이 방금 예수가 중국인이라고 주장했던 거야? 여전히 눈발이 휘날리고. 벨보이가 택시에 올라타듯 허공에 발을 내미는 켄을 붙잡아 물었다.

—켄 씨, 나는 뭐하는 새끼지?

켄이 산타 부츠로 대마를 짓이겨 끄고 나서 대답했다. 맹세하건대 굳이 자네가 그걸 알 필요는 없다네. 명심해, 네 삶에서 네가 뭐하는 새끼인지는 좆도 중요치 않다는 말일세. 켄과 첸은 사라졌다. 어느 효과도 없이. 아무 순간 아무 이유 없이 대화가 중단되듯이 그냥 그곳에서 없어져버렸다. 벨보이가 주위를 둘러보았으나 골목에서 개 없이 개 짖는 소리가 들려올 뿐이었다. 벨보이는 양손의 가운뎃손가락을 펴 구름을 향해 인사하듯 흔들어보다가, 손을 펼쳐 자기 뺨을 갈긴 후

거리를 걸었다. 신호 위반 차량을 따라간 경찰차가, 운전수에게 차 밖으로 나와 무릎 꿇고 아스팔트 위에 대가리를 박으라 명령하고선, 메리 크리스마스라 인사해주고 멀어졌다. 센터에서 쫓겨난 부랑자들이 메리 크리스마스라는 말로 구걸했다. 제프 버클리만 생각하는 여자와 섹스만 생각하는 남자가 팔짱을 끼고 다녔다. 너희들 내일이면 전부 엿 먹을 거야. 개들이 뛰어다니며 인간들에게 예언했다. *너는 잠영한다. 얼룩진 타일이 보인다. 격자무늬는 속력을 만들고, 너는 너의 그림자 밖으로 벗겨져나간다. 귓속으로 들어온 물의 공간이 팽창한다. 너는 네 안의 부력을 견디며 나아간다. 공간감은 네 안에서 네 안으로 밀려온다. 오로지 네 안에서 네 안으로 투명함을 초과하며, 너의 숨마저 집어삼키면서. 라인은 보이지 않는다. 허리를 접고, 무릎을 접고, 허리를 펴고, 무릎을 펴고, 허리를 접고, 무릎을 접고, 허리를 펴고, 무릎을 펴고. 리듬의 순간을 놓치지 않으며 너는 코로 숨을 내쉬며, 네 안의 공간을 비워낸다. 조금씩 그것은 일그러진 물방울 형태가 되어 너에게서 빠져나오고, 네가 신경쓸 수 없는 곳으로 멀어지고, 허리를 접고, 무릎을 접고, 너는 잠시 푸른빛 속에 있고, 물이 너를 휘감는 것을 느끼고, 갑작스레 모든 것이 원활해지고, 너는 아무것도 보이지 않고, 너는 위치를 예상할 수 없고, 계절을 가늠할 수 없고, 너를 기억할 수 없고, 너는 물 밖으로 고개 내밀고, 조명이 쏟아지고, 이명이 들려오고, 염소 냄새가 찔러오고, 벽에 기대 입안 가득했던 물을 전부 토해냈을 때,* 동지! 사랑을 조심하라구! 할리 데이비슨을 탄 바이커 갱들이 벨보이에게 거수경례하며 떠나갔다. 라이더 재킷의 엠블럼이 언덕을 올라가고, 참수된 천사 머리통들이 도시 밖으로 증발했다.

―메리 크리스마스 제시.

벨보이가 햄버거 쿠폰을 꺼냈다.

―수잔나, 유진은 어디 있죠?

―제시. 유진을 떠난 건 너야.

벨보이는 어깨를 추켜올렸다. 누가 누구를 떠났는지 그걸 누가 알수 있겠어요. 나는 너의 일기를 읽지 않았단다. 저도 아주머니 일기를 읽어보지 않았어요. 둘은 잠시 입을 다물었다. 유진은 결국 자신의 일기는 쓰지 않았어요. 그렇다고 네가 그 아이를 생각해볼 수 없었던 건아니야. 수잔나가 패티를 굽기 시작했고, 벨보이는 그녀의 앙상한 뒷목을 지켜보다가 테이블에 앉아 얼굴을 쏠어내렸다. 잠시, 불 꺼진 창고에 서 있는 유진이 보였다. 그녀가 출판한 거의 모든 사람들의 일기들, 거의 모든 사람들이 사지 않은 거의 모든 사람들의 일기들에 둘러싸인 유진. 창밖을 지나가는 사람들은 어디서 나타나는 건지. 그들은 차라리 클랙슨 소리 같았다. 형체 없이 거리를 기습했다 사라져버리는, 물론 그들은 형체가 있지만 조형 외의 다른 의미들을 모조리 잃어버린, 오로지 영상으로만 인지되는 환영적 씹새끼들에 불과하다고. 클랙슨. 사이렌. 성당 종소리. 좆도 이제는 징후조차 되지 못하는 거리의 질환들. 담배를 꺼내던 벨보이는 어깨에 커다란 비둘기를 얹어둔 부랑자가 거리로 등장하는 모습을 보았다. 마치 인간처럼. 크리스마스 인파 속의 유일한 인간처럼. 벨보이는 이끌리듯 유리창 가까이 몸을 기대었다. 버드맨이 어깨 들어 비둘기의 부리에 입을 맞추자 비둘기가 버드맨 수염에 붙은 빵 부스러기를 쪼아먹었다. 버드맨이 몸을 움직이면 비둘기가 날개를 펴 균형을 잡았고, 버드맨이 조그맣게 입을 벌려 뭐라 속삭이면 비둘기가 고개를 주억거렸다. 아이스스케이트화를 든 아이들이 달려온 곳에서부터 그늘이 몰려왔다. 눈보라, 겨울의 유일한 상상력과 함께. 종종걸음으로 쏘다니는 인파 가운데서 버드맨이 혀로 비둘기의 부리를 핥았다. 비둘기도 혀를 빼내 버드맨의 혀를 핥았다. 맙소사. 버드맨이 슬며시 손을 들어올리니 비둘기가 손등에 올라앉았고, 버드맨이 바지춤을 열어 그 안으로 비둘기를 인도했다. 그만둬 제발. 이내 버드맨이 허리를 앞뒤로 흔들었고 벨보이는 손으로 입가를 그러쥔 채, 캐럴이 울려퍼지는 거리 한복판에서 비둘기와 씹하는 버드맨을 지켜봤다. 눈빛 없이 껌을 씹거나 혼잣말을 내뱉으며 유기견들의 항문을 따라 제 갈 길을 가는 행인들 사이로, 그들에게 예고 없이 포기당한 영혼들의 장례 행렬마냥 쏟아지는 폭설 사이로, 단독의 유물론자처럼 비둘기와 씹하는 맹인을. 앞으로 내 생에 벨 앤 세바스찬을 듣는 것보다 끔찍한 일은 없을 거라 생각했는데. 벨보이가 과거에 겪었던 역겨운 일들을 떠올릴 때,

똑, 똑.

버드맨이 벨보이를 노크했다. 똑, 똑. 또 한번 노크 소리가 들려올 때에야 벨보이는 그들 사이에 유리창이 있다는 사실을 깨달았다.

—페가수스.

버드맨이 바지춤을 올리자 비둘기가 날아오르더니 버드맨 머리 위를 한 바퀴 선회한 후 그의 어깨에 올라앉았다. 벨보이는 초점이 있을 수 없는, 그러나 입체적으로 엄습해오는 버드맨의 흰 눈깔을 마주했다.

—자, 지금 나에게는 뭐가 보이는지 대답해봐.

쉬. 버드맨이 검지를 세워 자신의 입가에 갖다 대었다. 벨보이는 입술 안으로 말이 도주해오는 것을 느꼈다. 입술 밖의 소음들이 모조리 버드맨의 지문 속으로 빨려들어가고 있음을. 정적, 그리고 무의식마저 감관의 중력을 잃다시피 자신의 바깥, 그러나 현상계까지도 초월한 곳으로 멀어져가고 있음을. 버드맨이 입가에 얹어놓았던 검지를 내려놓고는, 방금 세상의 모든 기조를 집중시켰던 손가락으로 벨보이의 후방을 가리켰다. 벨보이는 거의 최면에 걸린 듯이, 마치 계시를 받은 것처럼 버드맨의 검지가 가리키는 곳을 향해 천천히 고개 돌렸다. 그곳에는 포장된 햄버거 하나가 놓여 있었다. 버드맨이 양손을 들어 허공을 벗겨내기 시작했다. 한 겹, 한 겹, 부드럽게, 본질을, 더 나아가 허공의 비어 있음이라는 의미마저 벗겨내듯이. 벨보이는 의자에 앉아 햄버거 포장지를 벗겨보았다. 심호흡으로 떨리는 손을 자제시키며, 포장지를 다 벗긴 벨보이가 다시 유리창 밖의 버드맨을 올려다봤을 때, 눈동자 없는 맹인이 햄버거를 향해 미소지었다.

　—스페이스.

　디스 이즈 스페이스. 버드맨이 벨보이를 남겨두고 떠나갔다. 부리에 그의 정액을 묻힌 페가수스와 함께. 어느새 어두워진 시가지 속으로, 동시에 순백의 공허 깊숙이. 테이블에서 원이 회전하고 있었다. 흐름이 끝없이 이어지는, 어디가 시작점이고 끝인지 모를 원으로 가득한 원. 벨보이가 햄버거를 집어들었다. 창 안으로 간극이 쏟아졌다.

프리즘

나야. 퇴원길에 코스를 들러 블루종을 샀어. 버스를 타려다 걸어왔지. 아, 피팅룸에서 잠시 정전이 있었는데, 글쎄 잘 모르겠네.

바타유 읽어봤어? 아니. 파베세는? 절반쯤. 스케이트보드를 든 남자애가 걸어갔다. 도쿄는 어때? 아오야마에 가본 적 있지 나도. 통화를 마친 남자애가 몸을 낮춰 스케이트보드를 타고 미끄러져 광장을 지나 가판대 서점 앞에서 친구들과 필스너를 돌려 마시며 앙드레 마송이니 모이제스 마르케스니 졸업 전시 이야기를 나누다가 다 함께 버스에 올라타. 친구 한 명이 지난주에 열렸던 파티에 대해 묻자 남자애는 드레스룸에서 옷을 벗었던 여자아이의 이름을 말해주면서 그녀가 도쿄로 떠났고 한 달 뒤에 돌아올 거라 대답하고 친구들은 차창 안으로 쏟아지는 햇빛에 휩싸여 표정이 보이지 않고 대마초 두 봉지를 구입하여 화장실로 들어간 남자애가 변기에 앉아 오학년 여름에 전학

간 다운증후군 친구를 떠올리며 다리를 걸어 넘어뜨린 적 있었는데 말은 한번 걸어본 적 없었던 친구를 갑작스레 떠올리는 남자애가 화장실에서 나와 스케이트보드를 타고 이미 취해 걷는 친구들을 쫓아가다 언덕길에서 노면전차를 따라 내려가며 언덕 아래는 노이즈 같아서 이르게 켜지는 네온사인 불빛 속으로 사라져가는 친구들의 목소리와 노면전차 안에서 졸고 있는 사람들을 지나치며 남자애는 그들을 대신해 미끄러져 떠나가며 너의 선의가 불러일으키는 외로움을 믿지 말라던 진로상담사의 말을 떠올리는데 파랗게 젖어 있는 시가지 거리에 서서 화장을 고치던 여자 친구들이 포옹하여 남자애를 맞아주며 여자아이들과 남자아이들이 무리 섞여 횡단보도를 건너가는 중에 남자애는 홀로 잠시 멈춰 뒤를 돌아본다. 신호등을 지나, 몇 개의 레코드가게 지나, 농구장 뒤편에서 누군가를 잃어버린 것 같음. 오늘 너 환영회 여는 거 알지? 어, 저녁이지. 응, 꼭 와야 해. 알았어. 물소리와 그저 그뿐인데 검은 비닐봉지가 떠다니는데 햇빛이 들추는 광장이 어느 날의 침상과 닮아서 손차양으로 눈에 그늘을 드리웠으나 멀리 폭발음이 기억되는 장소에 타워크레인이 서 있고 바람이 여자아이 머리카락을 흔들며 정오를 부숴 흘리는데, 무슨 문제 있어요? 아니 괜찮아. 이부분 좀 읽어볼래? 한 여자가 도망치는 우리를 보았다. 안경을 벗은 교수님은 슬픔에 쪼그라들더니 머릿속에서 진행되는 자신의 목소리 속으로 빨려들어가버렸습니다. 슬픔이라는 말은 안 적혀 있잖아. 내가 읽으니 내 마음이야. 사이프러스 그늘 아래서 책 읽는 연인들을 지나 걸어가 담을 넘었다. 그리고 다시 약간의 풀숲을 헤쳐 걸었다.

노인이 샤워기 아래 무릎 꿇고 앉아 몸을 문지르고 있었다. 부딪쳐오는 물방울은 사라진 공간들 같고 그날 꿈에는 티베트 중을 가득 태운 야간버스가 창문 밖을 지나가는데 수영복을 입은 채로 시립체육관 샤워부스에 서 있으니 수영을 마치고 씻는 중인지 전에 씻는 중인지 알 수 없어져 탈의실에서는, 그래서? 걔가 웃으며 잘 지켜보라더니, 내 손을 놓고 달려오는 트럭 앞으로 뛰어나가버린 거야. 충돌에 잘려나간 머리가 러쉬 매장 안까지 굴러갔나봐. 샴푸와 비누를 든 사람들이 가게 밖으로 뛰쳐나와 비명 질렀지. 정말? 아니. 뭐? 아무 일도 일어나지 않아. 언제나 그 사실을 알고 있을 거야. 옷을 다 입은 여자애들이 탈의실을 나가고 수영장에 들어가 자유형 했다. 수심이 낮아 파란 타일이 가까워 보였고 고개 들면 채광이 눈부셨는데 체육관 밖으로 나오니 수영이 상상 같아서 얼굴에 얹어둔 양손을 내려놓으며 전철에 올라타. 희미한 등빛 아래 서서 이동되어지며 가끔 어떤 역들에서 오랜 장면에 가까운 풍광이 펼쳐질 때는 잠시 눈을 찌푸렸으나 그럼에도 날갯짓 같은 환영들이 감은 눈 곁으로 빛과 함께 머무르다 떠나갔다. 대교로 들어서자 눈이 쌓여 있던 강을 떠올리는 여학생 둘이 나란히 앉은 자리에서 고개 돌려 창밖을 바라보기를, 옆 칸에서 걸어오는 맹인의 발소리 밖에서 눈이 쌓여 있었던 강이 흐르고, 눈이 내리는 중학교와 눈이 내리는 공동묘지와 눈이 내리는 호텔 유리창에 반영되는 여학생들의 얼굴이 강과 섞여 눈을 미리 기억해내는데 터널에 들어가자 모두 입장이 사라지고 터널을 빠져나오자 차창 밖 빌딩들이 흩어져 있었다. 개찰구를 나와 볼링 핀 간판 아래서 공기가 좁아지는 것 같아 어깨를 추스르다 지붕 위에 올라가 있는 개를 보았다. 개의 뒷모습이었다. 네발로 공중을 어슬렁거리며 얼굴을 보여주지 않는 개였다. 조지 크럼과 레스터 보위의 음반 그리고 텔켈지 초판본들을 수집하는 아버지를 고궁에서 만나 정원을 걸었다. 뒤뜰의 귀뚜라미 소리가 들려오는데 아버지는 잃어버린 개를 찾는 벽보 한 장을 쥔 채 걸어다녔고, 궁담 넝쿨 사이로 배어오는 빛깔은, 어릴 적 잔디밭에 누우면 어머니 치마 뒤로 쏟아지던 녹색 광선들이 지금까지로 이어져오는 것 같아 아득했다. 건반 앞에서 네가 뭔가를 발견했다고 생각했겠지. 눈을 감아도 네가 보였을 거야. 기둥에 붓질하는 복원가들을 지나치며, 약국의 붉은 머리 여자 약사에 대해 아버지가 이야기하고, 공쿠르상과 붉은 머리 아기의 손짓에 대해 이야기하며, 루이지 노노를 틀어놓고 아무 붉은 머리 여자와 자기 위해 사창가를 돌아다녔던 시절에 대해, 어둔 고궁 안에 들어가 색 떨어진 기둥 사이를 거닐며, 모든 순간들에 벌어질 모든 일들을 예상하고 예상한 모든 일이 일어나지 않음과 예상한 모든 일이 일어나지 않음을 예상함에 짓밟혔던 시절에 대해서 구멍난 랄프 로렌 니트를 입은 아버지가 이야기했고, 천장의 균열, 새어오는 빛깔과 작은 짐승들에게서 피어오르는 암녹색 불길함이, 속도 안으로 몰려오는 나무떼의 음영 속으로 헤드라이트 꺼뜨린 중고 왜건이 새벽의 국도를 지나가고, 조수석에 옆모습 하나가 비틀린 어깨와 깊숙한 창밖에서 아버지의 말소리가 들려오는데 차선은 분절되며 악보 없이 도로가 왜건을 나아가자, 자다가 깜짝 놀라 일어나 살아 있음에 또 깜짝 놀라며 중얼거렸지. 죽음은 감정이다. 동시에 방금 영원이 나를 건드렸음을 눈치챘단다. 죽음보다 긴 감정이 네모난 천장만을 남겨두고 나를 떠나버렸고, 공원을 걸으며 돌멩이를 사각형으로 몰 때마다 내가 계속 초과되고 있다는 사실을 깨달았던 거란다. 히치하이크하는 어둠을 지나쳤다. 백미러로 어둠 속의 어둠이 멀어지고, 속도 밖으로 어둠 속의 어둠 속의 어둠의 내부가 연쇄되고, 비가 온다. 안 온다. 온다. 안 온다. 일 초마다 비라는 전체가 나타났다. 비어지고 오르막길 없이 도로는 상승하는 것 같은데 피아노는 암전되어 있음을, 부인과 헤어진 후 손쓸 틈도 없이 과거의 자신으로 돌아가버린 일, 동료들의 눈빛에서 자신의 죽음만을 읽을 수 있던 과거에서도 도리 없이 과거만을 기다리며 도서관 화장실의 따뜻한 물에 손을 적시다 목을 매달아버린 자신과 유전자의 순수함에 대해, 천장 틈새로 뚝뚝 흘러내리는 녹색빛을 올려다보며 무명작가는 사과했다. 그럼에도 어느 한 문장을 마쳤을 때에는 오직 나만이 영원했단다. 구원은 개인적일 수 없어요, 아버지. 처음 보는 남자와 헤어져 고궁을 나오니, 복원가들은 어두워져 있고 그들 등뒤로 밀려나가는 빛이 조각내는 영역의 일부에서 어머니가 치마를 너풀거리며 멀어졌다. 보랏빛에 가까운

대리석 계단으로 발레교습소 아이들이 걸어내려오며 래그타임 연주에 새들슈즈 움직이고 교습소 창 커튼 처지자 신호등 불 바뀌어 골목으로 등 돌아 담배 태우는 택시 기사들 위로 새떼가 날아가는데 소리 대신 기적만이 맴도는 공중 아래로 교사가 대리석 계단을 걸어내려와, 왼 무릎을 굽혀 앉아 인도보호대에 묶어둔 자전거 줄을 풀어

잠시 선 채로, 롱코트 목깃으로 들어간 머리칼을 빼내곤 자전거에 앉아 페달을 밟아 나아가기를 처음에는 천천히 보도블록과 자색으로 젖어가는 구름의 울퉁불퉁함을 느끼며 마켓에 들러 사야 할 계란과 정어리 통조림을 셈하며 육교 아래를 지나고, 정비사가 가로등 회로 단자함을 열고 있는 길가에 들어설 때는 학생의 입에서 튀어나온 걸레라는 말의 뉘앙스에 가로등은 고쳐지지 않고, 정비사는 성당에 들어가 고해했던 일을 떠올리며 당신은 언젠가 이 시기를 감사하게 돌이킬 것이라 생각하겠지만 결코 그러지 않을 거라 두번째 가로등에 불이 들어오고, 세번째 네번째, 그 아이에게 좋은 음악들 좋은 음식들 좋은 영향을 주는 좋은 사람들을 만날 수 있는 기회가 주어지길 행운들, 좋은 여행들과 좋은 가치관들 쇼윈도 늘어선 오르막길에서 엉덩이 들어 페달 밟으며 그러다 단 한 번의 사랑 후 자해를 하며 평생 자신만의 고통에 감금당해버리기를, 가로등 불이 전부 밝혀진 길가에 남은 정비사가 마지막으로 다시 스위치를 껐다 켜며 비행기 라이트 너머에서부터 몰려오는 적막을 향해 하나둘 밝혀지는 가로등 불빛 아래서 모자를 눌러쓰는데, 마켓 주차장에 세워진 자전거와 냉동 코너에 진열된 아이스크림과 잔돈을 건네주는 점원의 손길과 발을 뗄 때도 관성에 의해 돌아가는 페달이 작년과 같아서, 마주 오는 바람들이 보이지 않는 곳에서부터 얼굴 바로 앞으로 이동해올 때마다 순간들이 서로 밀착되어버렸음을 현관문 손잡이의 차가움을 통해 이제 작년의 매일들이 앞으로 텅 빈 채 매일로 되돌아올 것임을 깨닫고, 주머니에 손을 넣고 휘황한 술집 거리를 지나온 정비사가 가로등 없는 집 앞에서 모자를 눌러쓰며 쥐와 별들에게 발각당하지 않게끔 존재감 없이 걸어가자 택시로 돌아가는 기사들의 신발 아래 고인 그림자가 거리를 길게 흐르며 저녁 빛이 물소리처럼 이어지는 골목 속으로 은행잎과 뒹굴던 개의 냄새가 흩날리는데 로터리 도는 버스들은 불빛을 품은 채 시가지로 돌아가고 맨 앞자리에 앉아 유리창 너머 사선으로 기울어지는 파르스름한 거리를 바라보며 목이 잘린 채 눈 쌓인 숲을 걸어가는 두 마리 개를 떠올리는 남자아이가 중얼거리길, 아직 밤이 시작되고 있어요. 번지듯 흘러가는 네온사인 글귀 잔상 속에서 서로의 뺨에 키스하거나 통화하는 사람들 사이로 손을 잡고 달려가는 누군가들의 모습이 비처럼 쏟아져오며 차창을 가로질러가고, 가득한 미등의 틈새로 몸짓을 변화하며 모든 방향인 척 그러나 웃음으로 하나의 목적지를 향하는 시늉으로 각자 다른 곳을 바라보는 흔들림이 둘의 얼굴과 손가락을 가렸으나 그들은 즐거운 아이들이었고 베이커리의 계피향이었고 번화가의 화려함이었고 시작되는 밤이었고 진행되는 가짜였으며 무수한 가능성의 슬픔이었고 버스 기사가 중얼거림을 생각하기를 밤에도 밤이 시작되겠지. 불 꺼진 부엌 식탁에 앉아 물 한 컵을 떠다놓고 비겁하게 창문을 쏘아보겠지. 창문 밖에서 빈 그네가 흔들리겠지. 성스럽다고 생각할 것이다. 공사장이 비어 있을 것이다. 여자아이들이 저택에 숨어 있을 것이다. 눈이 내리던 들판이 젖어 있을 것이다. 누군가는 목이 마를 거야. 잔의 물이 줄어들고 창문 밖에 그네가 없다는 사실을 깨달으면 시계 소리가 들려올 텐데 나도 함께 앞당겨지기 위해 눈을 감아보겠지. 결국 거실을 흔드는 공기의 파동에 놀라 눈을 뜨고 말 것이다. 여전한 어둠 속에서 사물들은 각성해 있고 희망은 너무나 두렵다. 버스에서 내리자 화원 조명이 밝았고 정류장까지 나와 라넌큘러스 향을 풍기며 비질하는 주인을 지나 어귀를 도니 각자의 테라스로 나와 거리를 내려다보는 사람들 중 누군가 난간에 올려둔 양손의 손가락을 움직이는데 누군가의 욕조에 누군가가 누워 허밍했고 팬케이크와 맥주를 찾아 이 길을 걸어가는 그들을 따라가다보면 우파루파를 전시해놓은 수족관을 지나칠 수 있었고 음계들이 어떻게 서로를 통과하며 이어져 나아가야 하는지 고민하는 누군가에게 수조 유리벽에 얼굴을 비비는 우파루파를 살피며 누군가는 기를지 말지 의견을 물어오는데 곡선진 갈색 머리칼 뒤로 유성처럼 휘어지는 집배원의 테일램프와 형광색 수조에 반사되는 누군가의 눈썹 그리고 피어오르다시피 화려한 실내 그런 일방적인 아름다움이 그 순간을 펼쳐버렸다 생각하던 시간이 셔기 오티스 목소리가 흘러나오는 임대 저택 마당에 서서 얼굴을 맞대어 속삭이는 뒷모습들이 걸린 이층 창문가를 올려다보고 있었다.

—늦었네.
대부분 이미 취해 있었고
—생각은 몇 차원에 속하는 건지 이야기하고 있었어.
동기들은 저마다 모여 있었다.
—잠깐, 저것 좀 봐.
거실, 서재, 계단,
—빛은 언제로부터 오는 거지?

쳄발로

선생님은 교외의 호숫가를 걸어 가끔 개흙을 밟으며 수면을 흘러가
는 반투명한 새들이 믿겨질 때마다 눈감아 안개에 밀리는 호수의 소
리를 확인했고 세쿼이아 그늘 아래 보자기를 펼쳐 누운 임산부가 회
전 섞어 참새들이 지나다니는 잎사귀 사이로 흔들려오는 잠을 읽어가
니, 눈 내리는 수도원 뒤편에서 고개 드는 사슴과 눈을 마주치고 몸의
부드러움 속으로 짖어드는 눈의 부드러움에 넋을 잃어가며 느린 눈의
속도로 무릎을 펴는 사슴을 배웅하듯 종소리가 골목으로 밀밭 같은
잔향을 남겨오는데 선생님은 손들어 잠자리를 앉혀 이만 개의 호수와
이만 개의 흐름과 이만 개의 각도를 떠올리다 안경 벗어 호수에 적시
어 자신이 어디까지 기억될지 가늠하려 하며 작은 물고기들이 맴도는
방향을 따라 오직 밤만을 체험한 눈으로 떠나가는 사슴 주위로 자라
나는 숲속을 조깅하는 여자의 팔꿈치가 하얗고 동굴 벽에서 떨어져내
리는 물방울 소리에 사슴의 숨이 느려져 조깅을 멈춘 여자가 바라보
던 도요타 자동차 안의 두 개의 숨소리와 잠든 그들의 얼굴과 겹쳐 유
리창에 서 있는 여자의 상반신이 젖은 채로 호수에서 걸어나온 남자
의 시선을 훔치니 언제나 뭔가 더 있다고 느껴졌던 것이 행운이었을
까 선생님이 집으로 돌아가는 성가대를 따라 나와 8차선 대로를 건너
가며 희고 검은 횡단보도에서 끝을 볼 수 없었을 때의 역겨움에 호수
로 얼굴을 들이밀자 동굴에 들어간 사슴은 말라 있고 조깅하던 여자
의 이마 위로 숨결이 흘러내리고 한 줄의 눈부신 호흡 아래 임산부는
눈뜨지 않고 선생님은 언젠가 운 듯이 서 있고 그들 사이의 작은 언덕

을 쓰다듬으며 누군가 입을 열었다. 사실이 필요해.

소파, 책장, 침대. 바닥을 흘러가는 비단뱀을 보면서 입을 다문 채 각자의 분위기 속에서 눈물을 상상하고 있는 이들을 남겨두고 문을 나서니 이층의 창문가에는 여전히 얼굴을 맞댄 뒷모습들이 보였는데 그들은 커튼처럼 휘날렸고 마모되다시피 사라져가는 것 같았으며 빈 길목으로 서행해오던 택시가 멈춰 섰지만 걸었고 뒤돌아보면 등 밝힌 택시가 서 있고 샹송을 틀어 주택가의 빈 길목들을 택시 기사는 돌아다녀왔고 낮은 시야 앞으로 떨어져오는 가로등 광선 속에서 용서받을 일 없이 용서 구하며 그 무엇도 기다리지 않기 위해 바캉스를 떠올리지 않고, 해변을 떠올리지 않고, 탄산수를 떠올리지 않고, 샤워가운을 떠올리지 않고, 불꽃놀이를 떠올리지 않고, 산책을 떠올리지 않고, 길고양이를 떠올리지 않고, 맞은편으로 원피스를 떠올리지 않고, 어깨의 부딪침, 만남을 떠올리지 않고, 부드러움과 모든 우연을 떠올리지 않으며 네가 무엇인가를 기다리는 한 기다림이 너를 방관할 것이라는 어머니의 말이 주택가 길목의 패턴이 되어 그를 고립시켜오는데 시가지 야외로 카페 테이블이 늘어선 길에서 레즈비언들이 기차 시간표를 펼쳐놓고 이야기하기를, 이 도시를 다 소모해버린 것 같아. 그건 이유가 안 돼. 너로 인해 내게 주어진 행운을 전부 앞당겨 사용해버린 것 같아. 그렇지 않아. 몰라 절대적인 인간이 나타나서 날 심판해줬으면 좋겠어. 노래가 들려오고 술 취한 이들이 비틀거렸고 같이 비올라를 배우기로 했잖아. 재해경보가 울리는 날 창문을 닫아놓고 하루 종일 그 짓을 했잖아. 커피잔과 살짝 들린 새끼손가락의 배경으로 밤이 길어 서로 등 기대 트렁크에 앉아 있는 레즈비언들에게로 야간열차가 도착해오자 역무원이 모자 벗어 머리를 쓸어넘기며 열차가 떠나가는 모습을 기억하길, 우연을 장악해왔다는 듯 창밖에 서 있는 애인을 바라보며 그녀는 렌털숍 LED조명 아래의 첫인상과 주머니 속으로 넘겨받은 번호가 적힌 쪽지와 코인 세탁소에서 쏟아지던 속옷들과 오찬 테이블보 밑으로 스쳐오던 종아리를, 정확히는 모르면서도 복잡하지 않게 좋았던 일들이 우연의 속력에 이끌려 우연히 계속 좋은 점들이 우연히 계속 확장되어갔던 일들을, 잘 생각해봐. 우리를 위해 내가 내 잘못을 만들어내고 있어. 목베개에 파묻혀 눈을 감으니 혼자였고 눈을 뜨니 구체적이었고 눈감으니 내부였고 눈뜨니 어쩔 수 없어졌고 데님팬츠 주머니에 손을 찔러넣어 광장 분수대를 거니는 그녀와 야간열차 안에서 그녀들은 헷갈리는 밤 아래 놓여 멀어지는 거리만큼 패배하며 그녀들을 그녀들은 동정하고 경멸하며 외부를 뚫어가는 별들에게 시선을 기대봤지만 플랫폼에서 제자리를 서성이던 역무원이 눈감아 열차가 돌아오는 모습을 기억하기를, 눈 쌓인 숲을 걸어가는 목잘린 개들을 꿈꾸던 남자아이가 침대에서 깨어나 네모난 창문으로 요동치는 빛을 목격했을 때 파자마 입은 아이는 모든 것을 예감했으나 창을 폭파시키듯 두드리는 빛을 발견했을 때 예감이 모두 지나갔고 창문으로 존재하는 빛이 오로지 반복되었을 때 예감은 잔상으로 남겨져 홀로 걷거나 버스 의자에 앉아, 플랫폼에 서서 눈감은 채로 눈감음 안의 표정을 지을 때면 창문으로 이어져오는 바깥에 눈빛마저 잃어버린 우리는 울음을 참다 마비된 혀로 호수에 잠긴 개들의 머리통에 대해 중얼거리고 싶어졌죠. 카페 매니저들이 길목으로 나와 테이블마다 마지막 주문을 확인받았고 먼저 셔터 내리고 있는 몇 가게 지나 차 없는 틈 타 도로를 건너가자 공원 광장이 병맥주 쥔 대학생들로 가득차 있기에 외곽을 걷다보니 화장실 앞에서 걸어가는 그림자를 보았는데 젖고 있는 그림자는 사라져버렸다.

새소리. 좁아져오는 공기에 걸음을 멈추자 멀리 화사한 시립도서관의 불빛 아래 회관에서 나온 친구들이 악기 실은 볼보를 끌고 스키장으로 떠나는데 걸어가는 그림자는 손짓으로 인사하며 뒤돌아 고개 숙여 귓등을 뚫고 지나가는 어느 아침 흰 이불에 휘감긴 맨등을 떠올리고 문틈으로 낮게 날아가는 악보들 사이로 베란다를 채워오던 잎사귀들의 푸름이 찢어놓았던 겨울 속에서 주먹 쥐어 귓등을 갈겨 계단을 올라가는 그림자를 따라가니 도서관에는 사람들이 꽤 있었는데 서가 근처를 서성이며 어딘가에는 즐거운 삶이 있을 거라 믿고 싶어하는 이들은 커다랗고 기다란 탁자에 책을 펼쳐놓은 채 왕좌에 앉아 있는 자신을 상상하는 이들을 흘겨보며 책수레를 끌어 복도로 나온 절름발이 사서가 정기간행물 칸 구석에 잠들어 있는 부랑자를 깨우지 않자 그는 주방문을 열어 레스토랑 뒷골목으로 나와 담배에 불을 붙이고 야구공으로 날아오는 햇빛의 모습이, 글러브 낀 친구들의 미소가 희미해지는 골목에서 사라져가며 그는 자신이 죽은 줄 알았기에 누군가 그는 그의 죽음을 예상하고 있었어. 말하는 것을 들은 것 같았지만 아니 그는 죽음에 매달려 징징거렸을 뿐이야, 에스컬레이터의 좁고 기다란 통로에 놓여 층계 지어 내려오는 빛이 발목을 잘라내자 계단의 속력을 따라 시선 들어 직각의 무늬 너머 먼 아치형 입구에서부터 흐르는 전체의 아득함에 빨려들어가버리니 뒷모습의 절름발이 사서가 멸망하듯 계단처럼 걸어가고 있었고 어깨를 늘어뜨린 그림자는 젖어가는데 걸려오지 않는 전화를 받지 않으며 오솔길을 지나와 언덕 밑 그랜드피아노가 놓인 야마하 악기점 앞에 서서 유리창 너머 나란히 앉아 건반을 눌러보는 모녀를 지켜보며 하수구로 휩쓸려가듯 젖어가는 그림자가 가장 공평한 세계로 들어온 아이가 이제 도망칠 수 없게 되리라 유리창을 두드렸으나 눈 내리는 유리창은 불이 꺼져 있었고 눈이 내리는 외벽으로 눈의 그림자들이 복잡하게 걸어가려 두 발 끌어 걸어가는 그림자의 주변으로 발작하는 연속체들이 걸어가는 그림자에게로 걸어가기를 걸어가는 그림자의 주변으로 걸어가는 그림자는 걸어가는 그림자를 제치며 걸어가는 그림자들이 서로의 시늉 하며 걸어가는 그림자에 섞여 걸어가는 그림자보다 앞서 걸어가자 불안하게 걸어가는 그림자는 기형적으로 걸어가려 걸어가는 기형적 그림자들 사이로 기형적으로 걸어가는 그림자가 불행하게 걸어가고 불행하게 걸어가는 그림자들이 불가능하게 걸어가는 그림자를 지나가니 회색 외벽을 걸어가는 그림자는 혼자 눈 그친 언덕을 올라가고 위상수학 공식을 베껴 적는 대학생과 리처드 다트너의 도록을 살펴보는 교수가 왕좌에 앉아 소리 없는 관중을 노려보며 관중의 눈으로 왕좌에 앉아 있는 자신들을 우러르자 사서가 앞주머니에서 꺼낸 쪽지들을 수레에 실린 책 사이에 꽂아놓는데 안녕 나는 타코벨에 가고 싶어. 네 목을 잘라버릴 거야. 난 물속에 있어. 너는 휠체어 탄 사람을 집어던지고 말 거야. 내가 겪는 건 내 몫이 아닌데 꼬마들이 꼬마들인 게 정말 신기하지. 나는 재앙이야. 너의 뇌가 너의 눈을 갉아먹고 있다. 고

샤 루브친스키. 세입자들. 배우가 되면 결혼도 하고 이혼도 하고 살해 당할 수도 있어. 우리는 우리를 잊으면서 변화할 거야. 별장. 구급차 를 기다리자! 나의 목을 두 번 잘라버릴 거고 우리집 이불은 하늘색이 야. 책이 덮이고 불 꺼져 계단을 내려가니 머리 뒤편으로 대화가 맴돌 았는데 뒤돌아도 내려가는 일은 가벼워 마음을 잃어버리며 문틈으로 폼 잡아 흐르는 빛을 따라 병원을 나오자 옷을 사고 싶어졌다.

블루종

공터에 가니 볕이 좋았다. 그곳에서 나무를 보았다. 들판, 성곽, 나 체, 소용돌이. 집중하면 비스듬히 기울어지는 파도.

―늦었네.
대부분 이미 취해 있었고
―망각은 몇 차원에 속하는 건지 이야기하고 있었어.
동기들은 저마다 모여 있었다.
―잠깐, 저것 좀 봐.
거실, 서재, 계단,
―빛은 언제로부터 오는 거지?
문이 열리고 개가 걸어나가고 있었다.

촛불 든 신자들이 하나, 둘 성당을 빠져나와 언덕을 올랐다. 방금

일 년 동안 생각했어. 아이들은 후미를 따라 걸으며 이야기했다. 이제 내가 너보다 미래에 있는 거야. 언덕의 공기는 넓어 젖은 풀을 뭉개는 아이들은 말하면서 잊어버릴 줄을 알았고 찬 손으로 가린 촛불이 자그맣게 밝히는 신자들의 새하얀 표정이 바람에 부드러워지는 들판과 비술나무 가지 사이로 일렁이며 순교자들의 묘지를 향해 이어지는데 아이들은 서로의 뒤를 가리켜 귀신을 꾸며내어 공포 안에 둘만이 함께 머물 수 있게 했고 오르막 오를수록 오래전 같은 하늘을 올려다보며 바람에 부드러워지는 꿈결과 꿈꾸면 부드러워지는 눈동자로 바라보았던 안개 속을 헤엄치는 신자의 얼굴이 안개를 들이마시는 만큼 무리에게서 멀어지며 안개 너머 유리 저택에서 악보 없이 잠든 얼굴을 기대하는 만큼 홀로 되어 제자리를 배회했으나 시선 벗겨진 눈동자로 꺼질 듯 흔들리는 촛불만을 담아내는 신자들은 하나, 둘 묘지에 도착하고 아이들이 웃다 멈춰 서로의 얼굴을 마주하는 대신 어지러운 비술나무를 바라보며 방금 십 년 동안 생각했어. 이제 내가 너보다 미래에 있는 거야. 가지 끄트머리에 앉아 있던 참새가 꼭대기로 날아가도 그곳은 나무 안이었고, 십 년 동안 무슨 일이 있었지? 너도 생각해봐. 지그재그 옮겨다니는 참새를 쫓아보며 비술나무 안의 아이들이 우리는 새로운 표정들을 갖게 되겠구나. 맞아 새로움을 포기하는 순간에도 그럴 거야. 크루즈에 타 있는 우리를 봤어. 수면안대를 끼고 있었지. 좋았는데. 우리는 따로 앉았어. 그때도 생겼을 거야. 네가 여권을 잃어버렸어. 미안. 콩쿠르에서 박수를 받은 건. 나도 알아. 우리는 함께 사진을 찍었지. 물론 알지. 사진에 우리가 우리로 안 나온 것도 알아? 응. 우리가 우리가 아닌 것도 알겠구나. 그때도 생겼을 거야. 불 꺼질까 손 바꾸지 못하며 비술나무를 지나가는 신자들의 얼굴이 하나, 둘 모여 묘지에 가까워질수록 유려해지자 가끔은 어제 죽을 줄 알았어. 그때도 생겼을 거야. 가끔은 다 내일 같았어. 그때도 생겼을 거야. 가끔은 우리를 우리 밖에서 보고 싶었고. 암각이든 장방형이든 우리가 같이 있는 모습을 우리 밖에서 감상하고 싶었는데 글쎄 어쩌면 우리가 단지 각각 하나씩의 유형인 것처럼, 모르겠다. 우리는 우리가 좀더 나은 인간들인 줄 알았지. 모두가 그랬어. 가지에 걸려오는 신자들의 얼굴을 하나하나 살펴보며 비술나무 안의 연인들이 이야기하기를, 네가 어쩔 수 없는 일이라 부연한 일들이 일어났지. 어쩔 수 없는 일은 어쩔 수 없는 일로 연속되기 마련이야. 우리는 관중 없는 소프트볼 경기장에서 소프트볼이 실재한다고 말했는데 초록빛 부채꼴 잔디밭에서 가닿을 수 있는 한계치만큼 부딪치며 무너지는 부드러운 사실들이 비밀스럽게 다른 세계를 확장시키고 있다고 말했는데 정말로 그렇게 다른 세계에서 조화를 회복하는 너라는 사실을 보며 내가 만들어낸 불안 속에서 나는 별수없이 매일 연주했고 혼자 매일마다 평생 동안 연주해버렸구나. 평생 동안 무슨 일이 있었지? 너도 생각해봐. 참새가 날아갔고 어쩌면 통과해갔는지도 그것이 가능하다면 어느 순간에는 날아가고 앉아 있다가 보이지 않게 되고 날아가고 앉아 있다가 내부에서 외부적으로 무한한 비술나무를 떠나며 어쩌면 작별하는 시늉으로 단지 보이지 않게 되어 순간들처럼 흩어지는 별빛 아래 모인 신자들은 서로에게 다른 각도로 서 있는 채로 여전히 자그마한 촛불만을 바라보며 순교자들의 묘지에서 이상히도 바라볼수록 더 밝아지는 불빛에 꿈꾸듯 고개 들어 불빛이 비추는 다른 각도에 서 있는 서로들을 믿을 수 없이 목격하며 무수한 각도에 따라 무수히 드러나는 얼굴들에 버스 기사와 레즈비언과 대학생과 사서와 역무원과 여학생과 발레 강사와 택시 기사와 무명작가와 정비사와 부랑자와 사람들이 눈빛 속으로 쏟아져오는 서로의 사실적임에 촛불이 모여 아득히 풀어내는 환함처럼 얼굴 위로 투명한 표정이 번져가는 것을 느끼며 누구와도 무관하지 않게 각도의 너비만큼 서로를 향해 기대어 펼쳐지는 공기에 휩싸여 언덕을 올려다보니 불이 타오르고 있었고 언덕 자체가 불꽃 같았고 빠른 걸음으로 집 앞 골목길을 들어가보아도 그들이 타오르는 행성은 시내까지 삼켜버릴 듯 자라나 눈을 비비며 침대에서 깨어난 아이의 창에 새하얗게 새겨지고 있었다.

네 선생님. 그럼요. 여전히 여지가 있다는 걸 알아요. 맞아요. 그건 거의 기다리고 있는 것처럼 보이죠. 네. 아직 모르는 게 많으니까요. 아니요. 아무도 강하지 않아요. 누구에게도 그렇게 말해선 안 되는 것 같아요.

교실 책상 위에 올려진 의자들. 햇빛을 따라 강가를 걸었다. 연을 날리는 할아버지와 뒤뚱이는 아기를 보았다. 그곳에서 연은 지속되고 아기는 뒤뚱이며, 움직임 뒤에 숨어 있던 또다른 움직임이 나타나 아기와 그곳을 이어주며 뒤뚱거림이 가끔은 아기보다 앞서 아기는 이전의 몸짓을 모르고 아기가 어쩌면 다른 아기가 되어가는 줄 모르게 노인은 슬며시 지속되고 비가 내리고 비가 내리고 있다는 착각을 하게끔 강의 흐름은 모든 움직임들로서 동시적이어서 어딘가에서 각자의 자세로 혼자 울고 있는 친구들의 경이로움 같아서 잠시 제자리에 선 채로 달려오는 자전거와 날아가는 새가 하나의 결 같아서 숨을 들이쉬자 강을 향해 눈발이 휘날리고 연약한 지시 같았고 돌이킬 수 없이 따라갈수록 불길한 코드에 둘러싸여 돌아가고 싶지 않게 바깥은 하얗게 반복되었으나 숨을 내뱉으니 눈이 내리지 않았고 강둑에서 낚시꾼이 그물망을 거두고 있었고 그물이 그물을 흘리듯 끊임없이 그물로 이어져나오는 물기 머금은 그물이 햇빛에 닿아 반짝이는 강을 끌어올리며 낚시꾼은 손을 쉬지 않았고 다시 한번 숨을 고르니 빛이 쏟아져 뒤돌아 굴절되어가며 멀어지는 하늘을 올려다보니 미용실 유리창의 분무기들. 츄러스가게 테라스. 관광객들이 얼굴 내미는 이층 버스. 시청 깃발. 게이들의 술집 골목. 파티장 샹들리에. 리무진 시트. 요양원 정원. 포옹. 비 내리는 광장. 해변과 비치발리볼. 하품하는 학생들. 결혼식장의 레드카펫. 숲 옆에 전복된 왜건. 담요 위에 누운 샴고양이. 첫 음을 기다리는 오케스트라. 정신병원 옥상. 묘지. 수도원의 찰스 로이드 콰르텟. 이불 안에서의 속삭임. 만프레드 아이허와의 산책. 병실 창틀의 화분. 서재 바닥에 흩어져 있는 종이들. 고성 위를 날아가는 새떼. 다리 아래를 지나가는 보트. 경찰들을 향해 날아가는 화염병. 울음. 웃음. 브라이언 윌슨 레코드. 열차 객실에서의 티켓 검사. 수술대 조명. 쟁반에 담긴 스파게티. 시상식장 창밖으로 내리는 눈송이. 대화. 손 대신 쥐어보는 장갑. 깨진 찻잔. 법원. 벽지 누런 녹음실. 수면제가 놓인 침대. 우표. 쓰레기통에 버려진 편지지. 가위로 잘려진 드레스. 마당을 적시는 스프링클러. 무너진 묘비들. 소리없이 햇빛은 쏟아지고 양손 들어 이마 위로 차양을 만들어봐도 그곳은 균열되어 있어서 바라볼수록 그물망처럼 펼쳐지는 생각들이 끝없이 이어져나가 닿을수록 넓어지는 순간에서 도망칠 수 없게끔 고조되어 겹쳐지고 흩어지는 도형을 그려나가며 하나씩 아름다운 척 부끄럽게 벗기거나 수치 주며 무너뜨려 발가벗겨진 감정의 약점을 물감 삼아 풀어지고 펼쳐져 조각나 멀어지면서 부드러워 눈감아 영원해버리고 싶은 가장 내밀한 색을 향해 그곳은 등뒤로 다가와 굴절되어간 모든 나를 포함하여 가득히 부서져가는 것 같았으나 양손 내려 마주하여 어쩌면 조각나고 있는 것이 아니라 하나가 되어가는 것은 아닌지 정말 어쩌면 그곳들이 모여 또다른 그곳으로 열리고 있는 것일지도 모를 눈동자를 비워내는 환함만큼의 고요한 감각들이 미세하게 진동하고 있을 그곳에게로 바람 불어와 이유 없이 슬쩍 놀라 설레었던 순간처럼 낯선 공기 속으로 고개 돌려보니 낚시꾼이 거대하게 반짝이는 그물망을 끌고 걸어오고 있었다. 빛의 내부로부터 걸어나오듯 표정의 음영 없이 강 깊숙한 곳에서 끌어올린 그물 한가득 수북이 쌓인 목 잘린 개들의 머리통을 끌고서 낚시꾼의 발소리가 잔상처럼 희미했다.

정전

거울 앞에서 블루종 지퍼를 끝까지 여며 올렸다. 아무것도 보이지 않았다.

지붕 위에 올라가 있는 개를 보았다. 개의 뒷모습이었다. 네발로 공중을 어슬렁거리는 개였다. 개는 뒤돌아 다가왔다. 사람의 얼굴을 한 인면견이었다. 익숙한 얼굴을 달고 있는 인면견이었다. 내가 나를 내려다보았다. 둘 중에 내가 울고 있었다. 나의 뒤에서 각기 다른 얼굴을 한 인면견들이 지붕으로 올라와 나를 내려다보았다. 나는 또 반복되는구나. 나라는 공포 속에서 꿈꾸던 순간마저 지나쳐버리며 아무것도 보이지 않았지만 건반 위에 손을 올려둔 채 우리는 모두 혼자 영원히 울고 있었다.

정지돈(소설가)

우리가 미래다 We are the future

— 금정연과 이상우의 소설에 대해 이야기하다

묘지 산책

나와 이상우는 공동묘지로 자주 산책을 간다. 어느 날 그가 진지한 얼굴로 말했다. 아무래도 「중추완월中秋玩月」은 영화사에 판권이 팔릴 것 같아요. 내가 그런 일은 절대 없을 것 같다고 하자 그는 이 정도면 팔릴 만한 소설 아닌가요. 라고 대답했다. 물론 그건 이상우식의 농담이었다. 그는 진지한 얼굴로 농담을 하고 농담의 여파가 지나간 후에 웃는다. 그런데 그게 정말 농담이었을까. 나와 금정연은 공동묘지로 가끔 산책을 간다. 금정연은 아무래도 「비치」의 판권을 할리우드에서 사갈 것 같다고 했다. 나는 「비치」가 영화화될 가능성은 없다고 했다. 왜요? 〈알로하〉[1]를 봐요. 금정연이 반문했다. 「비치」는 모든 게 완벽

---

1) 〈알로하Aloha〉(2015), 감독 카메론 크로우, 주연 엠마 스톤, 브래들리 쿠퍼.

한 작품입니다. 특히 영화화하기엔 더할 나위 없지요. 대사, 타이밍, 인물. 나는 「비치」엔 상업 영화에 가장 필요한 갈등과 클라이맥스, 카타르시스가 없다고 말했다. 금정연이 고개를 저었다. 〈알로하〉를 보고도 그런 소리를 하다니, 당신은 머저리군요.

당신들은 모두 미쳤어요

1

위상수학: 공간 속의 점, 선, 면 및 위치 등에 관하여, 양이나 크기와는 별개의 형상이나 위치관계를 나타내는 법칙을 연구하는 학문.[2]

2

일찍이 (베른하르트) 리만은 위상학적 공간을 비형태적이고 움직일 수 있는 공간으로 이해했는데, 이는 위상학적 함수로서 상호 연관 정도를 변하지 않게 한다. 항상 반복 시도된 예가, 모든 가능한 형태로 늘릴 수 있고 짓누를 수 있는 고무 공간이다. 그래서 위상학은 지속적인 탈형태화 이론으로 정의되기도 했다. 즉 (……) 영속적

---

2) 김용운·김용국,『토폴로지入門―기초에서 호몰로지까지』, 우성, 1995, 34쪽.

으로 정체되는 평형의 토대 위에서 일어나는 형태 변화를 기술할 수 있다.[3]

3

세 명의 수학자에게 정육면체를 보여주고 무엇이 보이는지 말하라고 했다. 첫번째로 나선 기하학자는 "정육면체가 보이네요" 하고 말했다. 두번째는 그래프 이론가였다. 그는 대담하게 "점 8개가 변 12개로 연결된 것이 보이는군요" 하고 말했다. 세번째인 위상수학자는 "공이 보입니다" 하고 단언했다.[4]

4

오늘날의 미술은 번역의 기하학, 즉 위상기하학에 의존하여 새로운 유형의 공간 창조를 성사시키는 것으로 보인다. 이 수학의 분과는 공간의 양보다는, 공간의 질, 즉 한 조건에서 다른 조건으로의 전이의 프로토콜을 다룬다. 따라서 위상기하학은 운동을, 형태의 다이내믹을 가리키며, 잠재적으로 이동 가능한 일시적인 표면과 형태의 복합으로

---

3) 슈테판 귄첼 엮음, 『토폴로지』, 이기흥 옮김, 에코리브르, 2010, 263쪽.
4) 조지 G. 슈피로, 『푸앵카레가 묻고 페렐만이 답하다』, 전대호 옮김, 도솔, 2009, 72쪽.

현실을 특징짓는다.[5]

5

푸앵카레의 추측: Est-il possible que le groupe fondamental
de V se réduise à la substitution identique, et que pourtant V ne
soit pas simplement connexe?[6] (어떤 다양체의 기본군이 자명함에도
불구하고 그 다양체가 구면과 위상동형이 아닐 수 있을까?)

위상수학 입문

금정연과 나는 이상우의 소설에 대해 말하기로 했다. 우리는 9월의
어느 날 하중동의 카페에서 만났다. 구름이 없는 날이었다. 사람들은
드물게 지나갔다. 가을 햇빛은 보약이라고 합니다. 금정연은 볕이 좋
은 테라스에 앉았다. 그의 지나치게 흰 피부 때문에 눈이 부셨다. 나
는 손차양을 만들어 눈을 가렸다. 금정연은 인케이스 가방에서 두꺼
운 책을 여러 권 꺼내 테이블 위에 올려놓았다. 위상학이란 말은 요한

---

5) 니콜라 부리요, 『래디컨트』, 박정애 옮김, 미진사, 2013, 109쪽.
6) 푸앵카레, 「'위치의 분석'에 대한 다섯번째 보충」(1904) 중. Manifold Atlas
Project, Poincaré's homology sphere에서 재인용.
(http://www.map.mpim-bonn.mpg.de/Poincar%C3%A9's_homology_
sphere)

B. 리스팅이 처음 사용했습니다. 금정연이 말했다. 리스팅은 1836년 스승 요한 H. 뮐러에게 보낸 서신에 위상학이라는 말을 썼지요. 그의 1847년 논문 「위상수학 입문」은 위상수학이 최초로 등장한 논문입니다. 그러나 그의 이름을 기억하는 사람은 드뭅니다. 사람들은 위상수학의 시초를 라이프니츠로 생각하거나 오일러나 칸토어, 푸앵카레에 대해서 말하지 리스팅을 얘기하지 않습니다. 리스팅은 심지어 뫼비우스의 띠를 뫼비우스보다 먼저 발견했습니다. 그러나 그는 자신이 뭘 발견했는지 몰랐고 그래서 뫼비우스의 띠를 뫼비우스에게 뺏기고 말았습니다. 금정연은 이상우의 소설을 이야기하기 위해 많은 것을 공부했다고 말했다. 소설을 말하기 위해서는 소설에 대해 말하지 말아야 합니다. 그러려면 공부를 많이 해야 합니다. 금정연이 말했다. 나는 소설을 말하는 자리에서 소설에 대해 말하지 않는 그의 방식에 늘 궁금증을 품고 있었다. 그래서 묻지 않을 수 없었다. 왜 그런가요?

싫은 소설은 싫기 때문에 설명하기 싫습니다. 좋은 소설은 좋기 때문에 어떻게 설명해야 할지 모릅니다. 좋거나 혹은 싫거나. 저는 이런 좋고 싫음이 유전자에서 비롯된 문제라고 생각합니다.

유전자요?

네, 그렇습니다.

금정연이 고해성사하듯 말했다. 좋고 나쁨의 근원에는 우리의 유전자가 있습니다. 유전자와 위상동형이 아닌 작품은 아무리 뛰어나도 좋지 않습니다. 위상동형인 작품은 못나도 마음을 사로잡지요. 소설의 좋고 나쁨에 대해 이야기하는 것은 합리화에 불과합니다. 나는 금정연의 말이 소설을 해설하는 자리에 어울리지 않는다고 말했다. 이상우 소설의 좋음에 대해 말해야 하는 것 아닌가요. 당신의 우생학적 소설관 따위는 집어치우라고 이 사람아!! 금정연이 고개를 저었다. 지돈씨는 하나만 알고 둘은 모르는군요. 위상수학은 결국 위상동형이 증명될 수 있는가에 대한 질문이자 위상동형을 어떤 방식으로 증명할 것인가에 대한 물음입니다. 이상우의 소설은 위상동형에 관한 이야기입니다. 이것은 베티 수[7]에 관한 이야기이며 기본군에 관한 이야기입니다. 그러니까 이것은 유클리드기하학이 아니라, 비유클리드기하학의 세계에서 벌어지는 이야기입니다. 유클리드기하학을 경직된 수학이라고 합니다. 비유클리드기하학을 유연한 수학이라고 합니다. 고다르는 이제 우리에게 중요한 것은 차이가 아니라 동일성이라고 말했습니다. 우리는 더 유연해져야 합니다. 우리가 사는 세계가 유연한 곳이니까요. 알겠습니까, 지돈씨. 금정연이 말했고 나는 그의 말을 알아들을 수 없었다.

위치의 분석

위상수학은 쾨니히스베르크의 다리에서 시작됐습니다. 그리고 푸

---

7) "베티 수(영어: Betti number)는 위상공간의 호몰로지군의 계수다. 공간의 위상적 특성을 나타내는 수열의 하나다. 기호는 b_k며, 0이거나, 양의 정수이거나, ∞이다. 좀더 다루기 쉬운 (콤팩트 공간 또는 CW 복합체 등) 경우에는 베티 수는 모두 유한하며, 어느 k_0부터 $k \geq k_0$에 대하여 $b_k = 0$이다."(위키피디아 베티 수 항목https://ko.wikipedia.org/wiki/베티_수)

앵카레가 결정적인 발전을 이루었지요. 그는 1895년 『파리공과대학 저널』에 제출한 논문 「위치의 분석」을 시작으로 위상수학에 관한 다섯 편의 논문을 더 썼습니다. 제가 왜 푸앵카레에 대해 이야기하는지 궁금하실 거라 생각합니다. 그와 이상우가 놀랍도록 닮았기 때문입니다. 금정연은 「추리 추리 하지 마 걸」의 한 대목을 가리켰다. "문학이 수법이라는 것을 깨달았고". 푸앵카레 역시 마찬가지였습니다. 그는 수학자이지만 논리를 혐오하고 직관을 신뢰했습니다. 푸앵카레는 수학의 전 분야에 통달한 최후의 수학자였음에도 그의 논문은 비약이 심하고 심지어 엉성하기까지 했지요. 논리나 설명이 부족해 알아들을 수 없다는 사람들의 비난에 푸앵카레는 '논리는 수법에 불과하다'고 말했습니다. 뿐만 아닙니다. 여길 보십시오. 금정연은 「추리 추리 하지 마 걸」의 주인공 목테수마가 화이트헤드의 『관념의 모험』을 읽는 장면을 가리켰다. '푸앵카레의 추측'으로 알려진 위상수학의 결정적 질문을 널리 알린 인물의 이름은 헨리 화이트헤드입니다. 『관념의 모험』을 쓴 앨프리드 화이트헤드는 헨리 화이트헤드의 삼촌이지요. 이게 우연일까요. 푸앵카레는 「위치의 분석」에 대해 쓴 마지막 보충 논문에 이런 질문을 남깁니다. 어떤 다양체의 기본군이 자명함에도 불구하고 그 다양체가 구면과 위상동형이 아닐 수 있을까? 푸앵카레는 이 질문에 답하지 못합니다. 이 문제는 백 년이 지난 2003년, 러시아인 그리고리 페렐만이 풉니다. 페렐만은 수학계의 기인으로 알려진 인물로 필즈상과 프린스턴 대학의 교수 자리를 마다하고 상트페테르부르크에서 버섯을 따며 어머니와 사는 외동아들입니다. 놀랍지 않나요? 두 개의 연관고리가 생깁니다. 하나, 버섯. 둘, 외동. 존 케이지는 뉴욕균류협회New York Mycological Society의 창시자였습니다. 그는 버섯에 관한 장서를 세계에서 가장 많이 보유한 사람이었지요. 그가 가장 존경하던 인물이 뒤샹이었는데 그는 뒤샹을 끌어들여 토론토 라이어슨 극장에서 열린 퍼포먼스 뮤지컬 〈리유니온Reuion〉 무대에서 체스 한판 승부를 벌입니다. 관객들은 체스판에 장치된 마이크로폰으로 체스 말이 움직이는 소리를 듣고 오실로스코프를 통해 소리의 파형을 볼 수 있었습니다. 뒤샹은 당시 퍼포먼스에 대해 '아주 많은 소음이 있었다'[8]고 회고했지요. 뒤샹이 푸앵카레의 영향을 받은 것은 십대 후반의 일이었습니다. 푸앵카레의 책 『과학의 가치』(1904)와 『과학과 방법』(1908)은 당시 대중적인 베스트셀러였고 뒤샹 역시 그 책들을 읽었습니다. 푸앵카레는 '우리는 초공간을 인식하고 연구할 수 있지만 재현해낼 수 없다'고 말했고 이 '초공간'을 재현해내는 것이 뒤샹의 궁극적인 목표가 됩니다. 그리고 둘, 외동. 이것에 대해 무슨 말이 더 필요할까요. 우리는 2015년 가을, 두 소설가의 해설을 맡기로 했습니다. 오한기와 이상우. 이들은 모두 외동입니다. 그리고 당신과 나 역시 외동입니다. 그러니까 제가 묻고 싶은 것은 이겁니다. 과연 우리의 위상동형은 무엇입니까. 당신의 과거와 나의 미래는 어떻게 연결되어 있습니까. 버스 기사와 레즈비언과 대학생과 사서와 역무원과 여학생과 발레 강사와 택시 기사와 무명작가와 정비사와 부랑자와 사

---

8) "우리가 얻는 가장 단순한 아이디어 중 하나는 누군가 울고 있을 때 얻게 되는 아이디어다. 뒤샹은 흔들의자에 앉아 있었다. 나는 울고 있었다. 몇 년 후 같은 도시의 같은 지역에서, 거의 같은 이유로, 라우센버그는 울고 있었다." 존 케이지, 『사일런스』, 나현영 옮김, 오픈하우스, 2014, 131쪽.

람들은 어떻게 연결되어 있습니까. 금정연이 말했다. 그들은 삼각형, 사각형, 입방체, 원뿔입니다. 이상우는 그들을 연결하는 선을 긋고 있습니다. 이렇게요.

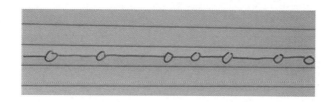

위상기하학에서 도형은 구멍의 개수로 구분됩니다. 모양이나 크기로 구분되는 게 아니죠. 그러니까 구와 원기둥은 같지만 구와 토러스는 다릅니다. 나는 금정연이 무슨 말을 하는지 점점 알 수 없었다. 토러스가 뭡니까? 구멍은 또 뭡니까? 순간 금정연이 짝 하고 박수를 쳤다. 집중하세요. 정신을 바짝 차려야 합니다. 지금은 신자유주의 시대입니다. 이상우의 소설은 위상동형에 관한 이야기라고 했습니다. 그래서 구멍이 중요합니다. 기본군을 나누기 위해서 우리는 구멍을 알아야 합니다. 「888」의 소년, 「추리 추리 하지 마 걸」의 버스, 「나방, 평행」의 나방, 「벨보이의 햄버거에 손대지 마라」의 햄버거. 라캉이 말했죠. 모든 공간은 평평하다. 금정연이 두 팔을 평행으로 폈다. 이상우가 원하는 건 평행입니다. 아시겠습니까. 순간 그의 뒤로 펼쳐진 공간이 평평해지는 것 같은 느낌이 들었다. 하중동의 사거리 뒤편으로 한강이 보였고 문학하는 오리와 연을 날리는 할아버지와 뒤뚱이는 아기가 보였다. 밤섬이 보였으며 여의도, 영등포를 지나 수원을 거쳐 스케이트보드를 든 남자애와 공중제비를 도는 개구리와 토가레프를 든 외

과의사, 유방암에 걸린 아내가 보였고 바람 불면 팔랑이는 침대보, 교토타워, 히가시 마이즈루 역을 잇는 하나의 선이 보였다. 그때 금정연이 불쑥 일어났다. 그는 내 쪽으로 허리를 숙이며 말했다. 구원은 개인적일 수 없어요, 지돈씨.

악어

내가 상우를 처음 알았을 때 그는 마법사 같았다. 그는 고깔모자를 쓰고 치렁치렁한 검은색 옷을 입고 있었다. 그가 릭 오웬스와 앤 드묄미스터를 좋아한다는 사실을 알기 전이다. 그가 나에게 처음 한 말은 잘되실 것 같아요라는 말이었는데 뭐가 잘된다는 건지, 이 새끼가 지금 나를 먹이는 건가라는 생각을 했다. 나중에 들어보니 진심으로 한 말이라고 한다. 그는 얼마 전 내 전화를 수신 차단했는데 나는 그 사실을 모르고 그에게 여러 번 전화를 걸었고, 걸 때마다 통화중이라는 안내가 나왔다. 그는 수신 차단이 실수였다고 휴대폰이 이상하다, 팀 쿡을 죽여라 등 엉뚱한 소리를 했지만 나는 지금도 수신 차단이 마음에 걸려 잠이 안 온다. 생각해보니 내가 그의 소설집 해설을 쓰겠다고 한 뒤였던 것 같다. 그는 소설집에 해설을 싣길 원치 않았지만 나와 금정연은 해설을 쓰기로 했고 그는 그래서 수신 차단을 한 것일까. 해설은 나쁜 것일까. 그는 금정연도 수신 차단했을까. 작가의 말은 사라져야 하는 것일까 등의 고민이 나를 사로잡았고 나는 잠을 이루지 못했다. 불면은 돌림병이다. 이상우도 금정연도 정영문도 오한기도

홍상희도 황예인도 잠을 자지 못한다고 한다. 나는 해가 떠 있을 때만 잔다. 해가 떠 있을 땐 할 일이 없기 때문이다. 이상우의 소설을 읽을 때 자크 타티의 영화를 보면 좋다는 사실을 얼마 전에 알았고 그것은 행복한 경험이었다. 「프리즘」을 읽으며 타티의 〈나의 아저씨〉[9]를 보았다. 「프리즘」은 이상우가 산책하는 이야기인데 그는 서울을 걸을 때 시공을 초월한다. 그건 그의 산책이 기억과 감정, 풍경과 사람을 구분하지 않기 때문이다. 그의 글이 음악적이고 그의 글에 리듬이 있다면 그건 문체 때문이 아니다. 사람들은 리듬이 언어에서 오는 것인 줄 안다. 문학에서 리듬은 충돌에서 온다.[10] 충돌은 이상우가 나열하는 기억과 풍경의 리듬이다. 이를 금정연은 아카이빙의 드라이빙이라고 했다. 그는 〈쇼 미 더 머니〉에 나갈 계획이고 라임을 즐긴다. 이상우의 기억에는 일반적인 분류나 체계가 존재하지 않는다. 환상과 사실, 기억과 미래, 여기와 저기의 구분이 없다. 아니면 그의 구분이 다른 걸까. 그는 하루 여덟 시간씩 카페에서 글을 쓴다고 했다. 그가 작업을 끝내고 난 뒤 만난 적이 있다. 얼마나 썼어요? 내가 묻자 그는 잠시 생각하더니 한 단어 썼다고 말했다. 그 단어가 뭔데요? 내가 물

9) 〈나의 아저씨Mon Oncle〉(1958), 감독·주연 자크 타티.

10) "박자는 단정적이지만 리듬은 비판적이며, 결정적 순간들을 잇거나 하나의 환경에서 다른 환경으로 이동해가면서 스스로를 연결하거나 한다. 리듬은 등질적인 시간-공간 속에서 작용하는 것이 아니라 이질적인 블록들과 겹쳐가면서 작용한다. 방향을 바꾸어나가는 것이다. (……) 리듬은 결코 리듬화된 것과 동일한 판에 있을 수는 없다. 즉, 행위는 특정한 환경에서 일어나지만 리듬은 두 가지 환경 사이에서 혹은 두 가지 '사이-환경' 사이에서 비롯된다. 다시 말해 다른 환경으로 이동중에 있는 환경을 바꾸는 것이 바로 리듬이다." 질 들뢰즈·펠릭스 가타리, 『천 개의 고원』, 김재인 옮김, 새물결, 2003, 595쪽.

었다. 그는 '악어'라고 대답했다. 나는 아직 그의 소설에서 악어를 보지 못했다. 그는 대체 뭘 쓰고 있었던 것일까.

나는 할리우드로 갑니다

1

우리는 하나의 시간성에서 다른 시간성으로 이행해야 한다. 왜냐하면 단 하나의 시간성 그 자체에는 시간적인 것이 아무것도 없기 때문이다.[11]

2

음악은 자유로운 시간을 통해 필연적으로 '공간(방)-음악'으로 귀결됩니다. 왜냐하면 자유로운 시간은 두 방향(벡터) 이상을 요구하고, 두 개 이상의 벡터는 필연적으로 공간(방)을 구성하니까요.[12]

---

11) 브뤼노 라투르, 『우리는 결코 근대인이었던 적이 없다』, 홍철기 옮김, 갈무리, 2009, 194쪽.
12) 백남준아트센터 총체 미디어 연구소, 『백남준의 귀환』, 백남준아트센터, 2010, 193쪽.

3

백남준에 따르면 "시간-기반 정보"(예를 들어, 마그네틱 오디오나 비디오테이프의 선형적 움직임에 의해 부여된 데이터)와 "임의접속 정보"(예를 들어, 아무 페이지나 열어볼 수 있는 책)는 그것의 "복구과정"에 따라 구별된다. 사실 문제는 정보의 "녹음과 보존"에 있는 것이 아니라, 그것의 "복구"에 있다. 다른 말로 하면 그 메모리와 녹음된 내용이 어떻게 접근되느냐 하는 문제에 관한 것이다. (……) 아카이브는 우리에게 과거를 나타내는 대상들의 기록이 아니라, 담론들을 만들어내는 비결정성의 선험적 매트리스이다.[13]

4

(고프리트 미카엘) 쾨니히의 흐려짐의 절차 이론에 따르면 인간의 귀는 길이가 20분의 1초 이상인 개별 사건들의 연쇄 속에서는 사건 각각을 분명하게 구분할 수 있다. 그러나 각 개별 사건의 지속시간이 그보다 더 짧다면(21분의 1초, 22분의 1초) 귀는 그 사건들을 개별적으로 즉 연쇄적으로 하나씩 출현하는 것으로 지각하기보다, 그것들 전체를 흐릿한 어떤 덩어리로 지각하게 된다고 한다. 이 덩어리 지각은 일종의 환영을 가져오는데, 쾨니히는 그것을 '동시성의 환영'이라 불

---

13) 데이비드 저비브, 「임의접속 시대의 광기」, 『백남준의 귀환』, 138쪽.

렀다. 이 환영 덕분에 너무 짧은 시간 간격을 통해 제시되는, 동시적이지 않은 사건들이 마치 동시에 일어나는 것처럼 들을 수 있다는 것이다. 이 환영을 통하여 연속적 소리들은 새로운 소리 덩어리를 형성하는 것처럼 들리게 되는데 이를 가리켜 쾨니히는 '운동의 색'이라 불렀다.[14)]

5

내가 〈음악은 어린이를 취할 권리가 있다〉의 마법에 빠지는 데는 시간이 좀 걸렸지만, 일단 빠져들자 그 앨범은 한동안 내 삶을 지배했다. 바스러진 듯 얼룩진 질감, 독기 서린 선율, 애석하고 괴이한 가닥이 뒤얽힌 음악은 마치 어린 시절 기억처럼 극도로 생생한 몽상을 불러일으키는 데 특별한 재주가 있는 것 같았다. 나는 그 음악을 들으며 정서적으로는 불특정하나 의미로 가득찬 이미지의 홍수, 일상과 지역의 신비주의를 경험하곤 했다. 방금 내린 빗방울로 그네와 미끄럼틀이 얼룩진 놀이터, 묘목이 깔끔하게 늘어서고 새벽안개로 장식된 운하변 공터, 차갑고 푸른 겨울 하늘에 구름이 미끄러지고 그 아래에서는 하나같이 똑같은 주택단지 뒷마당에서 젊은 엄마들이 눅눅하게 펄럭이는 이불보를 빨랫줄에 거는 모습. 나는 이런 심상이 60년대 말과 70년대 초에 내가 실제로 경험한 기억인지 아니면 꿈이나 텔레비전

14) 김진호, 『매혹의 음색』, 갈무리, 2014, 162~163쪽.

에서 본 허상인지 확실히 구별할 수가 없었다.[15]

흐려짐의 절차

백남준은 1932년 종로구 창신동에서 태어났다. 그는 동경에서 미술사학을 전공하고 1956년 뮌헨으로 건너가 음악학을 전공했다. 프라이부르크에서 작곡을 공부했으며 처음에는 쇤베르크의 음렬주의에 기초한 음악을 작곡했지만 서부 독일방송(WDR) 전자음악 스튜디오에서 슈톡하우젠과 일하며 전자음악에 눈떴고 결정적으로 다름슈타트에서 존 케이지에게 빠졌다. 백남준은 문학을 사랑해 세르반테스와 제임스 조이스, 프루스트를 봤고 요제프 보이스와 어울리며 시체와 인형, 피아노와 계란을 가지고 놀았다. 독일인들은 동양에서 광인이 왔다고 생각했고 동양인들은 서양에서 광인이 왔다고 생각했다. 윤이상의 증언.

어제저녁 음악회에서는 존 케이지라는 미국 사람의 피아노 작품을 들었는데 멜로디는 전혀 없고 한참 만에 문득 생각난 듯이 건반 하나씩을 누르는 거였소. 손가락으로 건반을 누르는 것은 얼마 안 되고 그나마 장구 치듯이 손바닥으로 피아노 뚜껑을 탁 치더니 다시 뚜껑을 덮고, 또 팔꿈치로 건반을 꽝 치더니 가끔 장난감의 호각을 불고, 옆에 라디오를

---

15) 사이먼 레이놀즈, 『레트로 마니아』, 최성민 옮김, 작업실유령, 2014, 321쪽.

설치해놓고 라디오 소리를 내고…… 이런 것이 연주의 전부였소.16)

    나와 금정연은 백남준에 관한 책을 읽으며 끊임없이 이상우를 떠올렸는데 그건 이상한 일이다. 이상우는 쇼를 좋아하지 않았고 말이 없었고 눈에 띄는 걸 싫어했고 침착했으며 키도 크고 잘생겼지만 백남준은 정반대다. 백남준도 독일에 가기 전까지는 수줍고 말이 없는 학생이었다고 한다. 그런데 그는 왜 그렇게 됐을까. 이상우는 어느 날 컴퓨터 앞에 앉아 사진과 동영상을 만지기 시작했고 〈금멸〉이나 〈강쿠삭〉 같은 걸작 미디어 아트를 만들어냈지만 본 사람은 몇 안 된다. 그는 또한 내가 아는 사람 중 가장 검색을 잘하는 사람인데, 검색을 잘한다는 말은 그가 기계를 잘 다룬다는 게 아니라 기계를 잘 본다는 의미다. 기계를 잘 본다는 것은 기계-컴퓨터에서 이용 가능한 테크놀로지와 현실-인터넷의 정보망을 결합하는 본능적인 선구안을 의미하는데 내가 아는 한 이걸 제일 먼저 잘한 사람이 백남준이었다. 내가 금정연에게 이런 얘기를 하자 금정연은 지돈씨 지금 무슨 말이냐고, 그래서 이상우는 한국문학의 백남준이라는 건가요라고 반문했다. 나는 그런 식으로 이름 붙이는 게 싫다. 이를테면 금정연은 서평계의 신형철이다. 신형철은 문학계의 이동진이다. 이동진은 한국의 로저 에버트다. 등등. 그렇지만 굳이 이야기하겠다면 이렇게 말할 수 있지요. 이상우를 보면 필립 라이스너가 생각납니다. 필립 라이스너는 노르웨이의 소설가이자 의사로 한 권의 책을 쓰고 문학에 대한 믿음을 잃어

---

16) 이수자, 『내 남편 윤이상』 상권, 창비, 1998, 155쪽.

버렸습니다. 그는 정신병원에 입원했고 조경에 취미를 붙였습니다. 그가 쓴 소설의 제목은 '팬텀이미지Phantomimages'입니다. 저는 필립 라이스너를 보면 랭보가 생각납니다. 랭보의 시집 제목은 '일루미나시옹'입니다. 랭보는 바다로 갔습니다. 오한기는 랭보가 흑인이 되고 싶어했다고 말했습니다. 흑인이야말로 가장 완벽하다는 사실을 아프리카에서 깨달았다고요. 이상우는 〈킹 뉴욕〉(1990)에 나온 로런스 피시번을 흉내내거나 스콧 조플린의 '래그타임'을 흉내내며 피아노를 연주했습니다. 가끔 그가 듣는 음악을 저도 듣는데 그것이 음악인지 소음인지 구분할 수 없습니다. 백남준은 라 몬테 영과의 대담에서 한 손은 샌프란시스코에서 한 손은 상하이에서 동시에 음악을 연주하는 걸 제안한 바 있습니다. 대담의 제목은 '시간을 어떻게 다루는가'였습니다. 그러니까 지금 제가 하는 얘기는 일종의 평행이론이며 평행이론은 일종의 농담입니다. 그러나 우리는 농담 속에서 진리를 발견하지 않습니까. 농담은 진리로 향하는 지름길이다. 그렇다면 농담 속의 진리는 농담인가요, 농담 속의 농담이 진리인가요. 농담 속의 농담은 농담을 농담으로 만드는 것, 이중의 부정이 되는 셈이고 우리는 부정에 부정을 통해 진리로 가는 것일까요(a.k.a. 부정신학). 그렇다면 진리는 부정인가요 부정의 부정인가요. 농담⊃진리 또는 농담〉진리.

금정연은 내 이야기를 묵묵히 듣고 있었다. 그는 우리가 소설집의 해설을 쓰고 있다는 사실을 아냐고 물었다. 나는 고개를 끄덕였다. 그럼 지금 우리가 나누고 있는 이야기를 그대로 쓰실 건가요. 나는 고개를 끄덕였다. 이상우가 우릴 죽일지도 몰라요. 금정연이 말했다.

상우의 꿈

어느 날 상우가 말했다
고다르는 메세나폴리스에 살 수 있을까요
내가 답했다
아니요

이상우와 오한기와 금정연은 합정역 사거리를 건넜다

나는 저기 살 겁니다
이상우가 메세나폴리스를 가리켰다
금정연이 말했다 "패기 넘치시네요."

오한기는 홍학이 되었다

미래가 예전 같지 않다

나는 겨울호에 청탁받은 소설을 쓰며 상우의 해설을 쓰고 있다. 써놓은 소설이 다 떨어졌고 마감이 임박했다. 소설을 쓰는 데 오래 걸리는 나는 당연히 똥줄이 탔고 하루도 허투루 보내면 안 되지만 대부분의 시간을 허투루 보냈다. 상우의 해설을 다 쓰고 소설을 쓰려던 계획은 물거품이 되었고 바람은 쌀쌀해지고 있어 더이상 테라스에 앉아서 작업을 할 수 없었다. 금정연은 한 번도 마감을 어기지 않은 내가 이번에는 마감을 어기게 될 거라는 데 내기를 걸며 기뻐했다. 그는 내가 마감을 어기길 호시탐탐 노리고 있었다. 자신처럼 지옥 같은 글쓰기의 수렁 속에 빠져들기를, 무덤에서 손을 뻗어 내 발목을 잡고 은평구의 숲속으로 데려가길 원했다. 나는 축축한 숲, 백열전구가 켜진 지하실, 가난한 악령이 싫었고 이상우의 소설을 읽으며 소설을 썼다. 이상우의 소설을 따라 소설을 썼지만 이상하게도 부끄럽거나 표절을 한다는 생각은 들지 않았다. 어느 날 나는 이상우와 버스 뒷좌석에 나란히 앉게 되었고 새로 나올 책에 대해 이야기했다. 〈리프라이즈〉[17]에서 출판사 사장이 말해요. 첫 작품이 향후 작가 인생의 색을 결정하게 돼.

나는 그 말을 전혀 믿지 않지만 아무튼 첫 책이 중요하다고 생각했

---

17) 〈리프라이즈Reprise〉(2006), 감독 요아킴 트리에, 주연 아네르스 다니엘센 리에.

고 상우는 잘 모르겠다고 자신은 자신의 책에 대해서 어떻게 생각해야 될지 모르겠다고 말했다. 나는 내 첫 소설집 제목도 정해졌다고 했다. 뭐죠. 상우가 물었고 말로 하기 쑥스러웠던 나는 노트에 적어서 상우에게 보여줬다.

미래가 예전 같지 않다
The future is not what it used to be

나는 이 문장을 핀란드 출신의 미디어 아티스트 미카 타닐라의 다큐멘터리에서 따왔다. 미카 타닐라의 다큐는 역시 핀란드 출신의 세계적인 과학자이자 전자음악의 선구자이며 정신병자인 에르키 쿠렌니미에 대한 것이다. 나는 상우와 함께 유튜브에서 〈미래가 예전 같지 않다〉(2002)의 클립을 봤다. 에르키 쿠렌니미는 핀란드의 고속도로를 달리며 말한다. 컴퓨터는 몇 년 안에 파리의 뇌를 구현합니다. 2020년, 컴퓨터는 쥐의 뇌를 구현합니다. 2040년, 컴퓨터는 인간의 뇌를 구현합니다. 2060년, 모든 인간의 뇌를 동시에 구현합니다. 쿠렌니미가 1968년에 작곡한 음산한 전자음악이 클립의 배경에 깔린다. 상우는 이어폰을 빼고 검지로 제목을 가리키며 말했다. 정말 좋네요. 저녁이었고 우리가 탄 버스는 상암에서 합정을 향해 갔다. 영상자료원에서 영화를 봤는데 어떤 영화였는지 기억나지 않는다. 나는 상우에게 마지막으로 할말 없냐고, 해설에 꼭 들어갔으면 하는 말 같은 거 없냐고 물었다. 나와 금정연은 상우를 인터뷰하려 했지만 번번이 실패했고 상우는 지독히 말을 아꼈다. 상우는 잠시 생각하더니 벨보이는 여자예요, 라고 말했다. 나는 「벨보이의 햄버거에 손대지 마라」를 두 번이나 읽었는데도 그 사실을 몰랐다. 상우는 실망하며 어떻게 그걸 모르죠, 라고 했지만 곧 괜찮다고 했다. 해설을 쓰게 된 걸 다시 한번 사과할게요. 내가 말했다. 상우는 내 사과를 받지 않았다. 사실 해설 쓰는 일이 사과할 일이 된 건 나 때문이 아니다. 그러니 상우가 사과를 받지 않아도 괜찮다. 사과는 해설이 우리에게 해야 한다. 소설이 우리에게 해야 한다. 「888」에 이런 문장이 나온다. "너는 지구와 상관이 있고, 나도 사과와 상관이 있어." 우리는 왜인지 모르겠는데 어느 날부터 글을 읽고 쓰는 게 너무 좋았고 그래서 여기까지 오게되었다. 그런데 우리는 더이상 갈 곳이 없는 것처럼 느껴진다. 금정연은 메일에서 우리는 어디로 가나요라고 물었다. 나는 to the future라고 답했고 금정연은 다시 we are the future라고 답했다. 그렇다. 미래가 예전 같지 않다.

| 수록 작품 발표 지면 |

중추완월 ······ 『문학동네』 2011년 가을

비치 ······ 『문학동네』 2012년 여름

객잔 ······ 문장 웹진 2012년 6월(『제3회 웹진문지문학상 수상작품집』, 문지, 2013)

888 ······ 웹진 한판 2014년 3월(『첨벙』, 한겨레출판, 2014)

추리 추리 하지 마 걸 ······ 『문예중앙』 2014년 여름

나방, 평행 ······ 『세계의문학』 2014년 가을

벨보이의 햄버거에 손대지 마라 ······ 『21세기문학』 2014년 겨울

프리즘 ······ 『문학과사회』 2015년 여름

문학동네 소설

프리즘

ⓒ 이상우 2015

1판 1쇄 2015년 12월 3일
1판 3쇄 2024년 12월 23일

지은이 이상우

책임편집 황예인 | 편집 정은진 김내리 이성근
디자인 김이정 이주영 | 저작권 박지영 형소진 최은진 오서영
마케팅 정민호 서지화 한민아 이민경 왕지경 정유진 정경주 김수인 김혜원 김예진
브랜딩 함유지 함근아 박민재 김희숙 이송이 김하연 박다솔 조다현 배진성
제작 강신은 김동욱 이순호 | 제작처 영신사

펴낸곳 (주)문학동네 | 펴낸이 김소영
출판등록 1993년 10월 22일 제2003-000045호
주소 10881 경기도 파주시 회동길 210
전자우편 editor@munhak.com | 대표전화 031)955-8888 | 팩스 031)955-8855
문의전화 031)955-2696(마케팅), 031)955-1920(편집)
문학동네카페 http://cafe.naver.com/mhdn
인스타그램 @munhakdongne | 트위터 @munhakdongne
북클럽문학동네 http://bookclubmunhak.com

ISBN 978-89-546-3862-3 03810

www.munhak.com